그녀는
돌아오지
않는다

그녀는 돌아오지 않는다

彼女は もどらない

후루타 덴 장편소설
이연승 옮김

블루홀6

차례 ▼

11월 11일 (1)
．．．．．．．．．．

"제가 아야노 카에데 씨를 죽였습니다."

다나시마의 말이 법정 안에 울려 퍼졌다. 목소리가 크지 않지만 알아듣기 쉽고 발음이 또박또박하다. 그와는 오랫동안 알고 지냈지만 이런 목소리는 처음 들었다.

배심원들이 험악한 얼굴로 증언대를 내려다보고 있다. 방청석에 있는 기자들이 일제히 펜을 움직였다. 제일 뒷줄의 리이치의 자리에서는 방청석 전체가 눈에 들어왔다. 검찰 측 맨 앞줄에 앉은 몇 사람이 꼼짝하지 않고 증언대를 응시하고 있다. 피해자 유족일 것이다.

"그녀에게 속죄하고 싶습니다. 부디 기회를 주십시오."

그 말이 나온 순간 유족의 등 뒤에서 분노의 불길이 치솟는 것이 보였다. 급기야 고개를 숙이고 어깨를 덜

덜 떨고 있다. 이를 꽉 깨물고 눈물을 흘릴지도 모른다.

리이치는 도망치듯 법정에서 나갔다. 누군가 흥분하며 "쳐 죽여야 해!" 하고 외치는 소리가 들렸다.

밖으로 뛰어나간 리이치는 숨을 헐떡이며 하늘을 우러러봤다. 까마득하게 펼쳐진 가을 하늘이 눈에 들어왔다.

1부

점화

카에데 1

"역시 애가 없는 사람은 모른다니까요."

마지막 말이 고막을 푹 찌르고 전화가 끊겼다.

카에데는 의식적으로 온몸에서 힘을 빼고 수화기를
떨어뜨리듯 툭 내려놨다.

"또예요?"

맞은편에 앉은 미즈미네가 작은 코에 주름을 잡으며
물었다. 이제 곧 스물다섯 살인 게 믿기지 않을 만큼 동
안이라 이런 표정에서도 애교가 느껴진다.

"이젠 익숙해."

카에데는 어깨에 닿을 정도로 길게 자란 머리카락을
귀 뒤로 넘기며 후배를 향해 쓴웃음 지었다.

"아무리 익숙해져도 싫은 건 싫잖아요."

"그렇지 뭐. 근데 어쩌겠어. 실수는 실수로 인정할 수밖에."

"선배는 역시 대단해요. 전 아무리 제가 실수했어도 선배처럼은 절대 못 할 거예요. '이 입만 산 진상 독자 같으니라고!'라고 생각할걸요."

"생각을 입 밖에 내지 않는 게 프로야."

미즈미네와 장난기 어린 눈빛을 교환하고 카에데는 화장품 파우치를 들고 자리에서 일어섰다. 전화벨 소리와 복사기 돌아가는 소리로 시끄러운 구역을 지나 화장실 거울 앞에 서서 한숨을 돌린다.

후배 앞에서는 태연한 척했지만 타격이 없지는 않다. 이곳 도오 출판사에 편집자로 입사한 지 8년째지만 이토록 큰 실수를 저지른 건 이번이 처음이었다.

사건의 계기가 된 것은 카에데가 편집을 맡은 여아용 잡지 〈히로인〉에 딸린 부록이었다. 어머니들을 대상으로 한 소책자로, 정확히 말하면 그곳에 실린 제휴사 광고 중 하나가 문제를 낳았다. 전업주부의 자격증 취득을 위한 강의 광고인데 맨 위에 '이제는 서포터 따위 사절이야!'라는 제목이 큼지막하게 실렸고 아래에는 다음과 같은 문구가 적혀 있었다.

'남편과 아이의 삶을 서포트하는 것에 만족하지 않겠

어. 내 삶의 주인공은 바로 나야!'

그 문구가 일부의 반감을 사며 인터넷에서 논란을 일으킨 것이다.

—뭐? 전업주부가 서포터라고?

—일하는 사람이 주부보다 훌륭하다고 생각하나 보네.

—내가 일하기 싫어서 일을 안 하는 줄 알아?

—서포터일 수는 있어도 제가 바란 것이니 가치 없다고 생각하지 않아요.

이런 의견이 나오리라고 처음부터 예상할 수 있었을 텐데 왜 간과하고 말았을까.

〈히로인〉은 주로 4세에서 6세까지의 여자아이를 타깃으로 해 TV 방송과 캐릭터용품, 패션 등의 정보를 다루는 잡지로 전신은 1930년대에 창간됐을 만큼 유서가 깊다. 반세기 동안 이어져 오다가 최근에 〈히로인〉이라는 새 이름으로 리뉴얼됐다. 리뉴얼 전부터 5년 넘게 편집을 맡아 온 카에데는 〈히로인〉 제작 때도 중심에 섰다.

리뉴얼에서 카에데가 가장 중점을 둔 부분은 바로 최신 트렌드 반영이었다. 다양한 통계 자료를 분석하며 혁신을 시도하다가 편집부 안에서 여러 갈등도 겪었다. 부서 구성원 변경은 물론 심지어 잡지에 들어갈 형용사 하나를 두고 격렬히 대립하기도 했다. 인간미가 없다, 독자에게 너무 끌려다니는 거 아니냐, 매출에 눈이 멀었다, 이렇게까지 실적에 매달려야 하나 등등 불합리한 비난도 적지 않게 들었지만 카에데는 그 모든 걸 뛰어넘을 정도로 열의를 갖고 업무에 임했으니 더 좋은 잡지가 탄생할 거라 자신했다.

그러다가 생각도 못 한 함정에 걸려들고 말았다. 지난달 20일 리뉴얼 창간호인 4월호가 발매된 후 3주가 조금 지난 지금까지 소동은 잦아들지 않고 있다. 인터넷에서 불붙은 항의가 전화와 이메일처럼 직접적인 경로로도 들어왔다. 부록으로 들어간 소책자는 패션지와 합작해 창간호부터 총 석 달 치를 넣기로 한 탓에 나머지 두 달 치 광고 페이지를 교체하느라 여러 곳에 폐를 끼치고 비용 면에서도 손해가 발생하고 말았다.

잡지를 만들 때 앞장서서 결정한 부분이 많았던 만큼 카에데의 책임은 컸다. 뒤에서 이게 다 카에데 씨 때문이라는 험담을 듣기도 했다. **나만의** 〈히로인〉 제작에 골몰했으니 부록 따위 눈에도 안 들어왔겠지. 카에데 씨가 별것도 아닌 일에 자꾸 태클을 거는 바람에 부록을 검토할 시간도 없었다니까요.

화장실 거울에 신경질적으로 보이는 30대 여자가 비치고 있다. 원래도 말랐는데 요즘 들어 더 야윈 탓에 어깨와 팔꿈치 뼈가 두드러진다. 꾹 다문 얇은 입술과 칼집을 낸 것처럼 쭉 째진 눈초리.

카에데는 바보처럼 입꼬리를 올려 웃으며 밝은색 치크로 볼터치를 다시 했다. 외모와 어울리지는 않지만 조금은 쾌활한 인상을 줄 터이다.

자리에 돌아가서 앉을 때 고개를 든 미즈미네와 눈이 마주쳤다. 잡지를 리뉴얼할 때 어느 일러스트레이터의 삽화를 쓰느냐 문제로 미즈미네와도 의견 충돌이 있었지만 일단 한번 결정된 뒤로는 군말 없이 잘 따라 주고 있다. 광고 문제에서도 미즈미네는 카에데를 두둔해 주었다.

미즈미네는 업무 모드에서 잡담 모드로 변환한 것처럼 표정을 능수능란하게 바꿨다.

"아침부터 느낀 건데 선배, 치크 바꾸셨네요."

"아, 응. 화장품 가게 직원이 추천해 줘서. 별로지?"

"아뇨. 예뻐요."

"그 말을 들으니 나도 떠올랐는데, 요새 그게 마음에 드나 봐."

카에데는 치크 이야기를 더 하고 싶지 않아서 일부러 미즈미네의 귀걸이를 보며 물었다. 파마기가 있는 단발머리 밑에서 스윙 타입 귀걸이가 빛나고 있다. 핑크골드색이고 알파벳 'S'를 본뜬 모양이다.

"어머, 눈치채셨어요?"

"당연하지. 요즘 매일 하고 오잖아."

미즈미네는 만화 캐릭터처럼 헤헷 웃으며 귀걸이의 S 부분에 손을 갖다 댔다.

"남자 친구한테 선물 받았어요."

"미즈미네 시오리의 S야?"

"실은 남자 친구 이름도 이니셜이 S거든요."

"아, 그렇구나. 부럽다."

미즈미네는 혀를 날름 내밀고 이번에는 카에데의 귓가를 쳐다봤다.

"선배는 귀를 안 뚫었나 봐요. 혹시 남편분이 싫어해서? 그런 분들 있잖아요. 귀걸이나 네일 같은 걸 싫어하는. 내추럴 신봉자 같은."

"응, 있지. 근데 내 남편은 그런 타입은 아니야. 그보다 뭐랄까, 자기 자신이든 남이든 패션 같은 것에 아예 관심이 없는 사람 있지? 뭐 남편 취향이 어떻든 내가 눈치볼 사람도 아니지만."

"그건 그래요."

순간 미즈미네의 말이 왠지 빈정거리는 것처럼 들렸다. 일러스트레이터 채용 문제로 자기 의견이 묵살된 걸 아직 마음에 두고 있을까. 그러나 역시 생각이 과했는지 미즈미네는 환하게 웃으며 S 모양 귀걸이 이야기를 계속했다. 요즘 쓸데없이 예민해진 듯하다.

가볍게 한숨을 내쉬었을 때 편집장 기쿠치가 옆을 지나가며 카에데를 불렀다. 평소 부장님 개그를 일삼는 쾌활한 사람이지만 지금은 표정이 영 심각하다. 손가락으로 따라 오라고 해서 카에데는 몸을 일으켰다. 걱정하듯 지켜보는 미즈미네에게 기쿠치는 어색하게 미소 지었다.

"시오리 씨는 시오리 씨 일에 집중해."

카에데는 기쿠치의 책상 앞에 서서 사방에서 쏟아지는 눈길을 떨쳐내듯 허리를 쭉 폈다.

"카에데 씨."

기쿠치는 카에데의 이름을 부른 뒤에도 좀처럼 본론으로 들어가지 않고 잠시 침묵했다.

"〈히로인〉 건 말인데."

그 입에서 나온 첫마디는 역시 예상대로였다.

"카에데 씨도 알다시피 판매 부수가 점차 늘고 있고

영업부에서도 상황을 좋게 보고 있어. 이게 다 카에데 씨가 중심에 서서 열심히 일해 준 덕분이겠지. 뭐 중간에 실수가 있긴 했지만 신경 쓰지 마. 어차피 최종 책임은 편집장인 나한테 있으니."

"감사합니다."

"근데 지금 카에데 씨의 처지가 영 곤란한 건 사실이잖아. 그래서 말인데, 당분간 〈히로인〉에서 손을 떼고 좀 쉬는 게 어떨까 해."

그 말을 듣자마자 카에데는 눈을 부릅떴다. 기쿠치의 눈동자가 도망칠 곳을 찾는 것처럼 이리저리 흔들린다.

"아, 오해는 하지 마. 카에데 씨에게 책임을 물으려거나 하는 건 아니니까. 그런 일이 생겼으니 아무래도 스트레스가 심하지 않겠어? 스트레스는 만병의 근원이라잖아. 우리 팀 에이스인 카에데 씨가 쓰러지기라도 하면 회사에 그보다 큰 손해는 없어. 그렇게 되기 전에 조금이라도 쉬라는 거야."

기쿠치는 자상한 사람이다. 그저 한마디로 지시해도 될 것을 열심히 말을 고르며 카에데를 설득하고 있다. 그렇다고 해서 순순히 알겠다고 할 문제는 아니었다.

"전 괜찮습니다."

"아니, 하지만."

"혹시 저더러 팀을 나가라는 말씀인가요?"

〈히로인〉을 만든 사람은 나인데.

어디선가 코웃음을 치는 듯한 소리가 들렸다. 오만한 착각에 빠진 여자라 생각할 것이다. 그러나 그게 사실이라는 자신이 있으니 카에데는 더 당당하게 가슴을 폈다.

"그게 아니고 그냥 잠시 쉬라는 거야. 다음 호부터 당분간만. 열기가 식을 때까지."

기쿠치는 도중에 실언한 것을 깨달은 듯했다. 그는 어설픈 변명을 포기하고 마침내 "그래" 하고 인정했다.

"알겠습니다."

카에데는 고개를 숙이고 자기 자리로 돌아갔다. 바짓가랑이를 붙잡고 늘어지는 건 자존심이 용납지 않는다.

오후 5시가 되자마자 컴퓨터 전원을 껐다. 탄력 근무제라 9시에 출근했으니 정시 퇴근인 셈이다.

"그럼 먼저 실례하겠습니다."

평소처럼 주위를 둘러보며 인사하고 거의 모든 직원들이 남은 편집부를 뒤로했다. 이런 시간에 퇴근을 하는 게 얼마 만일까.

4월도 어느덧 중순에 접어들어서 봄기운이 완연하고 하늘도 아직 밝다. 월초에 내린 눈이 거짓말처럼 느껴질 만큼 오늘은 재킷이 없어도 따뜻하다. 그러나 카에데의 몸은 싸늘히 식었고 목 주변도 결리고 아팠다.

편도 4차선 도로에 차가 가득 차 있다. 카에데는 감정 섞인 한숨을 내쉬고 고층 빌딩 사이를 천천히 걸었다. 지금 이 거리에 자신이 가고 싶은 곳으로 가는 사람이 얼마나 있을까.

불현듯 얼굴에 닿는 머리카락이 거슬려서 단골 미용실에 전화를 걸었다. 마음 같아서는 박박 밀고 싶지만 턱선에 닿는 수준으로 양보했다. 기대한 것보다 마음이 후련하지는 않았다.

슈퍼에 들렀다가 역에서 걸어서 5분 거리인 집으로 향했다. 나카노의 조용한 주택가에 있는 3층 아파트. 큰 방과 거실, 부엌이 딸린 공간에 처음에는 카에데 혼자 살았지만 도중에 사토루가 이사 왔다. 두 사람의 수입을 고려하면 단출한 집이지만 오래된 것치고 깔끔하고 둘이 살기에는 넓다. 사토루의 회사와도 가까웠다.

201호라고 적힌 우편함을 열자 안에 겹겹이 쌓여 있던 광고 전단이 우르르 떨어졌다. 쓰레기를 본 것처럼 화가 치밀었다.

계단을 올라 2층에 도착했을 때 마주치고 싶지 않은 얼굴과 맞닥뜨렸다.

"어머, 카에데 씨."

반가운 듯 눈을 크게 뜬 여자는 205호 주민이다. 처음 만났을 때 들은 이름은 금세 잊어버렸지만 요즘은 우편함에 이름을 쓰는 집이 거의 없는데 205호 우편함에는 '고보리'라는 이름이 적혀 있어서 다음에 만났을 때 다행히 어색하지 않게 인사했다. 60대인 고보리 씨는 남편과 둘이 산다고 들었는데 남편은 지금껏 보지 못했다.

"웬일로 오늘은 일찍 왔네."

"네. 출퇴근이 자유로운 편이라."

애초에 남이 내 귀가 시간을 알고 있는 게 썩 기분 좋지는 않지만 카에데는 애써 웃는 표정으로 말했다.

"열심히 하는 건 좋지만 몸도 신경 써. 보아하니 남편도 바쁜 것 같던데. 물론 두 사람은 아직 젊어서 나 같은 늙은이와 다르겠지만."

"에이, 그럴 리가요. 고보리 씨도 아직 젊으셔요."

"젊기는. 환갑이 넘었는데 할머니지 뭐."

매뉴얼 같은 대답을 듣고도 고보리는 만족한 듯했다. 고보리는 싱글벙글 웃으며 카에데가 손에 든 슈퍼 비닐봉지를 내려다봤다.

"오, 저녁때 실력 발휘하게?"

"실력이랄 게 있겠어요."

카에데는 넌지시 손을 뒤로 뺐다. 오늘은 슈퍼에서 손질된 볼락과 소송채를 사 왔다.

"원래 결혼하면 요리는 금세 느는 법이야. 나도 그랬고."

"아, 죄송해요. 전화가."

카에데는 끝이 보이지 않는 대화를 중간에 자르고 울리지 않는 스마트폰을 귀에 갖다 댔다. 상대의 말에 대답하는 척하며 뭔가 아쉬워 보이는 고보리에게 고개를 숙이고 등을 돌린다. 한가하게 말 상대나 해 줄 여유는 없다.

현관문을 닫고 자물쇠까지 채운 후 카에데는 세상이 떠나가라 한숨을 내쉬었다. 그만큼 몸에서도 힘이 쭉 빠졌고 어깨에 건 가방이 괜스레 더 무겁게 느껴졌다.

부엌에 들어갔을 때 삐로로 하는 울음소리가 들렸다. 비닐봉지와 전단을 탁자 위에 대충 놓고 거실로 뛰어갔다.

복도 끝에 있는 집이라 두 면에 창이 있다. 하나는 베란다에 드나드는 유리문이고 또 하나는 돌출창이다. 폼은 돌출창 앞에 있는 새장에서 홰에 올라가 고개를 힘차게 흔들고 있었다. 카에데가 집에 돌아오자 기뻐서 어쩔 줄 모르는 듯하다. 사랑앵무는 원래 사람을 잘 따른다고 하지만 이 아이는 더 특별하다. 아니, 그렇게 생각하는 건 내가 팔불출 엄마라서일까.

"다녀왔어."

카에데는 새장에 손가락을 집어넣어 폼의 보드라운 목덜미를 쓰다듬었다. 폼이 통통한 몸을 카에데의 손에 갖다 붙인다. 새하얀 머리와 등. 검은 얼룩무늬 날개. 초승달을 닮은 부리. 각도에 따라 포도색으로 빛나는 커다란 눈. 모든 게 사랑스럽지만 카에데가 특히 좋아하는 곳은 배다. 안이 비칠 정도로 연한 파란색 위를 흰 깃털이 뒤덮어 꼭 여름 하늘을 연상케 했다.

하늘을 품은 것 같아. 펫숍에서 사토루에게 말하니 그는 진지한 얼굴로 고개를 갸웃거리며 "난 소다 플로트* 가 떠올랐는데"라고 했다. 사토루는 로맨티스트는 아니지만 그렇다고 완전한 현실주의자도 아니다. 그날 이후 카에데도 소다 플로트를 좋아하게 되었다.

"엄마가 소송채 사 왔어."

폼은 들떠 보였다. 개체 차이인지 아니면 단순 훈련 부족인지 인간의 말을 알아듣지는 못한다. 그래도 상관

● 초록색 멜론 소다에 아이스크림을 넣은 디저트 음료.

없다. 이 아이가 무슨 말을 하는지는 울음소리와 몸짓으로 충분히 파악할 수 있다. 그게 말보다 거짓이 없다.

잠시 폼과 장난을 치면서 놀고 있자 뾰족해진 마음이 조금은 누그러졌다. 가방을 정리하고 저녁 식사를 준비하는 카에데를 보며 폼이 어리광부리는 울음소리를 냈다.

"그래, 그래. 엄마 여깄어."

조금 더 나를 불러 보렴.

"밥만 차리고 얼른 갈게."

조금 더 나를 사랑해 주렴.

카에데는 쓴웃음을 지으며 다시 새장 앞으로 향했다.

역시 애가 없는 사람은 모른다니까요. 그렇게 함부로 단정 지은 상대에게 말해 주고 싶었다. 아뇨, 알아요. 저도 잘 안답니다.

"다녀왔어."

사토루는 저녁 8시 30분이 조금 지나 집에 왔다. 평소에도 워낙 바빠 회사에서 밤을 새울 때가 있는데 오늘은 일찍 귀가한 편이다.

"다녀왔어."

현관에서 한 번, 그리고 카에데와 폼의 얼굴을 보며 또 한 번 인사하는 것이 사토루의 습관이다. 물론 카에데가 더 늦게 오는 날도 많다.

"오늘은 당신도 일찍 왔네. 지금이 좀 한가한 시기인가?"

"그런 거 말고 다른 할 말 없어?"

카에데는 시치미를 떼면서 머리를 좌우로 흔들었다.

"아, 머리 잘랐구나. 잘 어울려."

사토루는 침실로 들어가 생상복으로 갈아입고 식탁 앞에 앉았다. 단정하지만 멋스럽지는 않다. 배 둘레에는 어느덧 중년의 전조가 보이고 서른둘인 원래 나이보다 서너 살은 많아 보인다.

"볼락찜인가? 어쩐지 맛있는 냄새가 나더라."

사토루는 기쁜 듯 말했지만 애초에 카에데가 어떤 음식을 내놓든 싫어한 적은 없다. "당신이 만든 음식은 뭐든 맛있어"라는 말에 거짓이 없어 보였고, 직장 내 회식이나 접대 때 먹는 화려한 외식에 질려서 소박한 집밥이 좋다고 했다. 시간이 나면 직접 요리를 할 때가 많고 컵라면이나 패스트푸드도 가리지 않고 먹었다.

"잘 먹을게."

사토루는 된장국이 담긴 그릇을 들어 한 모금 마시고 뿌옇게 김 서린 안경 너머로 웃으며 만족스러운 듯 한숨을 내쉬었다.

"나, 앞으로 당분간 일찍 올 것 같아. 〈히로인〉 편집부에서 쫓겨났거든."

TV를 켜려던 사토루가 도중에 손을 멈칫하고 카에데를 봤다.

평소 서로 일에 대해서는 잘 이야기하지 않는다. 특별히 규칙이 있는 것은 아니지만 사토루가 집에서는 일 이야기를 되도록 하고 싶지 않다고 해서 자연스럽게 그렇게 되었다. 카에데는 사토루의 견해에 동의했다. 두 사람 다 바쁘니 함께 있을 때만큼은 서로 공감할 수 있는 이야기를 하고 싶었다.

그러니 광고 문제에 대해서도 사토루에게는 그냥 업무상 약간 트러블이 있었다고만 했다. 카에데가 그동안의 경위를 처음으로 자세히 설명하자 사토루는 미간에 주름을 살짝 잡고 이야기를 들었다.

"너무하네. 당신한테만 책임을 떠넘기는 거잖아."

"내가 중심에 있었으니까."

"하지만 책임은 다 같이 져야지. 뭐 회사에서 그런 경우가 비일비재하기는 하지만 그래서는 안 될 일이야."

"고마워."

사토루의 목소리가 점점 커질수록 카에데의 말투는 가벼워졌다. 되도록 푸념은 하지 않으려 하지만 나를 위해 다른 누군가가 대신 화를 내 주는 건 역시 기분 좋은 일이다.

사토루는 된장국 그릇을 들고 한 번 더 후루룩 마셨다.

"기죽지 마. 어차피 금방 복귀할 거야."

"응. 당연하지. 아무리 후임이 들어와도 나 없이 퀄리티가 유지될 리도 없어."

"그래. 그래야 당신이지."

언뜻 자의식 과잉처럼 들릴 수 있는 카에데의 말에도 사토루는 환한 얼굴로 맞장구쳐 줬다.

"그렇지? 폼."

사토루가 묻자 폼이 고개를 살짝 갸웃거린다.

폼이라는 이름은 두 사람이 처음 만난 프렌치 레스토랑 이름에서 따왔다.

카에데가 친구 대신 참석한 단체 소개팅 자리였다. 와인을 몇 잔 나누고 분위기가 화기애애해지자 남자 쪽 대표가 싱글벙글 웃으며 테이블 위에서 턱을 괬다.

"원래 내가 기획한 소개팅은 커플 탄생률이 엄청나. 얼마 전에는 후배 한 놈한테도 여자를 소개해 줬고. 아, 응. 회사 후밴데, 무려 회사에 들어오기 전까지 여자를 한 번도 만나 본 적이 없다지 않겠어? 어떤 녀석일지 대충 감이 오지? 아무튼 그래서 얼마 전 회사 회식 때 개한테 여자 친구랑 진도를 어디까지 나갔는지 사람들 앞에서 보고해 보라고 했어. 그런데 이놈이 영 우물쭈물하면서 답답하게 굴지 뭐야. 일부러 멍석까지 깔아 줬건만 남자답지 않게 빼기는. 나중에는 거의 울상을 지으면서 나한테 한 번만 봐 달라고 하더라고."

울상이라니, 불쌍해라. 여자 쪽 대표가 웃는 얼굴로 말했다.

"꼭 그렇게 분위기를 깨는 애들이 있다니까. 여자 후배 중 하나는 회식 자리에서 벌칙 게임을 하다가 '부장님 볼에 뽀뽀'가 당첨됐어. 그런데 진심으로 싫은 티를 팍팍 내더라고. 아니, 입에다 하란 것도 아니고 볼이라고 볼. 서양에서는 그냥 인사 수준이잖아. 결국 어쩔 수 없이 포옹으로 바꿔 줬는데 그조차도 싫다고 해서 흐지부지 끝났어. 회식 자리 분위기가 어떻게 됐을지는 굳이 말 안 해도 알겠지? 부장님도 티는 안 냈지만 속으로 기분 나빴을 거야. 게다가 개가 나이라도 어렸으면 말을 안 해요. 서른이 넘었다고, 서른."

그러자 이번에도 누가 웃으면서 "어머, 진짜요?" 하고 맞장구를 쳤고 뒤이어 다른 사람이 이야기를 받았다.

"그런데 그런 일을 당해도 능숙하게 잘 넘기는 타입이

있고, 정색하면서 못 넘기는 타입이 있는 것 같아. 대학 친구 중에 그런 걸 엄청 잘하는 아이가 있었는데, 걔는 심지어 남들한테 면박당할 포인트를 스스로 준비하는 느낌이었어. 아마 그렇게 면박당하면서 사람들의 관심을 받는 걸 즐겼겠지. 지금도 기억 나는 에피소드가 있는데, 어느 날 누가 걔 컴퓨터를 몰래 포맷한 적이 있어. 그때 엄청 바보 같은 표정을 지으며 죽을 둥 말 둥 오버를 하는데 얼마나 웃기던지 원. 난 그런 캐릭터, 정말 훌륭하다고 생각해."

그때 옆에 앉아 있던 여자가 카에데를 보며 "카에데 씨는 어떻게 생각해? 훌륭하지 않아?" 하고 물었다. 친구 없이 혼자 참석한 사람은 카에데뿐이라 배려하려고 말을 붙였는지도 모른다.

그러나 카에데는 진지한 얼굴로 딱 잘라 대답했다.

"글쎄요."

다른 사람들도 진심으로 공감하는 것 같지는 않았으니 그냥 미소 한 번 짓고 넘길 수도 있는 일이었다. 돌이켜보면 별로 어른스럽지 않은 반응이었다.

순식간에 분위기가 찬물을 끼얹은 듯 싸해졌고 남자들이 부랴부랴 카에데를 '쿨 뷰티'니 '시크한 매력' 같은 말로 추켜세우며 수습을 시도했다. 그중에서 오직 한

명 감탄한 것처럼 카에데를 멍하니 바라보던 사람이 사토루였다.

그날 카에데의 모습에 반했다고 사토루는 교제를 시작하고 나서 알려 줬다. 주변에 휩쓸리지 않고 자기 의견을 당당히 말하는 사람은 역시 멋있어. 우리는 흔히 '분위기 파악을 하라'고 하지만 그 분위기가 꼭 옳다고 할 수는 없잖아. 아니, 그런 말 자체가 폭력 아닐까?

그래서 사토루는 이번에도 카에데에게 "그래야 당신이지"라고 해 준 것이다. 사토루가 아는 카에데는 한 번의 실수와 비판으로 좌절하지 않는 여자였다.

1년의 교제를 거쳐 카에데가 스물아홉, 사토루가 서른한 살 때 서로 반지를 교환했다. 식을 올리지 않고 번잡한 집안 간 교류에서도 해방된 심플한 둘만의 삶. 두 사람 모두 아이를 원하지 않아 대신 동물을 키우기로 했다. 그렇게 찾아간 펫숍에서 카에데는 폼을 보고 첫눈에 반했다.

카에데와 사토루와 폼. 현재의 가족 구성에 불만은 없다. 그러나 카에데는 요즘 들어 가끔 이런 생각을 떠올렸다. 나도 아이를 가져도 되지 않을까. 그러려면 물론 지금의 삶의 방식을 크게 바꿔야겠지만.

사토루가 젓가락으로 볼락찜을 집어 먹으며 TV를 켰

다. 이유 모를 웃음소리가 식탁까지 전해진다.

"역시 어른 둘이 사는 삶은 편해. 밥 먹으며 TV도 아무거나 틀어서 볼 수 있고."

카에데는 순간 생각을 읽힌 것 같아 가슴이 덜컥했다. 그러나 사토루는 그렇게 예리한 사람이 아니다. 그리고 카에데는 사토루의 그런 면모를 좋아했다.

카에데도 TV를 보면서 간이 조금 센 것 같은 볼락찜을 집어 먹었다.

눈을 번쩍 떴을 때 침실 안은 어두웠다. 암막 커튼의 작은 틈사이로 뿌연 빛이 안개처럼 밀려들어 온다. 동이 트려면 아직 조금 남은 듯했다.

카에데는 숨을 크게 내쉬고 손등을 이마에 가져가 땀을 닦았다. 좋지 않은 꿈을 꿨다. 아니, 좋지 않은 것을 넘어 악몽이다.

옆에서는 사토루가 편안히 잠들어 있다. 별 의미 없이 사토루의 숨소리를 속으로 세며 멍하니 있자 얼마 후 어둠이 눈에 익었다. 조금 전 꿈도 어둠에 잠식되기를 바라지만 그쪽은 여전히 머릿속에 또렷이 새겨져 있다.

카에데는 침대에서 나와 욕실에 가서 땀에 젖은 잠옷을 벗었다. 피부가 찌릿거릴 정도로 물을 세게 틀어 샤워를 하고 물을 사방에 튀기며 머리를 흔들었다. 괜찮아. 꿈 따위는 날 못 괴롭혀.

욕실 밖으로 나갈 무렵에는 이미 동이 텄고 폼도 깨어 있었다. 씩씩한 폼의 아침 인사 소리에 아직 침실에 있는 사토루를 의식해 조용히 화답한다. 거실과 부엌 창문을 활짝 열자 상쾌한 공기가 들어왔다. 오늘 날씨도 쾌청할 듯하다.

카에데는 폼의 배에 있는 파란 하늘을 손으로 한 번 쓰다듬고 수납장에 그대로 방치해 둔 투자 신탁 자료를 꺼냈다. 서른이 된 기념으로 은행에 가서 자산 관리를 상담하고 받아 온 자료인데 시간이 없어 읽지 않고 그대로 두었다. 일찍 일어난 김에 시간을 효율적으로 쓰고 싶었다.

6시 30분이 되자 사토루도 일어났다. 역시나 폼이 가장 먼저 인사를 건넨다. 사토루는 잠이 덜 깬 눈으로 "좋은 아침" 하고 대답하고 느릿느릿 화장실에 들렀다가 카에데가 있는 부엌으로 왔다.

"몇 시에 일어났어?"

"아마 5시 전에."

"왠지 일찍 일어나는구나 싶었는데 그렇게나 일찍?"

"미안. 깨웠나 보네."

"아니. 잠결에 느꼈어."

사토루는 기지개를 쭉 켜고 커피 메이커를 세팅한 후 토스터에 식빵을 넣었다. 달걀 프라이와 샐러드, 가끔은 베이컨을 곁들이는 아침 식사는 늘 사토루가 준비한다. 식사 중에는 TV를 켜서 뉴스를 확인했다.

카에데가 옷을 갈아입고 식탁 앞으로 가자 사토루는 식빵에 버터를 바르다가 고개를 들어 물었다.

"혹시 오늘 점심에 바빠?"

"원치 않게 바쁘지는 않을 것 같은데, 왜?"

"점심 같이 먹을까 해서. 내가 당신 회사 앞으로 갈게."

"갑자기 무슨 일로?"

두 사람의 회사가 그리 멀지 않은 곳에 있어서 어렵지는 않겠지만 지금껏 한 번도 없었던 일이다.

"그냥 기분 전환."

"혹시 어제 일 때문에 내가 상심했을까 봐?"

"물론 큰 영향은 없겠지만 충격은 충격이잖아. 어제는 잠도 설치는 것 같았고."

"괜찮아. 외식도 싫어하면서 굳이 나 때문에 안 그래도 돼."

"다 싫어하는 건 아니야. 어차피 점심은 항상 밖에서

먹기도 하고."

"정말 괜찮아?"

"괜찮은지는 내가 먼저 물었어."

카에데는 결국 호의를 달갑게 받아들이기로 했다. 사토루가 자신을 소중히 대해 준다는 느낌이 자신감을 북돋웠다.

"그럼 난 오후 출근할 테니 시간은 당신이 정해."

오전의 빈 시간은 3년 전부터 다니는 피트니스 센터에서 보내기로 했다. 회비가 비싼 편이지만 원하는 시간에 충실한 시설을 언제든 이용할 수 있다. 무엇보다 시끄러운 학생이나 몰려 다니는 주부들이 없어서 좋았다.

한산한 센터 안에 머신 몇 대가 가동되는 소리만 단조롭게 울린다. 카에데가 팔꿈치와 무릎을 굽힐 때마다 쇳덩이가 위로 올라갔다가 내려온다. 마지막에는 수영장에 가서 수영을 마치고 샤워를 했다. 오늘 두 번째 샤워지만 카에데는 씻는 걸 좋아했다.

약속 시각보다 조금 늦게 사토루가 카페 앞에 왔다. 허겁지겁 뛰어왔는지 앞머리가 헝클어졌다. 카에데가 손으로 머리를 만져 주는 동안 사토루는 물끄러미 카에데를 쳐다봤다.

"미안합니다, 부인."

"아뇨, 아뇨. 우리 바깥양반이 워낙 바쁘시니 이해해요."

두 사람은 서로 마주 보며 미소 짓고 유럽풍의 고즈넉한 카페에 들어갔다. 카에데는 이미 여러 번 와 본 곳이고 이곳에서 '오늘의 런치'를 시켜서 실패한 적이 없다.

카에데와 같은 것을 주문한 사토루는 오늘따라 호들갑을 부리며 음식과 카페 분위기를 추켜세웠다. 평소 인테리어에 관심도 없으면서 내부 장식이 훌륭하다고 칭찬했다.

"역시 당신은 센스 있다니까. 당신 자신의 감각을 조금 더 믿어도 돼."

점심을 먹고 출근하는 카에데를 격려하려는 게 훤히 보였다. 감정에 솔직하고 자상한 사람. 이런 사람이 내 옆에 있으니 괜찮다.

"고마워. 정말."

"나야말로. 덕분에 맛있게 잘 먹었어."

카페 앞에서 헤어질 때 사토루는 고개를 돌려 미소 지었다.

"오늘은 되도록 일찍 갈게. 케이크라도 사서."

"무리하지 않아도 돼. 근데 왠지 맛있는 몽블랑이 먹

고 싶긴 하네."

"오케이."

사토루가 치켜든 손이 햇빛을 받아 반짝인다. 왼손 약지에 낀 백금 반지. 같은 반지가 카에데의 손가락에서도 빛나고 있다.

카에데는 스커트를 나부끼며 힘차게 발걸음을 내디뎠다.

그러나 편집부를 둘러싼 왠지 어색한 분위기가 출근한 카에데를 맞아 줬다. 겉보기에는 평소와 같지만 그 누구도 카에데와 눈을 마주치지 않는다. 거의 잡상인 취급을 당하는 것 같아 카에데는 불쾌했다. 이 안에는 카에데의 처분을 반기는 사람도 있을 터였다.

"안녕하세요."

일부러 싱긋 웃으며 인사하자 주변 몇 사람이 머뭇거리며 어색하게 반응했다. 카에데는 끓어오르는 화를 꾹 참고 자리에 앉았다.

맞은편 자리에서 미즈미네는 안도한 표정을 짓고 있었다.

"선배가 평소랑 같아서 다행이에요."

"응? 무슨 뜻이야?"

"어제……."

"아, 〈히로인〉일 말이지? 내가 충격이라도 받았을까 봐 걱정했구나. 고마워. 그런데 그 정도로 기죽으면 이 바닥에선 못 살아남아."

"그 정도…… 인가요?"

"그냥 하던 일 하나가 사라졌을 뿐이야. 목이 떨어진 것도 아니잖아."

그렇다. 고작 그 정도 일이다. 카에데는 심호흡을 하면서 마음을 가라앉혔다.

때마침 걸려 온 내선 전화를 받자 데스크 직원이 기쿠치 편집장을 찾아온 사람이 있다고 했다.

"편집장님. 사키모리라는 분이 찾아오셨다고 하네요. 1시에 약속했다고."

"아, 기획서를 가져왔나 보군. 전에 경제지에서 함께 일한 적이 있는 사람인데 오늘 기획 회의를 하기로 했거든. 참, 카에데 씨도 들어와."

기쿠치가 입구에 달린 전자식 자물쇠를 풀러 가서 카에데도 황급히 몸을 일으켰다.

사키모리는 터프한 느낌의 30대 초반 남자였다. 큰 키에 다부진 어깨가 돋보이고 턱수염을 길렀다. 대충 걸친 카키색 재킷을 시작으로 몸에 걸친 모든 것들이 따로 드라이클리닝이나 다림질을 할 필요가 없어 보인다.

그래도 왠지 수상쩍어 보이지 않는 것은 구김살 없는 웃는 얼굴 덕일까.

"안녕하세요. 프리랜서 기자 사키모리라고 합니다."

명함을 내미는 손도 큼직큼직하다. 명함에는 직함 대신 이름과 전화번호, 이메일 주소만 적혀 있다. 손가락에 반지는 보이지 않았다.

"아야노 카에데라고 합니다."

카에데도 명함을 내밀었다.

"카에데 씨는 우리 팀 에이스야. 지금은 잠깐 다른 일을 하고 있지만 얼마 전 창간된 〈히로인〉은 거의 카에데 씨가 만들었다고 해도 과언이 아니지."

사키모리는 기쿠치의 소개말을 들으며 카에데를 봤다. 조금 무례하게 느껴질 정도로 빤히 쳐다본다.

"아무튼 그래서 말인데 그 기획, 자네가 가져왔으니 보나 마나 경제 관련 기획이겠지만 카에데 씨한테도 설명해 주겠어?"

"네? 편집장님, 전 경제 쪽은."

카에데가 당황하며 말해도 기쿠치는 웃는 얼굴로 못들은 척했다.

"카에데 씨도 앞으로 아동지만 할 거란 보장이 없으니 이 기회에 다양한 경험을 쌓아 보는 게 좋아."

"아, 그런데 편집장님. 공교롭게도 이번 제 기획은 경제 관련이 아니라 도오 출판사에 맞춘 기획입니다."

"뭐야, 그래? 의외군. 그럼 더 좋네. 아무튼 카에데 씨, 잘 부탁해. 휴게실에 가서 둘이 상의해 봐."

카에데는 일단 사키모리를 편집부 안쪽 휴게실로 안내했다. 따로 마련된 방이 아니라 칸막이 몇 개로 구분된 공간에 책상과 의자가 있다. 잘 일지도 못하는 일을 기쿠치가 맡긴 의도를 카에데는 우선은 떠올리지 않기로 했다.

"음료는 뭐로 하시겠어요? 커피, 홍차, 녹차 중에."

"아, 전 커피로."

사키모리는 눈치가 빨라 보였다. 쓸데없이 허세를 부리거나 긴장하지도 않는다.

컵 두 개를 들고 휴게실로 돌아가자 사키모리는 두툼한 가방을 바닥에 내려놓고 태블릿 PC를 책상에 꺼내놓은 채 칸막이에 붙은 포스터를 보고 있었다. 그중에는 〈히로인〉 창간호 포스터도 있어서 카에데는 동요되는 마음을 애써 가라앉혔다.

"다시 한번 인사드릴게요. 전 아야노 카에데라고 합니다."

"예쁜 이름이시군요."

기분 나쁘지 않을 정도로 적당히 붙임성이 있다. 환하게 웃는 얼굴과 맞물려 호감을 자아내지만 평소 버릇인지 상대를 빤히 쳐다보는 건 역시 조금 거슬렸다.

"자, 바로 본론으로 들어가 볼까요."

카에데가 대답하기도 전에 사키모리는 태블릿 PC 화면을 카에데 쪽으로 향했다. 기획서는 종이가 아닌 컴퓨터로 작성하는 스타일인 듯하다.

화면에는 아동용 드레스 사진이 몇 장 표시돼 있었다. 발표회나 결혼식 자리에서 입는 드레스보다는 만화나 애니메이션 속 캐릭터 의상과 비슷하다. 아니, 비슷한 게 아니라 정말 그런 종류의 드레스다. 카에데는 전에 맡았던 여아용 잡지에서도 비슷한 드레스를 자주 봤다.

"저렴한 재료로 만드는 여아용 코스프레 의상입니다."

사키모리는 카에데의 반응을 떠보는 것처럼 운을 뗐다.

"유원지 이벤트 같은 곳에서 종종 볼 수 있는데, 요즘 젊은 부모들 사이에 이런 캐릭터 의상을 직접 제작해서 아이에게 입히는 게 유행한다고 하네요. 그것도 주로 백 엔짜리 재료들을 써서요."

"이걸 전부 백 엔짜리 재료로 만든다고요?"

"전부는 아니지만 거의 대부분 그렇다고 합니다."

듣고 보니 뭔가 싸구려 같은 느낌이 들지만 이야기를 듣지 않았다면 상상도 못 했을 것이다.

"천과 레이스, 리본, 단추까지 다 백 엔짜리죠. 철사와 골판지, 스티로폼 등도요."

옆 칸막이에서는 다른 잡지의 회의를 하고 있다. 의견이 부딪히는지 소란스럽지만 사키모리의 이야기에 집중하다 보니 점차 다른 소리가 들리지 않는다. 막힘없이 설명하는 것을 보니 사키모리는 보기보다 훨씬 이 분야를 잘 아는 듯했다.

"혹시 자녀가 있으신가요?"

"아뇨. 전 독신입니다. 결혼한 적이 없고 아이도 없죠. 하지만 제 친구들은 다들 엄마 아빠라 아이들을 접할 기회는 꽤 있습니다."

카에데는 "그렇군요" 하고 왠지 복잡한 심경으로 턱을 뒤로 뺐다. 카에데 주변에도 아이 엄마가 많아서 갓난아기와 아이를 대하는 게 능숙한 편이다.

사키모리가 태블릿 PC 화면을 툭툭 두드려 화면을 바꿨다. 드레스 사진 다음으로 화면에 나타난 것은 누군가의 블로그다. 디자인은 심플한 편이고 글에 쓸데없는 장식이나 이모티콘 같은 것도 보이지 않는다.

"조금 전 보여 드린 사진이 바로 이 블로그에 올라와 있던 겁니다. 블로그 주인은 남자 같은데 아무리 글을 훑어봐도 아내의 흔적이 전혀 없더군요. 딸을 위해 옷을 제작한다고 하고요. 휴일에 조금씩 작업하면서 제작 과정을 사진으로 찍어서 블로그에 올리고 있습니다. 구독자도 많아서 파워 블로거라고 해도 되겠네요."

"싱글 파더일까요?"

블로그 주인의 닉네임은 '소라파파'다.

"요새 유행하는 캐릭터 도시락도 그렇고, 요즘은 내 아이를 위해 직접 뭔가를 만드는 부모들이 많습니다. 그래서 이런 수공예에 관심을 갖는 사람도 늘고 있다고 하고요. 도쿄 도심가에 수예용품 체인점이 속속 들어서고 닛포리의 섬유 거리 같은 곳도 항상 붐비죠. 거기에 '염가'라는 키워드도 사람들의 시선을 끌 테니 잘만 하면 붐이 일어날 수도 있다고 봅니다."

사키모리의 기획 의도를 들으며 카에데는 자신의 어머니를 떠올렸다. 직접 만든 옷과 소품을 딸에게 입히며 만족스러워하던 그 얼굴.

"네. 일리가 있는 것 같아요. 하지만 기획서 말고도 좀 더 판단할 만한 재료가 있었으면……."

"준비가 부족해서 죄송합니다. 오늘은 저도 핵심 의

도 정도만 말씀드리고 자료들은 곧 취합해 보려고 합니다. 관심 있으시다면 조만간 준비해서 다시 찾아뵙겠습니다."

"네. 그렇게 해 주세요. 저도 알아볼게요."

사키모리를 보낸 후 카에데는 자신의 컴퓨터로 즉시 '소라파파'의 블로그에 접속했다. 글이 2주에 한 개꼴로 올라오는 것을 보니 그리 활발한 블로그는 아니다. 업데이트 간격이 그보다 더 길 때도 많다. 글들은 오로지 의상 제작 관련 내용이고 사진 아래에는 전부 짧은 설명이 덧붙어져 있었다.

　─오늘 사용한 옷본은 이겁니다.

　─신경 쓸 부분이 많아서 시작 전부터 엄두가 안 나지만, 우리 소라 씨가 기뻐하는 얼굴을 상상하며 어떻게든 해 보려 합니다.

　─오건디* 2단 레이스. 딱 맞는 색을 찾느라 힘들었네요.

　─개더** 부분에 입체감이 부족한 것 같죠? 에이, 다

● 　얇고 반투명한 모직물. 여성 의류의 여름 옷감이나 장식용으로 많이 쓴다.
●● 　천에 홈질을 한 뒤에 그 실을 잡아당겨 만든 잔주름.

시 만들어야겠다!

─무늬 있는 리본도 괜찮겠지만 역시 스팽글*을 넣는 게 화려하고 예쁘겠지요.

─귀찮기는 해도 이 부분은 꿰매기 전에 꼭 다림질을 해야 합니다. 바늘코도 조절해야 하고요. 안 그래도 아저씨라 요새 눈이 침침한데 힘드네요~.

아무래도 '소라 씨'가 딸인 듯하다. 올해 쓴 글에 딸의 여덟 번째 생일을 축하하는 글이 있었다.

딸이 완성된 옷을 입고 찍은 사진도 있다. 얼굴을 모자이크 처리해서 표정까지 알 수는 없다.

─기뻐하며 포즈를 취하는 소라 씨. 오오, 고생한 보람이 있네요.

─'아빠, 만드느라 많이 힘들었지?' 소라 씨의 따뜻한 한마디에 그동안의 피로가 눈 녹듯 사라집니다.

─너무 좋아서 방방 뛰는 소라 씨와 혹시 실밥이라도 풀릴까 봐 노심초사하는 아저씨.

─'아빠, 고마워! 우리 아빠 최고!' 이러니 제가 열심

* 반짝거리는 얇은 장식 조각.

히 할 수밖에 없다니까요.

　블로그 글에는 수많은 댓글도 달려 있었다. 실력에 대한 찬사. 옷 제작 관련 질문. 그리고 거의 모든 이들이 입을 모아 아버지로서 '소라파파'를 칭찬하고 있다.
　카에데는 표정이 점차 굳어지는 것을 느꼈다. 어머니의 얼굴이 머리를 스친다. 우리 딸이 기뻐하는 걸 보니 엄마도 정말 행복해.
　어머니의 웃는 얼굴이 순간 추하게 일그러진다.
　문득 정신을 차리니 손에 든 메모지가 검은 펜으로 까맣게 칠해져 있었다. 얼마나 세게 눌러 썼는지 구멍까지 뚫렸다. 카에데는 메모지를 쓰레기통에 버리고 펜을 책상에 내팽개친 후 다시 모니터를 봤다.
　카에데는 '소라파파'가 좋은 아버지라는 의견에 동의할 수 없었다. 모든 게 딸을 위해서라고 하지만, 그저 자신의 과시욕을 채우고 있는 게 아닐까. 혹은 딸의 의사를 무시한 일방적인 애정일 수도 있다. 그러나 당사자는 물론 수많은 블로그 독자들은 그것을 깨닫지 못하고 있다. 아마 딸조차도.
　마우스를 움직이는 오른팔에 무심코 힘이 들어갔다. 그때 누가 카에데의 어깨를 툭 두드렸다.

"사고 쳤다며?"

화장기 없는 얼굴로 웃는 사람은 회사 동기이자 동갑내기 친구인 구와타. 수수한 티셔츠와 바지 차림에 대충 하나로 묶은 헤어스타일이 입사 이래 한 번도 바뀌지 않았다. 두 아이를 둔 워킹맘으로 여성용 만화 편집부에서 일하며 경력을 충실히 쌓아 가고 있다.

"걱정 마, 걱정 마. 그 정도 실수는 누구나 해. 이렇게 말하는 나도 마찬가지고."

아무래도 〈히로인〉 광고 일을 말하는 듯했다. 그 이야기가 구와타의 귀에까지 들어가다니. 조금 심란하지만 카에데는 두 볼이 굳은 걸 상대가 알아차리지 못하게 열심히 웃는 표정을 지었다.

"고마워. 근데 여긴 무슨 일이야?"

그러자 구와타는 허리를 숙이더니 목소리를 낮춰 말했다.

"아, 실은 조만간 부서를 옮길 것 같아서. 그전에 와서 좀 봐 두려고."

"뭐?"

"너도 알다시피 집에 아이가 둘이나 있다 보니 요새 너무 힘들어. 만화는 일정이 촉박하고 밤에만 연락이 되는 작가들도 있어서 부서 이동을 신청했어. 특별히 내가 만화를 맡고 싶었던 것도 아니고."

"그렇구나. 힘들겠네. 근데 여기 일도 그렇게 만만치는 않아."

"알아, 알아. 그런 뜻으로 말한 거 아니야. 화내지 마."

"화는 무슨."

카에데는 일부러 눈을 크게 뜨며 시치미를 뗐다.

"응. 그럼 다행이고. 아무튼 아직 정식 발령은 아니니 비밀이야. 아 참. 언제 우리 집에 놀러 와. 둘째 얼굴 못 봤지?"

"유마 말이지? 응, 보고 싶네."

"그럼 스케줄 봐서 연락할게."

구와타의 뒷모습을 멍하니 지켜보며 그녀의 부서 이동이 무엇을 의미하는지 곰곰이 떠올렸다. 각 부서당 인원수는 정해져 있다. 연공서열로 직책을 정하는 회사는 아니지만 나이와 근속연수가 어느 정도 영향은 미친다.

그때 전화기가 울렸다. 어제 욕설을 퍼붓던 독자의 목소리가 불뚝 튀듯 귓가에 되살아났다. 역시 애가 없는 사람은 모른다니까요.

카에데는 '소라파파' 블로그가 표시된 모니터 화면을 가만히 노려봤다. 글과 댓글을 여러 번 다시 읽어도 역

시 이해되지 않는다. 이런 사람이 좋은 아빠라니. 이해
할 수 없는 부모의 마음. 이런 녀석들이 날 비난한다고?

발끈한 카에데는 탁탁 소리를 내며 키보드를 두드리
기 시작했다.

Name: 이로하

Comment: 당신은 아이를 정말 사랑하나요?

그 한 문장을 입력한 후 블로그 페이지를 닫았다.

그리고 몇 시간이 지나 다시 블로그에 들어가자 카에
데의 댓글에 '소라파파'의 답글이 달려 있었다.

Re: 혹시 자녀가 있으신지요?

정곡을 찔렀다. 카에데는 숨을 삼키고 입술을 꽉 깨물
었다. 통증이 느껴질 만큼. 이 자식, 입만 살아가지고는.

카에데는 다시 키보드에 손을 올렸다.

다나시마 1

"아빠! 일어나. 아빠, 얼른!"

몸 위가 묵직해지더니 잠시 후 좌우로 흔들렸다. 머릿속까지 울려 퍼지는 앙칼진 목소리. 눈꺼풀은 아직 천근만근이다.

속으로 '오늘은 좀 봐줘'라고 생각했다. 어젯밤 회식 때 상사에게 붙잡혀 이곳저곳을 전전하다가 집에 와서 침대에 누웠을 때는 이미 새벽 3시가 지나 있었다. 잠만 부족하면 모르겠는데 숙취까지 겹쳐 몸이 두 배로 힘들었다.

"아빠."

목소리가 바로 귓가에서 울린다. 긴 머리카락이 얼굴에 닿아 간지러웠다.

그때 슬리퍼를 신은 발소리가 들리더니 뒤이어 문을 여는 소리가 들렸다.

"미소라, 안 된다고 했잖니. 오늘은 아빠 피곤한데."

어머니의 목소리. 전에 비해 외모는 별로 달라지지 않았지만 요즘 들어 목소리에서 부쩍 나이가 느껴진다.

"하지만……."

"아니, 일어날게. 잘 잤어? 우리 딸."

다나시마는 마음을 다잡고 간신히 눈을 떴다. 눈앞에 보이는 딸의 얼굴이 순식간에 환하게 빛난다.

"늦잠꾸러기!"

이제는 아빠를 타박할 줄도 안다. 몸집은 여전히 작은데 몸무게가 제법 느껴져 놀랐다. 여덟 살. 요즘은 나이를 가끔 확인하지 않으면 기억나지 않을 때가 있는데 함께 있는 시간이 길면 그럴 일도 없을까.

"조금 더 자렴. 어제도 늦게 왔잖니."

살짝 열린 문 틈새에서 할머니가 말하자 미소라가 서둘러 끼어들었다.

"아냐. 오늘 미소라랑 공원 가기로 약속했어."

"할미랑 가면 되지."

"싫어. 아빠랑 갈래."

"내일은 어떠니? 내일도 그럭저럭 한가하지 않아?"

마지막은 아들에게 던지는 질문이지만 다나시마는 대답 없이 미소라를 봤다. 하얗고 보드라운 피부와 온순해 보이는 눈매. 해가 갈수록 엄마를 닮고 있다. 아내인 미유키를 처음 만났을 때 미유키도 두 볼이 이렇게 발그레한 장밋빛이었다.

"점심에 공원에 가자. 할머니가 싸 주신 도시락 들고."

"응! 가서 운동도 할래."

"운동 좋지. 근데 아빠는 운동은 함께 못 할 것 같아. 우리 딸 옷 만들어 줘야 해서."

생글생글 웃던 미소라의 얼굴이 대번에 어두워진다. 이렇게 표정이 풍부한 것도 엄마를 닮았을까.

"내일은 어때?"

미소라는 할머니의 말을 그대로 따라 하며 물었다.

"내일도 갈 수는 있지만 어차피 저녁 전에는 집에 와야 해. 꾸물거리다가는 핼러윈까지 못 만들 수도 있어. 안나 옷을 못 입게 돼도 괜찮아?"

안나는 요즘 초등학생 여자아이들에게 인기 많은 게임 속 캐릭터다. 아이돌 지망생들이 인기 아이돌을 목표로 하는 게임인데 캐릭터 한 명 한 명의 개성 넘치는 의상으로 유명하다. 미소라는 그중에서 특히 안나의 무대 의상을 좋아했다. 최근 5년간 다나시마는 미소라가 좋아하는 캐릭터 옷을 만들어 시가 주최하는 핼러윈 코스튬 퍼레이드에 참가하고 있다.

미소라는 고개를 숙이고 입술을 비쭉 내밀었다.

"아직 4월인데……."

"우리 딸도 알다시피 아빠가 회사 일 때문에 바빠서 나중에 몰아서 만들 수는 없어. 지금부터 조금씩 만들어 둬야 해."

"그럼 언제 놀아 줄 건데? 내일도 저녁 먹고 갈 거 잖아."

그러자 할머니가 옆에서 "미소라" 하고 손녀를 다그쳤다. 다나시마는 대답하지 않고 잠시 말없이 있었다.

다나시마가 일하는 곳은 관공서가 밀집한 가스미가세키에 있다. 다나시마는 사립대학 졸업 후 3년간 준비해서 국가 공무원 2종 시험에 합격 후 경제 산업성에 들어갔다. 명문대 출신이 아니라 승진에 한계가 있지만 평소 일은 잘하는 편이라고 자부하고 있다.

다나시마는 노력으로 거머쥔 삶에 만족하며 살았다. 그날이 오기 전까지는.

5년 전 아내 미유키가 사고를 당했다. 공무원 사택 베란다에서 발을 헛디뎌 추락한 것이다. 다나시마는 당시 근무 중이었고 구급차가 집에 도착했을 때 집 안에서는 세 살 미소라가 혼자 울고 있었다. 미유키는 다행히 목숨을 건졌지만 의식을 회복하지 못하고 5년이 지난 지금까지 병원 신세를 지고 있다.

망연자실했다. 바쁠 때는 며칠 동안 집에 가지 못할 때도 있어서 혼자서 미소라를 키우는 건 역부족이었고 결국 의지할 곳은 본가였다. 다나시마가 태어나서 고등학교에 다닐 때까지 산 단독주택은 부모님 소유이고 아버지는 몇 년 전 세상을 떠났지만 어머니는 아직 정정하다. 미혼인 여동생도 있다. 다행히 두 사람은 싫은 내색 하지 않고 다나시마에게 도움의 손길을 내밀어 주었다.

도쿄에서 혼자 사는 게 어떻겠냐고 다나시마에게 제안한 사람도 어머니였다. 본가는 지바현 북쪽에 있어서 가스미가세키까지 전철을 타면 한 시간 반이 걸리고 막차도 일찍 끊긴다. 본가에서 계속 출퇴근하다가는 일에 지장을 줄 것이고 건강마저 잃을 수 있다는 게 이유였다.

고민 끝에 다나시마는 어머니의 제안에 따르기로 했다. 미소라를 본가에 맡기고 혼자 사택을 지키며 일을 쉬는 주말에만 딸을 만나러 갔다. 매주 가기는 힘들었고 여유 있으면 2주에 한 번, 바쁘면 두 달이나 못 갈 때도 있다.

또래 아이들에 비해 어른스러운 미소라는 아빠를 이해해 주지만 그래도 외로울 것이다. 다나시마는 그래서 더욱 핼러윈 의상을 신경 써서 만들어 주고 싶었다.

머리맡에 있는 시계를 집어 들었다.

"이것 봐, 우리 딸. 벌써 10시지? 이러고 있을 시간에 벌써 공원에 다녀오고 옷도 만들었겠다."

아무리 어른스러워도 아빠가 스리슬쩍 논점을 바꾸는 걸 알아챌 나이는 아니다.

"자, 자. 미소라, 얼른 서두르렴."

할머니가 문을 활짝 열자 미소라는 뭔가 석연치 못한 얼굴로 방을 뛰어나갔다. 콩콩거리는 발소리가 점차 멀어진다.

다나시마는 한숨을 내쉬고 침대에서 내려갔다. 폴로 셔츠와 면바지로 옷을 갈아입고 거실로 나간다.

계단 아래에서 돗자리를 품에 안은 유메노와 하마터면 부딪힐 뻔했다. 여동생 유메노는 제 사전에 '정숙'이라는 단어는 없다는 듯이 워낙 덤벙거려서 가끔 여동생이 아니라 남동생 같을 때도 있다. 평소 거의 청바지만 입고 다니는 통에 단아한 이름과 이미지가 매칭되지 않는다는 이야기를 자주 듣는다고 한다.

"응? 오빠가 이 시간에? 내일은 해가 서쪽에서 뜨려나?"

원래부터 서로 으르렁거리는 남매는 아니었다. 유메노가 오빠에게 부쩍 차가워진 것은 미소라를 본가에 맡긴 이후부터다.

미소라가 태어났을 때 아직 10대였던 유메노는 갓난아이라는 생소한 존재에게 푹 빠져서 그야말로 팔불출 고모가 되었다. 아르바이트를 해서 번 돈으로 틈만 나면 조카 선물을 사서 오빠 집을 찾았고, 다나시마가 본가에 미소라를 데려오는 날에는 온종일 미소라 옆을 떠나지 않았다. 새언니인 미유키와도 사이가 좋았으니 아이가 더욱 예뻐 보였을 것이다. 미소라도 다행히 젊은 고모 유메노에게 마음을 열고 잘 따랐다.

다나시마는 유메노를 무시하고 그냥 지나치려 했지만 뒤에서 중얼거리는 소리가 들렸다.

"오빠는 돗자리가 어딨는지도 모르겠지. 미소라의 가방 주머니에 얼마 전 주워 온 예쁜 돌이 들어 있는 것도."

유메노가 돗자리를 옆으로 붕 휘두르는 바람에 고개를 돌린 다나시마에 얼굴에 바람이 닿았다.

"이제는 슬슬 이직을 고려할 때도 되지 않았어? 미소라가 또래 애들보다 어리광이 심한 것도 다 외로워서 그래."

다나시마는 복도 끝 부엌을 힐끗 봤지만 미소라에게는 들리지 않는 듯하다. 미소라는 소시지를 게 모양으로 할지 문어 모양으로 할지를 두고 할머니와 즐겁게 상의하고 있다.

"나도 신경 쓰고 있어."

그러자 유메노는 "글쎄. 그 정도를 과연 신경이라 할 수 있을까" 하고 비아냥 섞어 중얼거렸다. 업신여기는 말투에 다나시마는 순간 욱했다.

"이직은 어렵다고 내가 여러 번 말했을 텐데."

"여러 번 들었지만 역시 이해가 안 돼서 그래. 아이랑 좀 더 함께 있을 시간이 있는 일도 많지 않아? 정 안 되면 연봉을 좀 낮춰서 찾으면 되지. 물론 고생해서 들어간 곳이니 쉽게 포기할 수는 없겠지만."

목소리가 커지려는 것을 간신히 참았다.

유메노는 원래도 말을 잘하지만 사립 고등학교에서 기간제 교사로 일하면서 말발이 더 세진 느낌이다. 전공은 현대 문학인데 눈앞에 있는 가족의 마음도 못 헤아리면서 남이 쓴 글의 의도를 이해할 수나 있을까.

"내가 왜 이러는지 아직도 모르겠어? 다 미소라가 딱해서 이러는 거잖아. 지금은 엄마가 도와주지만 앞으로도 그럴 거란 보장은 없고, 엄마가 오빠 앞에서는 내색 안 해도 틈만 나면 나한테 와서 푸념하는 것도 듣기 싫어. '걔만 그렇게 되지 않았어도'라는 말을 듣기도 이제는 지긋지긋하다고."

다나시마는 '그렇게 불만이면 네가 집을 나가면 되잖아'라는 말이 목구멍까지 차올랐다. 그렇다. 결혼하거나

자기 힘으로 독립해서 나가면 그만이다. 그러지 못하
니 자신도 이 집에 빌붙어 사는 주제에 꼭 집주인이라
도 되는 양 굴고 있다. 또 어머니의 푸념을 진지하게 받
아들이는 것도 이해되지 않았다. 전업주부의 푸념 따위
그저 자기 기분을 알아 달라고 하는 소리에 불과하다.
다나시마는 아버지가 세상을 떠난 날 관에 달라붙어 오
열하는 어머니를 보며 '평소 그렇게 불만이 많았으면서
이제 와서?'라고 의아해하던 기억을 떠올렸다.

"아무튼 앞으로는 좀 더 일찍 일어날게."

"뭐야 그게. 내가 지금 그 소리를 하는 게 아니잖아."

참 끈질기다. 다나시마는 유메노의 얼굴을 잠시 매섭
게 노려봤다. 여동생의 얼굴이 순간 한 번도 만나지 못
한 '이로하'의 얼굴처럼 보였다. 입에서는 그 재수 없는
말이 튀어나온다. '당신은 아이를 정말 사랑하나요?'

다나시마는 '소라파파'라는 닉네임으로 블로그에 의
상 제작 관련 글을 올리고 있다. 미소라의 아버지라 이
름을 '소라파파'라고 지었다. 별 고민 없이 지은 닉네임
인데도 마음에 들었다.

그러던 어느 날, '이로하'라는 사람이 대뜸 블로그에
찾아와 댓글란에 난폭한 한마디를 남기고 갔다. 다나시
마는 댓글을 본 순간 화가 치밀었지만 곧 다시 냉정을

되찾았다. 이 세상에는 원래 남에게 시비를 못 걸어 안
달인 사람들이 있다. 그런 사람들은 부모의 사랑을 자
기만족, 타인의 친절을 위선 등으로 깎아내리며 자신을
냉철하고 이성적인 인간이라 믿는다. 그런 부류를 상대
하는 건 시간 낭비라고 생각했다.

그렇다면 댓글도 그대로 내버려 두는 게 상책이지만
무심코 그 밑에 답글을 달아 버린 것은 다나시마 역시
자신이 생각하는 것보다 냉정하지 못하다는 증거일 것
이다.

그것도 모자라 '자녀분이 있으신가요?'라는 카운터
펀치가 예상보다 강력했는지 오히려 상대에게 발동을
걸어 버렸다. 그날 이후 '이로하'는 다나시마의 블로그
에 집요하게 비판 댓글을 달기 시작했다.

　―당신이 지금 하는 건 부모의 자기만족에 불과해요.
　―딸의 의사도 제대로 확인하고 있나요?
　―아동 심리와 학대에 관한 사이트를 알려 드릴 테니
참고하세요.

이 정도면 단순한 오지랖을 넘어서서 말도 안 되는 생
트집과 모욕이다. 그러나 당사자는 그야말로 올바른 진

리를 친절히 설파한다고 생각하는지 처음부터 끝까지 '아빠 자격이 없는 당신을 제가 계몽해 드리죠'라는 태도였다.

이로하. 글에서 느껴지는 분위기를 보건대 아마 여자일 것이다. 세상을 보는 시야가 좁고 독선적이며 틈만 나면 잘난 척을 하는 아니꼬운 여자가 분명하다.

"내가 미소라를 사랑하시 않는다는 거야?"

다나시마가 목소리를 깔고 묻자 유메노가 몸을 흠칫했다. 감정 기복이 심한 사춘기 때 둘이 다투다가 다나시마가 주먹으로 문에 분풀이를 했을 때와 비슷한 반응이다.

"그건 아니겠지만……."

우물거리는 유메노를 내버려 두고 다나시마는 세면대로 향했다. 어젯밤 회식에서 쌓인 피로와 수면 부족, 돗자리 냄새와 유메노의 시비까지 얼굴에 들러붙은 모든 것을 얼른 찬물로 씻어내고 싶었다.

섬유 유연제 향이 풍기는 수건을 얼굴에서 떼고 천천히 코로 숨을 내쉰다. 그렇다. 굳이 언급할 것도 없는 문제다. 나는 미소라를 사랑한다.

아침 식사는 거르고 거실에서 신문을 읽고 있자 미소라가 눈앞에 휙 나타나 커다란 리본 달린 가방을 흔들어 보였다.

"아빠. 가자!"

"준비 다 했어?"

본가에서 외출할 때는 유메노의 차를 쓴다. 아버지가 세상을 뜬 후 아버지의 차는 팔았고 다나시마의 차는 이곳에 두지 않는다. 미소라가 막 태어났을 무렵에 가족용 SUV 차량을 샀는데 지금은 거의 탈 일이 없어서 공무원 사택 주차장에 잠들어 있다. 병원에 있는 미유키처럼.

유메노에게 운전을 맡기고 다나시마는 어머니와 함께 뒷자리에 탔다. 잠시 쉬려고 시트에 깊숙이 앉아 눈을 감았지만 시동이 걸리자마자 귀를 찌르는 노랫소리가 들렸다. 미소라가 좋아하는 아이돌 게임 무대 장면을 모아 놓은 DVD가 재생된 것이다.

세 번째 곡이 흐를 무렵에 목적지에 도착했다. 전국 어디에나 있을 평범한 공원이지만 튤립 시즌이고 쾌청한 휴일이라 가족과 커플 단위 방문객으로 북적거렸다.

"미소라, 여기 좀 볼래?"

꽃을 만지는 딸의 모습을 스마트폰 카메라로 찍는다. 사진 폴더에는 딸의 사진이 가득하고 심지어 폰 비밀번호는 미소라의 생일을 조합해서 만들었다. 딸을 향한 사랑을 의심하는 '이로하'에게 다나시마는 이것 보라며 보여 주고 싶었다.

사진을 몇 장 더 찍는 동안 어머니와 유메노가 자리를 잡았다. 돗자리에 앉아 미소라가 직접 만들었다는 못난 이 주먹밥을 먹는다. 이제는 이런 것도 잘 만든다며 감탄하는 것 역시 '딸바보 아빠'라는 증거일 것이다.

30분 정도 점심을 먹고 다나시마는 유메노에게 차 키를 받았다.

"미소라. 아빠는 이만 가 볼 테니 아빠 없이도 재밌게 잘 놀다 와야 해. 아빠도 가서 우리 딸 옷 열심히 만들게."

"응. 예쁘게 만들어 줘야 해!"

미소라는 투정 부리거나 떼쓰지 않고 손을 흔들더니 놀이터 쪽으로 쪼르르 뛰어갔다. 할머니가 부랴부랴 손녀를 뒤따라간다. 다나시마의 기억 속 젊은 어머니는 펌프스를 즐겨 신었지만 할머니가 된 뒤부터는 거의 운동화만 신는다.

"5시 맞지?"

다나시마가 데리러 올 시간을 묻자 유메노는 뭔가 할 말이 있어 보였지만 일부러 못 본 척했다.

집으로 향하는 긴 오르막길을 경차가 끙끙거리면서

오른다. 차도 이럴 정도이니 매번 전철 막차를 타고 와서 이 길을 오르던 시절에는 늘 체력이 달렸다.

미유키를 부모님께 소개하러 처음 집에 데려갈 때는 언덕길 아래까지 차로 데리러 와 달라고 부탁할지 진지하게 고민했다. 오르막길을 다 오른 미유키는 가냘픈 팔을 들어 어설프게 승리 포즈를 취했다. 혼자 이 길을 오를 때마다 아내와의 추억이 떠오른다.

집에 도착하자마자 방에 틀어박혔다. 침대와 책상 모두 고등학생 때 쓰던 것들이 그대로 남아 있지만 주말에 본가에 와 옷을 만들기 시작하면서 남은 공간에 다소 무리하게 큰 작업대를 들었다. 그 위에는 값비싼 고성능 재봉틀도 있다.

다나시마는 어린 시절부터 손재주가 있었고 꼼꼼한 작업을 좋아했다. 점토와 퍼즐, 프라모델, 낚시 장치 등을 만드는 게 특기였다. 수예도 취미 중 하나였지만 사춘기 이후부터는 주위에 알리지 않고 남몰래 즐겼다. 남자 혼자 아무렇지 않게 디저트 가게에 가고 스킨로션이나 립밤 따위가 필수품인 요즘 젊은 남자들은 이해 못 할 것이다.

그러다 미소라가 태어난 이후부터는 이런 취미를 다시 당당히 드러내게 되었다. 하지만 직장에서만큼은 팬

한 오해를 살 수 있으니 여전히 숨기고 있다. 다나시마에게 '소라파파' 블로그는 소중한 공간이었다. 대중적이지 않은 소재라 독자층은 한정돼 있지만 지금껏 다나시마를 조롱하거나 모욕하는 사람은 없었다.

문득 '이로하'가 떠올랐지만 깊이 파고들지 않고 의상 제작에 집중했다. 블랙 계열의 로맨틱 튀튀 드레스*. 완성하려면 아직 멀었지만 이제는 제법 형태가 갖춰졌다. 요새는 재봉틀 없이도 쉽게 만드는 법이 있다고 하지만 다나시마는 전통적인 방식을 고수했다. 품은 더 들어도 완성도의 차원이 달랐다.

작업에 몰두하다가 퍼뜩 정신을 차리니 어느새 시계가 4시 30분을 가리키고 있었다. 5시 정각에 공원 주차장에 차를 대자 미소라가 차를 발견하고 쪼르르 뛰어왔다. 땀 냄새를 희미하게 풍기며 조수석에 올라탄다. 무릎에는 반창고가 붙어 있었다.

"응? 이건 왜 이래?"

"놀다 보니까 피가 나고 있었어. 고모가 붙여 줬어."

뒷좌석에서 유메노가 면목없어하는 목소리로 "미안" 하고 말했다.

● 주로 발레를 할 때 입는 주름이 많이 잡힌 스커트.

"내가 잘 봤어야 하는데."

다나시마는 유메노를 질책하지 않았다. 백미러에 비치는 유메노가 입술을 살짝 일그러뜨린다.

미소라는 아무렇지 않은 것처럼 다나시마가 꺼 둔 DVD의 재생 버튼을 누르려고 했다.

"아프진 않아?"

"응. 근데 목욕할 때는 좀 아플 수도 있을 것 같아."

화면 속에서 소녀들이 신나게 노래를 시작하자 다나시마도 덩달아 목소리를 높였다.

"어머니, 저녁은 어떡할까요?"

시트에 깊숙이 몸을 기대고 있던 어머니가 허리를 일으켰다. 요즘 자주 피로를 호소한다고 한 유메노의 말이 아무래도 사실인 듯 보인다.

"냉장고에 있는 것들로 해결하려고 했는데."

"따로 준비한 게 없으면 오늘은 그냥 밖에서 먹고 가죠."

"그럴까. 오늘은 좀 쉴까."

뭐가 마음에 안 드는지 옆에서 유메노가 다나시마를 쳐다봤지만 다나시마는 신경 쓰지 않고 어머니를 향해 말했다.

"혹시 뭐 드시고 싶은 거 있어요?"

"아니, 난 아무거나 괜찮아. 평소에 혼자 쓸쓸히 밥 먹는 사람이 정해야지."

그러자 유메노가 이번에는 어머니를 향해 고개를 획 돌렸다.

"뭐야, 그게. 내 앞에서는 초밥 먹고 싶다고 했고, 또 언젠가는 맛있는 고기를 먹은 게 언젠지 기억도 안 나고 했잖아. 저번에는 뜬금없이 포카치아라는 듣도 보도 못한 음식이 먹고 싶다고 해서 내가 레스토랑에 데려가기도 했고."

"얘, 너 왜 그러니? 그게 지금이랑 무슨 상관있다고. 원래 이 나이쯤 되면 어려운 음식 이름 같은 건 잘 기억 못 해."

"그게 아니라, 왜 오빠 앞에서만 그렇게 약해지냐는 말이야."

"약해지다니. 네 오빠는 평소에 혼자 힘드니까 집에 와 있을 때 정도는……."

"엄마 머릿속에는 늘 그렇게 오빠 생각뿐이야. 저녁 메뉴 하나 정할 때도 미소라가 먹고 싶어 하는 거 먹자는 말도 못 하고."

다나시마는 괜히 밖에서 먹고 가자고 했다며 속으로 후회했다. 왜 이렇게 사소한 문제로 쓸데없이 감정싸움을 하는 걸까. 서로 조금만 참고 좋게좋게 말하면 해결될 텐데. 성별로 구분 짓고 싶지는 않지만 역시 여자는 기본적으로 감정적인 걸까.

"미소라는 뭐 먹고 싶어?"

"패밀리 레스토랑!"

미소라는 노래를 흥얼거리다 간주가 나오자 재빨리 외쳤다. 패밀리 레스토랑에 있는 드링크 바에 가고 싶은 듯하다. 결국 다나시마는 미소라가 고른 곳에 가기로 했다. 어머니와 여동생의 말다툼을 듣고 있기 지긋지긋했다.

저녁 식사를 일찍 마치고 고막을 찌르는 노랫소리를 견디며 집에 돌아갔다. 음료수 세 잔을 마시고 기분 좋아진 미소라는 눈을 반짝이며 다나시마가 만드는 옷을 봤다.

"정말 안나 옷이네!"

"응. 완전 똑같지?"

굳이 대답을 듣지 않아도 마음에 들 것을 알고 있다. '이로하'는 딸의 의사니 뭐니 했지만 다 모르니까 하는 소리다.

다나시마는 자신감과 확신에 차서 미소라의 등을 살짝 밀었다.

"우리 딸은 가서 고모랑 씻고 와. 아빠는 조금만 더 만들게."

골든 위크*가 다가오는데도 굳은 날씨가 이어졌다. 얼마 전 세탁소에서 찾아온 양복과 가방 속 서류가 젖어버릴 만큼 폭우가 쏟아지는 것은 아니지만 집 밖에 나갈 때는 항상 하늘을 향해 손바닥을 들이 확인했다.

"다나시마 씨. 7번 문제 자료는 어떻게 돼 가고 있어?"

해가 저물 무렵 본격적으로 빗방울이 떨어지기 시작할 때 계장이 다나시마에게 질문의 탈을 쓴 질책을 던졌다. 문제란 국회 답변서를 뜻한다.

관청 공무원들은 국회 답변일 전날에 국회의원에게 받은 질문서를 바탕으로 답변안을 만들어 총리나 장관에게 제출해야 한다. 문서 작성은 거의 계장이 맡고 말단 직원들은 첨부 자료를 수집하고 작성한다. 다나시마는 자신에게 주어진 과제를 이미 한 시간 전쯤에 제출했다.

"7번은 제 담당이 아닙니다."

"그럼 누구야?"

● 일본에서 4월 말에서 5월 초에 걸친 1년 중 휴일이 가장 많은 주간.

66

속으로 '그건 당신이 알고 있어야지'라고 대답하면서 나루세 쪽을 봤다.

나루세는 명문대 출신으로 경제 산업성에 들어온 지 3년 차 직원이다. 대학생 상태에서 머리만 자란 햇병아리나 마찬가지인데 꼭 경험과 실력을 겸비한 베테랑처럼 군다. 본인은 아마도 스스로를 최우수 직원이라고 믿고 있는 듯하다. 상대의 말에 알겠다고 대답하거나 맞장구칠 때 고개를 끄덕이지 않고 턱을 약간 치켜드는 버릇도 영 눈꼴셨다.

나루세는 언제 사 왔는지 모를 커피 체인점 로고가 그려진 종이컵을 들고 주변 동료들과 오늘따라 몸이 처지는 건 기압 때문이니 뭐니 떠들고 있었다. 재킷을 벗고 소매를 살짝 걷어붙인 모습이 그야말로 대단한 업무를 소화 중인 것처럼 보이는데 나루세가 맡은 과제는 극히 간단한 문제 하나에 불과하다.

"나루세. 7번 자료가 아직이라는데."

"네. 아직 안 올렸습니다."

고개를 돌린 나루세가 당연한 것처럼 대답해서 다나시마는 당황했다. 옆에서 함께 떠들던 동료들도 어안이 벙벙한 얼굴이다.

"안 올렸다니. 7시부터 검토 시작이야."

"물론 그때까지는 맞출 수 있습니다."

"맞출 수 있느냐 없느냐는 자네가 판단할 문제가 아니야."

계장은 머리에서 김이 날 만큼 열심히 문서를 작성 중이라 이쪽을 보지도 않는다. 주변에서는 프린터기 돌아가는 소리가 끊임없이 울렸다.

나루세의 희멀건 볼에 핏기가 돌았다.

"그럼 처음부터 그렇게 지시해 주셨어야죠. '이건 이러하니 몇 시까지'라는 식으로 구체적으로요."

순간 다나시마는 발끈했지만 입을 열려다가 말았다. 어차피 말대꾸할 게 뻔하니 쓸데없이 시간 낭비다. 국회 답변서 작성은 기본적으로 시간과의 싸움이고 모든 직원이 다른 업무를 제쳐 두고 투입될 만큼 촉박했다.

"얼마나 했지?"

나루세는 못마땅한 얼굴로 의자를 뒤로 빼서 다나시마에게 모니터를 보여 줬다. 도표와 내용을 보니 80퍼센트 정도는 완성됐고 예상보다 내용도 알차다. 늘 지시받은 것 이상의 성과를 낸다는 점에서는 우수 직원이라 할 수도 있을 것이다.

"나머지는 나한테 넘겨."

앞으로 30분 정도면 완성할 듯했다.

"네. 어차피 의욕도 떨어져서요."

세상 무서운 것 없는 도련님에게 신경을 끄려면 어금니를 꽉 깨물어야 해서 늘 턱에 힘이 들어갔다.

다나시마는 제자리로 돌아가 완성한 자료를 제출하고 다시 나루세를 불렀다. 나루세가 중간까지 만든 자료에 뭘 덧붙여 어떻게 완성했는지 알려 주기 위해서다.

"아까 그 7번 문제 자료 말인데."

"아, 지금은 다른 업무 중이니 나중에 불러 주시겠어요?"

다나시마는 또다시 턱의 통증을 견뎌야 했다. 자료 제출 전이었다면 벌컥 화를 냈을지도 모른다. 옆자리에 있는 동료가 동정심을 가득 담아 어깨를 두드려 준 덕에 그나마 기분이 약간 풀렸다.

"나중에 한가해지면 알려 줘."

하지만 그로부터 한 시간이 지나도 말이 없어서 또다시 나루세를 부르자 그는 짜증 섞인 얼굴로 중얼거렸다.

"한가해지면 알려 달라고 하셨잖아요."

"대체 언제 한가해지지?"

"제가 그걸 알면 처음부터 몇 시쯤이라고 알려드렸을 겁니다."

"그럼 내가 완성한 문서와 거기 쓴 자료들을 메일로 보낼게."

더는 이 녀석과 말을 섞고 싶지 않았다.

"메일요? 메일함이 꽉 차서 다른 메일에 묻힐 수도 있는데."

다나시마는 말없이 메일을 전송하고 자리에서 일어섰다. 나루세 옆을 지나칠 때 그는 주변 동료들에게 한창 설교를 늘어놓고 있었다. 일본의 업무 처리 시스템만큼 비효율적인 게 없어요. 하나부터 열까지 전부 합의를 거쳐야 하고 쓸데없는 자료와 설명이 너무 많잖아요. 심지어 말단에 있으면 재량권도 없고 의사 결정이 느려 터졌죠. 아무래도 다나시마가 보낸 메일은 아직 읽은 것 같지 않다. 나중에 제대로 확인하지 않아서 분명 똑같은 실수를 반복할 것이고 그때는 또다시 '그런 이야기는 못 들었는데요'라며 책임을 회피할 게 뻔하다.

다나시마는 매점에 가서 피로 해소 드링크를 샀다. 오늘은 기운을 차려서 미소라에게 전화해 연휴 기간에 계속 함께할 수 없다고 미리 전해야 한다. 일 때문이라고 하면 이해 못 할 딸은 아니지만 수화기 너머에서 실망하는 목소리를 들을 것을 생각하니 벌써 마음이 무거워졌다.

귀 아래가 욱신거려 정신을 차려 보니 지금껏 어금니를 꽉 깨물고 있었음을 깨달았다. 안면 스트레칭을 하려고 입을 크게 벌리다가 불현듯 버럭 소리치고 싶은 충동에 휩싸였다. 물론 참아야 한다. 평소에도 많은 것들을 참고 있다.

다음 날 점심시간이 되기 전에 일단 집에 돌아간 다나시마는 셔츠를 벗어서 세탁 바구니에 집어 던졌다. 미유키와 함께 살 때는 이렇게 해 두면 더러운 셔츠가 어느새 하얗고 빳빳한 셔츠가 돼 돌아왔지만, 지금은 다르다. 아침에 옷을 입을 때가 돼서야 셔츠 소매와 옷깃이 누렇게 때 탄 것을 발견할 때도 있다. 신경 써서 빨면 되겠지만 세탁소에 맡기는 쪽이 편하고 빨랐다.

미소라에게는 아직 전화하지 않았다. 다나시마는 스마트폰을 손에 들고 침대에 누워 한숨을 내쉬었다. 어머니에게 대신 전해 달라고 할까. 하지만 그랬다가는 유메노가 또 다음에 무슨 잔소리를 할지 모른다.

그러는 와중에 거의 무의식적으로 '소라파파' 블로그에 들어가 댓글란을 확인했다. 그리고 하마터면 비명을 지를 뻔했다.

Name: 이로하

Comment: 미파파 씨. 아이를 두고 혼자 맛있는 거 먹고 다니느라 즐거우신가 봐요.

'미파파'. 이로하는 댓글에서 다나시마를 그렇게 지칭했다. '미파파'는 '소라파파'와는 별개로 다나시마가 맛집 리뷰 사이트에서 사용하는 닉네임이다.

생각도 못 한 방향에서 날아온 펀치를 가드도 못한 채 얻어맞은 느낌이었다. 머릿속이 뱅글뱅글 돈다. 블로그에는 '소라파파'와 '미파파'가 동일인임을 알 수 있는 글은 고사하고 다른 닉네임이 있다는 사실을 여태껏 밝힌 적도 없다. '이로하'는 대체 어떻게 알아낸 걸까.

'이로하'라는 닉네임만으로 짚이는 사람은 없다. 그동안 일 문제 등으로 다른 사람의 감정을 상하게 하거나 질투를 산 적은 있어도 이렇게까지 집요하게 쫓아다니며 괴롭히는 이유는 가늠도 안 된다. 그냥 정신에 약간 문제가 있는 여자일까.

불현듯 솟구치는 분노를 참지 못하고 스마트폰을 침대에 집어 던졌다. 매트리스에 부딪혀 허공에 한 번 튀어 오른 스마트폰이 화면을 아래로 향한 채 방바닥에 떨어졌다. 액정에 금이 갔건 말건 신경 쓰이지도 않았다.

다나시마는 일 때문에 어쩔 수 없이 외식을 할 때가 많았다. 그것은 나아가서 미소라를 위한 것이기도 하다. 그러나 이 '이로하'는 다나시마가 마치 딸을 내버려 두고 혼자 맛있는 음식을 즐기러 다니는 것처럼 말하고 있다. 아무것도 모르는 주제에. 내가 딸을 얼마나 사랑하는데.

지금껏 이로하가 쓴 모든 댓글이 눈앞에 어른거렸다. 내용을 떠나 글자 하나하나가 '이로하'가 자신만의 올바름을 강요하는 것처럼 느껴졌다.

"닥쳐!"

다나시마는 주먹으로 벽을 퍽 내려쳤다. 심장이 격렬하게 뛰고 있다.

고요한 잠에 빠져 있는 미유키를 떠올렸다.

*

미유키와는 대학생 때 처음 만났다. 도쿄대학에 떨어져서 학교에 다니며 재수를 준비하기 위해 들어간 사립대학에서였다. 다나시마는 정치 경제학부, 미유키는 문학부. 수업 내용은 기억나지 않지만 1학년 학생만 30명 정도 되는 강의를 함께 들었다.

입학한 지 얼마 안 됐을 때는 모두가 주변 사람들에게 관심을 가지니 다나시마의 귀에도 미유키에 대한 정보가 자연스럽게 들어왔다.

풀네임은 노무라 미유키. 다나시마와 같은 지바현 출신이고 친구들 사이에서는 '미유키지'라는 별명으로 불리며 현재 사귀는 남자 친구 없음. 중학생 때부터 와카°를 좋아해서 문학 부문에서 권위 있는 이 대학에 들어왔다. 처음 제출한 리포트가 학생 수준을 뛰어넘어 교수들이 놀랐다고 한다.

다나시마가 미유키에 대해 알게 된 것처럼 미유키도 마찬가지였을 것이다. 학교에 들어와 재수 준비를 한다고 자기 입으로 떠벌리고 다니지는 않았지만 자유를 만끽하는 대학생들 사이에서 홀로 잿빛 분위기를 발산하고 있으면 어지간히 둔한 사람이 아닌 이상 알아채기 마련이다. 그러나 다나시마 같은 학생은 드물었고 외모나 성격, 능력 면에서도 다나시마에게 사람들의 관심을 잡아끌 매력은 없었을 것이다.

● 일본에서 옛날부터 내려온 정형의 노래. 31음을 정형으로 하는 단가를 말한다.

그래서 처음 말을 주고받을 때 미유키가 자기 이름을 알고 있다는 사실에 다나시마는 깜짝 놀랐다.

입학하고 두 달쯤 지난 어느 점심시간이었다. 쏟아지는 비 때문에 식당 안이 만석이라 다나시마는 식당에서 밥 먹기를 포기하고 식판을 들고 근처 강의실에 들어갔다. 다음 강의는 수강생도 거의 없다고 들어서 일찍 올 사람도 없을 거라 추측했다. 다나시마의 예상대로 텅 빈 작은 공간에서는 조용히 빗소리만 들렸다.

미유키가 그곳에 나타난 것은 창가에 앉은 다나시마가 젓가락을 집어 들 때였다. 교내 빵집 비닐봉지를 손에 든 미유키는 강의실에 사람이 있는 것을 보고 잠시 주춤하더니 다나시마를 알아보고 눈을 살짝 크게 떴다. 색이 옅은 눈이었다.

"다나시마, 왜 여기 있어? 다음 강의는 안 듣지 않아?"

미유키는 그다음 강의를 듣는 몇 안 되는 수강생 중 한 명인 듯했다.

다나시마가 여기 있는 이유를 설명하자 미유키는 허를 찔린 듯한 얼굴로 말했다.

"되게 똑똑하구나. 나도 점심에 식당에서 자리를 못 잡을 때가 많은데 다음 강의를 듣지도 않는 강의실에 들어가서 먹는 방법은 생각도 못 했어."

미유키는 칭찬으로 한 말이겠지만 다나시마는 왠지 기분이 조금 거슬렸다.

"아니, 똑똑한 건 너지, 미유키. 원래라면 더 좋은 학교에 갈 수도 있는데 와카 공부를 하려고 일부러 이 학교에 들어오다니. 그게 훨씬 대단해."

웃는 얼굴로 똑같이 칭찬하고자 한 말이지만 그 안에 남긴 약간의 경멸을 느꼈을지도 모른다. 고생이라고는 모르는 아가씨가 하고 싶은 일을 하며 교수들에게 칭찬까지 받다니, 뭔가 불공평하다는 마음이 가슴속 어딘가에 있었다.

미유키는 겸연쩍게 웃으며 다나시마의 옆옆 자리를 손가락으로 가리켰다.

"거기 앉아도 돼?"

그때 다나시마의 눈빛에서 속내가 훤히 보였다고 미유키는 나중에야 털어놓았다. 그런데도 대화를 이어 간 이유는 다나시마가 자신을 '미유키'라고 불렀기 때문이다. 다나시마는 모르고 있었지만 '미유키치'라는 별명에는 '평범하지 않다', '특이하다' 같은 뜻이 있어서 부르는 사람에게 악의가 없다고 해도 미유키는 별로 좋아하지 않았다고 했다.

그날을 기점으로 가끔 잡담을 주고받는 사이가 되었

고 다나시마는 미유키와 알고 지내며 그녀에게 '미유키치'라는 별명이 붙은 이유가 확실히 있다는 것을 깨닫게 되었다. 이상한 것까지는 아니어도 미유키에게서는 뭔가 속세와 동떨어진 느낌이 풍겼다. 색이 옅은 그녀의 두 눈은 늘 천 년도 더 된 옛 세대를 향해 있었고, 현대 패션이나 음악, 연애 등에는 관심이 전혀 없어 보였다.

그런 미유키가 여름방학 때 갑작스럽게 다나시마를 찾아왔다.

그날 다나시마는 지방의 어느 시민 회관에서 열린 수예전 전시장 안에 있었다. 그곳에 자신의 패치워크 작품을 출품했다. 파란 계열 천으로 만든 다다미 반 장 크기의 바다 세계. 깊은 물 속에서 고개를 숙이고 있는 인어공주 실루엣. 화려한 색상을 뽐내는 작품들로 가득한 전시장에서 다나시마의 작품은 그야말로 소박하고 수수했다. 그 앞에서 멈춰 서는 관객도 없었다.

그런 다나시마의 작품을 혼자 감상하던 특이한 관객이 바로 미유키였다. 다나시마의 취미를 아는 고등학교 시절 친구가 미유키와도 알고 지내는 사이라 수예전 소식을 알려 줬다고 했다.

다나시마는 미유키 옆에 서서 자신의 작품을 올려다

봤다.

"어때? 괜찮아?"

"뭐 그럭저럭."

솔직한 대답이었고 수예에 별반 관심이 있어 보이지도 않았다. 그럼 왜 굳이 여기까지 온 걸까.

"패치워크를 시작한 계기가 뭐야?"

"그냥 한가한 동네 아주머니 흉내라고 해야 할까. 농담이고, 실은 외할머니 취미가 패치워크여서 어릴 때 옆에서 가끔 도와 드렸거든. 언제 그만둘지 타이밍을 재고 있었는데 작년에 마침 할머니가 돌아가시는 바람에 이제는 정말 그만두려고."

"그만둔다고?"

미유키는 작품을 응시하며 되물었다. 그리고 갑자기 자기 이야기를 시작했다.

"난 와카 중에서 만요슈*를 특히 좋아해. 만요슈에는 서민의 애환이 담긴 노래가 많은데 기교가 부족한 만큼 소박한 멋이 있고, 지은이의 감정이 잘 전해지거든."

내 패치워크도 그렇다는 뜻일까. 다나시마는 눈살을 찌푸리고 작품을 다시 한번 봤다. 철저하게 어두운 색

● 8세기 오토모노 야카모치가 편찬한 일본 최고(最古)의 가집(歌集).

채. 물 밑에서 고개를 숙인 인어공주. 뭔가 아는 것처럼 평가당하는 기분이 썩 좋지 않았다.

"내 작품도 기교가 부족한가 보네. 그래도 세세한 표현에는 자신이 있는데."

"아니, 그런 뜻이 아니라."

미유키는 잠시 침묵하더니 또다시 예상 못 한 말을 불쑥 꺼냈다.

"다나시마. 나랑 사귀지 않을래?"

다나시마는 기겁하며 미유키를 빤히 쳐다봤다. 자세히 보니 두 눈의 색이 연할 뿐만 아니라 피부도 속이 비쳐 보일 만큼 새하얗고, 머리카락은 염색한 것 같지도 않은데 갈색에 가깝다. 하늘거리는 원피스 안에 있는 가냘픈 몸과 외국인 여자를 연상케 하는 장밋빛 볼. 어디서나 눈에 띌 미인은 아니지만 사람을 끌어당기는 신비한 매력이 있다. 다나시마는 그날 미유키를 보며 처음으로 그런 것들을 느꼈다.

"그게 갑자기 무슨……."

당황하고 경계하느라 무심코 퉁명스럽게 반응한 다나시마에게 미유키는 '여름방학이 끝날 때까지'라는 결정의 유예 기간을 주고 사라졌다.

그 후 2학기부터 다나시마는 그전까지와 사뭇 다른

사람이 되었다. 거들떠보지도 않던 학내 술자리에 전부 참석했고 만나는 이들에게 족족 "재수는 포기했어" 하고 능청스럽게 말하고 다녔다.

"부모님이 이제야 아들의 그릇을 정확히 알게 된 거지. 솔직히 여기 들어오는 것도 힘들었는데 도쿄대가 가당키나 해?"

그전까지 워낙 교류가 없었고 여름방학 동안 공백도 길었던 덕에 다나시마의 새 캐릭터는 주변에 자연스럽게 녹아들었다. 이렇게 말이 잘 통하는 사람인지 몰랐다며 다나시마의 어깨를 툭툭 두드리던 사람이 여럿 있었다.

미유키도 함께한 술자리에서 슬슬 모임이 끝날 무렵에 다나시마는 공개적으로 미유키에게 그날의 대답을 전했다. 미유키는 눈에 띄게 기뻐했고 다른 동기들도 두 사람을 축하해 주거나 부러움 섞인 야유를 보냈지만, 왠지 풀이 죽고 다나시마를 질투하는 듯한 남학생도 몇 명 있었다. 그들은 원래 가고 싶었던 대학 대신 보험 삼아 지원한 학교에 들어와 캠퍼스 라이프를 즐기던 녀석들이었다. 다나시마는 크게 만족했다.

미유키와 사귀는 동안에는 큰 위기나 갈등은 없었다. 처음으로 결혼 이야기가 나온 건 대학교 4학년 때였고 다나시마가 국가 공무원 1종 시험에 낙방한 직후였다. 3학년 때부터 학원에 다니며 여러 관공서의 인턴십 프로그램에 열심히 참가했던 다나시마는 결국 손에 넣지 못한 합격증 대신 다른 성과를 내야 했다. 난감한 것처럼 미소 지으며 술주정뱅이의 프러포즈를 받아 준 미유키는 이미 다나시마의 그런 마음을 알고 있었을지도 모른다.

미유키의 어머니가 딸이 공무원이 되기를 원했다는 것은 부모님께 처음 인사드리러 간 날 알게 되었다. 딸은 그쪽 진로는 거들떠보지도 않는데 결혼 상대라며 데려온 남자가 공무원을 지망한다고 하자 어머니는 몹시 기뻐했다. 아버지는 너무 이르지 않느냐며 완곡히 반대했지만 결국 딸의 의사를 존중해 주었다.

대학을 졸업하자마자 결혼한 후 취업 낭인이던 다나시마는 다시 공무원 학원에 다녔고 미유키는 다나시마 미유키라는 이름이 되어 대학원에 진학했다. 주변에서는 축복과 비슷한 만큼의 경멸도 쏟아졌지만 다나시마는 되레 자랑스러웠다. 경멸은 질투심의 발로라고 생각했다.

다나시마는 그해 시험에도 미끄러져서 결국 시험을 1년 더 준비하기로 했다. 그런데 세 번째 시험을 앞둔 어느 날, 대학원 2학년이던 미유키가 평소 보기 드문 창백한 얼굴로 다나시마에게 조심스레 말했다.

"임신한 것 같아."

순간 머릿속이 하얘졌다. 변변한 직업은 고사하고 경제력도 전무한 상황. 게다가 미유키가 대학원에서 쓴 논문이 좋은 평가를 받았고 담당 교수도 미유키의 미래를 낙관한다고 했다. 계획에 없는 일이었고 누가 봐도 아이를 포기하는 게 현명한 판단이었을 것이다.

그러나 미유키는 아이를 낳고 싶다고 했다.

"낳겠다니. 학교는 어떡하고?"

"그만둘래. 난 그저 와카가 좋아서 연구한 거지 학위가 필요했던 건 아니야."

"하지만 지금껏 당신이 쌓아 온 경력이 전부……."

"나한테는 그런 것보다 당신과 이 아이가 훨씬 소중해. 난 당신과 이 아이를 위해 살아가고 싶어."

다나시마는 못내 아쉬워하면서도 미유키의 그 말을 들었을 때는 속으로 감격했다. 미유키는 정말 좋아하던 와카보다 남편과 아이를 선택해 주었다.

세 번째 공무원 시험은 1종이 아닌 2종을 치렀다. 미래에 태어날 아이를 위해서 하루라도 빨리 안정된 환경을 만들고 싶다고 미유키가 바랐기 때문이다. 물론 2종도

쉽지 않았지만 다행히 한 번에 합격해 다나시마는 경제
산업성에 들어갔다.

미유키의 웃는 얼굴과 부푼 배를 보며 이걸로 충분하
다고 마음속 깊이 생각했다.

카에데 2

황금연휴 첫날, 카에데는 구와타의 초대를 받아 그녀
의 집을 찾았다. 구와타는 카에데가 그냥 인사치레로
한 말을 진지하게 듣고 무려 날짜까지 잡은 것이다. 이
유를 대며 거절해 봐야 어차피 뒤로 밀릴 뿐이고 그렇
다면 사토루가 휴일 출근을 한 그날 가는 게 낫겠다고
판단했다.

구와타의 집을 찾는 건 이번이 세 번째였다. 처음에는
결혼 후 신혼집 방문, 두 번째는 첫째 딸이 태어났을 때.
구와타는 회사에서 결혼 전 성을 쓰고 있지만 문패에는
'사쿠라이'라는 글자가 세련된 글씨체로 적혀 있었다.
현관 밖에는 페달 없는 아동용 자전거가 있고 안으로는
유모차가 보였다.

"실례하겠습니다. 이거, 별거 아닌데."

"에이, 빈손으로 와도 된다고 했는데."

선물을 받아 든 구와타는 티셔츠와 바지 차림에 대충 하나로 묶은 머리까지 평소와 다를 바 없었다. 화장도 거의 하지 않았다.

"어서 오세요, 카에데 씨."

아이를 품에 안은 구와타의 남편은 아내와 달리 패션 지에 실릴 법한 휴일 차림새를 하고 있었다. 거실 유리 창을 덮은 롤스크린과 간접 조명, 장식용 화분 등 인테 리어는 기본적으로 남편 취향에 맞췄다고 했다. 인위적 으로 꾸민 분위기와 아이 있는 집 특유의 어수선한 느 낌이 뒤섞여서 집 안에 들어간 뒤에도 카에데는 마음이 영 편치 않았다.

남편도 집에 있을 줄은 몰라서 약간 긴장했다. 그와 만나는 건 결혼식 이후 두 번째지만 왠지 까다로운 느 낌을 주는 남자였다. 사토루와는 다르게 빈틈이라곤 없 어 보였다.

"죄송합니다. 모처럼 쉬는 날이신데."

"아뇨, 괜찮습니다. 오히려 집사람이 억지로 부른 건 아닐까 걱정되는데요."

그러자 대면식 주방에 서 있는 구와타가 "아냐" 하고 핀잔을 줬다.

"카에데 씨도 아시다시피 아내가 평소에 워낙 거침이 없고 무서워서 오히려 손님이 와 주시면 안심이 됩니다. 그렇지? 유마."

사쿠라이는 외국인처럼 어깨를 으쓱하고 품에 안은 갓난아이의 얼굴을 보며 물었다.

"어머. 정말 많이 컸네요. 머리카락도 자랐고."

"네. 유마, 예쁜 이모가 너 보러 왔단다."

아버지 품에서 떨어진 아이는 놀란 얼굴로 카에데를 멀뚱히 쳐다봤다. 크고 반짝이는 눈동자. 포동포동한 팔다리. 생명력으로 똘똘 뭉친 느낌이다.

"한번 안아 보시죠."

사쿠라이가 앞으로 내민 아이를 정중히 품에 안았다. 아이들이 대부분 그렇듯 겉보기보다 훨씬 무겁고 열기가 느껴진다. 유마는 울음을 터뜨리거나 몸부림치지 않았다.

"아무래도 유마도 카에데 씨를 마음에 들어 하는 것 같습니다. 원래 낯을 많이 가리는데."

"유마, 벌써부터 예쁜 여자를 알아보는 거니?"

부모 양쪽에게서 그런 말을 듣자 기분이 좋았다. 마음에 없는 소리란 걸 알아도 자신감이 붙었다.

"카에데. 힘들면 내려놔도 돼."

"아니. 평생 이렇게 안고 있고 싶어."

팔이 슬슬 저리고 땀도 나지만 아무렇지 않은 척했다. 세상 어머니들이 매일같이 하는 일이다. 나도 할 수 있다.

"그럼 우리 집에 베이비시터로 올래? 매일 안고 있다 보면 가끔 던져 버리고 싶을 때도 있거든."

"이러니 무섭다는 겁니다."

또다시 어깨를 으쓱거리는 남편을 흘겨보며 구와타가 식탁에 와인 병을 내려놨다. 옆에는 안주를 비롯한 음식이 놓였다.

"일단 한잔하자. 남편이 추천하는 와인이야. 아쉽게도 난 못 마시지만. 아, 유마는 거기 적당히 내려놔도 돼."

카에데는 아이를 카펫 위에 눕혔다. 순식간에 몸이 식고 관절이 삐걱거리는 느낌이 든다.

"가서 유나도 불러와."

구와타의 말에 사쿠라이가 계단을 올라갔다. 이후 좀처럼 내려오지 않는 건 딸이 낯을 가려서일까.

"괜찮아. 신경 쓰지 말고 일단 한잔해."

구와타는 개의치 않고 카에데의 잔에 와인을 따라 줬다. 카에데는 와인을 잘 모르지만 추천한다는 와인을 마시는 것치고 잔이 왠지 언밸런스한 느낌이다. 아니,

잔뿐만 아니라 모든 식기가 집 안 인테리어에서 연상되는 사쿠라이의 취향과 동떨어져 있다. 정확히 말하자면 온통 싸구려다. 집에 어린아이가 있으니 이런 곳까지 신경을 기울일 여력은 없는 걸까.

구와타는 자기 잔에는 논알콜 와인을 따르고 앞으로 들었다. 두 사람은 입을 모아 "건배" 하고 외쳤다.

카에데는 일어서서 구석에 둔 종이봉투를 가져와 구와타에게 내밀었다.

"이거, 늦었지만 유마 출산 선물이야. 축하해."

"응? 아까도 선물 줬잖아."

"그거랑은 별개."

"뭘 이런 걸 다. 정말 고마워."

진부한 대화를 나누는 과정이 조금 성가셨다.

백화점 포장지를 풀던 구와타가 배내옷을 들고 환호성을 질렀다.

"와, 귀여워. 역시 우리 카에데는 센스가 남다르다니까."

"마음에 들어서 다행이네. 다른 하나는 유나 거."

"유나 것까지?"

유나 선물로는 모자를 사 왔다. 직업 관계상 여자아이 선물은 비교적 고르기 수월했다.

"이제 슬슬 더워질 것 같아서."

"역시. 넌 지금 당장 애를 가져도 좋은 엄마가 될 수 있을 거야."

"에이, 말도 안 돼. 난 집안일에 서툴고 무엇보다 지금 일을 그만두고 싶지 않아."

"막상 눈앞에 닥치면 어떻게든 다 되더라. 이 아이한 테는 나밖에 없잖아. 그러니 자연스럽게 내가 지켜 줘 야 한다는 생각이 들어. 아이가 온몸으로 엄마에게 사 랑을 표현하기도 하고."

"그런가."

어떻게 반응해야 좋을지 몰라 일단 와인 잔을 입에 가 져갔다.

나에게도 아이가 생기면 그 아이는 온몸으로 내게 사 랑을 표현할까. 그리고 나도 거기에 맞춰 아이를 사랑 해 줄 수 있을까. 구와타는 막상 눈앞에 닥치면 다 할 수 있다고 했다. 할 수 있을 거라고 나도 믿고 싶지만.

그때 계단을 내려오는 발소리가 들렸다. 그제야 딸을 설득한 듯하다. 그러나 1층에 온 유나는 아빠에게 찰싹 달라붙어서 다리 뒤에 몸을 숨겼다.

"안녕."

카에데는 허리를 숙여 웃는 얼굴로 인사했지만 유나

는 뿔난 표정 그대로 대답이 없다. 어쩐지 명치 부근이 싸늘히 식는 느낌이 들었다. 다른 말로 첫인사를 해야 했나. 아이가 있는 엄마들은 이런 아이들과도 능숙하게 의사소통을 할 수 있는 걸까.

"유나. 이모한테 안녕하세요, 해야지."

"미안. 요즘 들어 부쩍 낯을 가리더라고. 평소에는 안 이러는데. 신경 쓰지 마."

사쿠라이와 구와타의 말이 아이를 대하는 데 서툰 카에데를 위로하는 것처럼 들렸다.

"유나. 이모가 불쑥 찾아와서 미안해. 선물로 모자 사 왔는데 써 볼래?"

식은땀을 흘리며 말을 걸어도 결과는 마찬가지였다.

"그래, 그래. 유나도 벌써 그런 나이구나."

태연한 척하며 웃어넘기지만 뺨이 굳는 게 느껴졌다. 카에데는 일부러 와인을 한 모금 마시고 사쿠라이에게 고개를 돌렸다.

"추천하신다는 이 와인, 맛이 아주 좋아요."

그러자 사쿠라이는 와인에 대한 설명을 자랑스럽게 늘어놓았다. 구와타는 이미 여러 번 들었는지 말없이 음식을 입에 가져가고 있다.

"평소에도 집안일을 잘 도와주신다면서요? 육아도 그

렇고."

"그냥 제 할 일을 하는 거죠. 안 그래도 요즘 저 같은 남자들을 '라떼파파'라고 부른다던데 전 그런 건 좀 이상하다고 봅니다. 아빠가 육아를 하는 게 뭐 특별하다고요. 육아를 하는 엄마들에게 '라떼마마'라고 하지는 않잖습니까."

"듣고 보니 분명 그러네요."

낯선 사람의 관심이 비로소 다른 곳으로 향했다고 느꼈는지 아빠 다리에서 떨어진 유나는 엄마에게 쪼르르 달려가 어리광부리듯 몸에 얼굴을 비볐다.

"우리 유나, 갑자기 아기가 돼 버렸네."

구와타는 미소 지으면서 딸을 들어 무릎에 앉혔다.

"유나도 먹을래?"

유나가 부루퉁한 얼굴로 고개를 끄덕이자 구와타는 크래커를 집어서 딸의 손에 쥐여 줬다. 뒤이어 유나가 엄마 귀에 대고 뭔가를 속삭이자 구와타는 컵에 오렌지 주스를 따랐다.

"유나, 맛있니?"

카에데는 용기 내어서 세 번째 도전에 나섰다. 그러나 유나는 고개를 홱 돌리고 크래커 부스러기가 묻은 볼을 엄마 어깨에 파묻어 버렸다.

"유나, 자꾸 그러면 쓰니."

하는 말과 달리 구와타는 왠지 기뻐 보인다. 아이가
자신에게 어리광을 부리는 상황을 기뻐하고 있다. 유나
역시 엄마가 편잔을 줘도 좋아하는 듯하다. 그때 유마
가 칭얼거리기 시작해서 구와타가 수유를 시작했고 유
나는 의자에서 내려가 엄마 등 뒤에 숨었다. 사쿠라이
와 카에데가 말을 걸어도 귀도 쫑긋하지 않는다.

지금껏 다양한 가족을 만나며 수없이 보아 온 풍경
이다. 이럴 때 아이의 마음을 억지로 열려는 것 자체가
공허한 노력이다. 어차피 엄마에게는 맞설 수 없다. 같
은 수준의 애정을 느끼려면 나도 아이를 가질 수밖에
없다.

결국 카에데는 유나의 환심을 사는 것을 포기하고 와
인과 음식을 즐기는 데 집중했다. 가정적인 사쿠라이는
아내가 부른 손님이 지루하지 않도록 물심양면으로 신
경 써 주었다.

슬슬 돌아가려고 자리에서 일어서는 찰나에 전화벨
소리가 울렸다. 부엌 옆에 있는 집 전화기다.

"네, 사쿠라이입니다."

전화를 받는 구와타의 목소리를 듣고 카에데는 머릿
속이 번뜩였다. 그렇다. 집 전화다. 카에데는 평소 거의

모든 일을 스마트폰으로 처리해서 집에 전화기를 따로 두지 않았다. 그러나 문득 집 전화라는 물건이 혼자 살거나 동거 커플이 아닌 '온전한 가족'을 상징하는 아이템처럼 느껴졌다.

아이와 집 전화. 전자는 어려울지라도 후자는 쉽게 손에 넣을 수 있다.

"오늘은 정말 고마웠어. 잘 얻어먹고 가."

"에이, 나야말로 고맙지. 유나 선물까지 사 오고."

구와타가 손가락으로 쿡쿡 찌르자 유나는 그제야 기어가는 목소리로 "고맙습니다" 하고 인사했다.

"안 들리잖니. 평소처럼 크게 말하렴."

카에데는 구와타를 눈짓으로 말리고 엄마 뒤에 숨은 유나를 향해 환하게 미소 지었다.

"이모야말로 고마웠어. 바이바이. 다음에 또 만나자."

"대답해야지, 유나. 어휴, 정말. 미안. 평소에는 귀가 따가울 정도로 잘 웃고 떠드는 앤데."

유마를 품에 안은 사쿠라이가 아이의 작은 손을 들어 좌우로 흔들었다. 카에데도 화답하며 손을 흔들었지만 마음은 싸늘히 식어 있었다. 유나가 오늘만 이러든 매일 이러든 나와는 상관도 없는 일인데. 유나 역시 잘 모르는 아줌마가 어떻게 생각할지 알 바 아닐 것이다. 우

92

리 아이가 평소에는 이러지 않는다고 하는 건 그저 부모의 억지 믿음 아닐까. 불현듯 '소라파파' 블로그가 머리를 스쳤다.

유모차와 어린이용 자전거를 지나 집 문 밖에 나서자 어느 집 베란다에서 세탁물을 터는 소리가 들렸다. 고개를 드니 바람에 흔들리는 빨래가 눈을 찌르듯 반짝거린다. 저녁이 되자 바람이 강해진 듯하다. 모래 먼지를 머금은 깔끄러운 바람이 분다.

가나가와에서 아버지를 만나고 가기로 했다. 부모님은 카에데가 열네 살 때 이혼했고 이후 카에데는 대학에 들어가기 전까지 아버지와 둘이 살았다. 아버지는 지금도 그 아파트에 살면서 정년퇴직을 목표로 도쿄에 있는 은행에서 일하고 있다.

"오."

아버지는 평소와 똑같이 딸을 맞았다. 딸이 오기 전 연락을 받고 눈에 보이는 곳만 대충 치운 듯하다. 평소에 환기를 잘 안 하는지 퀴퀴한 집 안 구석과 커튼레일에 먼지가 뽀얗게 쌓였고 난로에는 기름때가 덕지덕지 묻어 있다. 그러나 카에데 역시 집안일은 서툰 편이라 둘이 살 때도 환경은 엇비슷했다.

집 안이 깔끔했던 건 어머니가 집을 나가기 전까지다.

은행원인 아버지는 전근이 잦아서 가족이 함께 전국을 돌아다녔다. 그러다 카에데가 초등학교에 입학하자 도쿄에 단독주택을 사서 정착했고 아버지 혼자 지방 근무지를 전전했다. 중학교 2학년 때까지 살던 그곳 외의 다른 집들은 외관도 내부도 잘 기억나지 않지만 어느 집이든 청소와 정리 정돈만큼은 확실히 돼 있었다.

카에데, 너네 집 정말 깨끗하다. 언젠가 집에 놀러 온 친구에게 그런 칭찬을 들었다. 그 친구가 아마 간사이 사투리를 써서 기억에 선명하게 남아 있는지도 모른다.

어느 날 카에데가 그 아이를 따라 자신을 지칭할 때 '우치*'라고 말한 적이 있었다. 그러자 어머니는 "즉석에서 '와타시**'라고 해야지"라고 정정해 줬다. 어머니는 남달리 붙임성 있는 성격이 아니라 친한 친구가 몇명 없고 외출도 거의 하지 않았다. 어머니는 매일 어떤 심정으로 집 안을 쓸고 닦았을까. 어떤 심정으로 딸에게 맛있는 음식을 만들어 주고, 머리카락을 예쁘게 묶고, 옷과 잡화를 손수 만들어 줬을까.

삐이익 하는 물 끓는 소리에 퍼뜩 정신을 차렸다. 진

● 간사이 지역에서 쓰는 여성용 1인칭 대명사. 주로 격식 없는 자리에서 쓴다.
●● 일본어의 보편적인 1인칭 대명사. '우치'보다는 예의를 차린 말이다.

득거리는 가스레인지 점화 손잡이를 비틀어서 불을 끄고 한숨을 내쉰다. 어머니는 더 이상 떠올리지 말자.

"설 때 보고 보는 건가?"

아버지는 카에데가 끓인 차를 후루룩 소리를 내며 마셨다.

"미안. 그동안 정신이 없었어."

"새로 만든다는 그 잡지는 잘 나왔나?"

"응. 그럭저럭."

"팔리는 건?"

"그것도 그냥저냥."

자세한 설명은 이해하기 어려울 것이고 실수 이야기는 해 봐야 걱정만 끼친다. 아버지로서 진부한 위로와 격려 말고 무슨 해 줄 말이 있을까.

"그런데 그런 유서 깊은 잡지의 리뉴얼을 맡다니, 이제는 정말 베테랑이 다 됐구나."

"아직 멀었어. 근데 뭐 어떻게 돌아가는지는 대충 파악한 것 같아."

출판사에 처음 입사할 때 카에데는 시사 정보지의 편집을 희망했다. 그리고 원하는 곳에 배치됐지만 상사와의 갈등으로 2년 만에 쫓겨나듯 부서를 옮겼다. 아동지에는 전혀 관심이 없어서 처음에는 부서 이동에 충격을 받았다.

그러나 선임들이 일하는 모습을 보며 조금씩 마음이 열렸다. 리뉴얼 때는 충돌도 있었지만 동료들의 도움 덕에 잘 만들 수 있었던 건 확실하다. 아이를 갖고 싶다고 어렴풋이 느끼기 시작한 것도 일 영향일지 모른다.

"좀 어떻지?"

"뭐가?"

아버지가 무슨 말을 하려는지 눈치챘지만 카에데는 일부러 모른 척했다. 아버지는 살짝 당황한 것처럼 차를 한 모금 마셨다. 카에데의 아이, 즉 자신의 손자. 그 말을 차마 입에 담지 못하고 있다.

카에데는 몸을 일으켜 휑한 냉장고에서 말린 명란을 가져왔다. 아버지는 평소 녹차를 마실 때 말린 명란을 곁들어 먹는 습관이 있다.

"아빠야말로 어때?"

"일 말이냐?"

"아니, 그게 아니라."

재혼. 이번에는 카에데가 머리에 떠오른 말을 꺼내지 못했다. 어쩌면 아버지도 조금 전 딸처럼 모르는 척하기로 마음먹었을지 모른다.

집 안에 내려앉은 침묵을 채우듯 아버지가 TV를 켰다. 아나운서가 격식 차린 말투로 주가 소식을 전하고 있다. 은행에 다니는 아버지에게는 관심 가는 뉴스일 것이다.

"아, 참. 나, 투자 신탁을 해 보려고."

"오."

"자료를 다 읽지는 않았는데 아무튼 하게 되면 아빠한테 이것저것 물어볼 수도 있어."

"그래."

이런 대화가 안전하다. 서로 상처를 주고받을 일도 없다.

이후에도 TV를 보면서 무난한 대화를 이어 가다가 카에데는 가방을 들어 어깨에 멨다.

"슬슬 가야겠어. 미안. 빈손으로 와서 아무것도 안 하고 가네."

"신경 안 써도 된다."

"다음에는 좀 더 여유롭게 있다가 갈게."

돌아갈 때는 늘 이렇게 말하지만 지금껏 실현된 적은 없다.

현관 앞까지 배웅 나온 아버지는 바깥바람을 맞으며 고개를 움츠렸다.

"해가 떨어지면 아직 좀 춥군."

카에데는 전혀 추위를 느끼지 못해서 기분이 울적해졌다. 튼튼한 체형이던 아버지의 몸에서 요즘은 유독 뼈가 불거진 곳이 보인다.

그러다 거칠고 울퉁불퉁한 손으로 눈길이 향했다. 둘만 남게 된 뒤로 아버지는 최대한 직접 음식을 만들어 딸과 함께 먹으려 했다. 직장에서 한직으로 밀려난 뒤로는 시간적 여유가 있었겠지만 그래도 노력은 했을 것이다. 주메뉴는 볶음밥이었고 간이 셀 때가 많았다.

"난방비 아끼지 말고 따뜻하게 지내. 샤워 말고 목욕도 자주 하고."

말하는 도중에 아버지 뒤쪽에서 핸드폰 벨소리가 들렸다.

"아, 받아도 돼."

"아니, 괜찮아."

아버지는 고개를 돌리지 않고 "사토루에게도 안부 전해라" 하고 헤어질 때 늘 하는 인사를 했다. 웃는 얼굴이 왠지 어색해 보이는 건 기분 탓일까. 딸에게 통화 소리를 들려주기 부끄러울 상대가 있다면 반가운 일이지만 굳이 캐묻고 싶지는 않았다.

이 집에는 아직 어머니가 있다. 집에 살지는 않아도

아버지와 딸 사이에서 늘 존재감을 발산하며 자리 잡고 있다.

카에데가 문을 닫기 전까지 아버지는 현관 앞을 떠나지 않았다.

깔끄러운 바람을 맞으며 집으로 돌아가는 길에 카에데는 본가에 들른 것을 후회했다.

"혹시 뭐 문제라도?"

사키모리가 묻자 카에데는 황급히 표정을 가다듬었다.

휴게실에서 마주 보고 있는 두 사람 사이에는 지난번에 활약한 태블릿 PC 외에도 각종 서류와 책들이 놓여 있다. 오늘 두 번째 미팅을 위해 사키모리는 자료를 한가득 가져왔다. 설명도 전보다 훨씬 자세하고 구체적이었다.

"아뇨. 기획 자체에 문제가 있는 건 아닌데⋯⋯."

카에데가 말끝을 흐리자 사키모리는 카에데를 빤히 쳐다봤다. 또 이 눈빛이다. 그의 성실하고 진지한 성격을 보여 주는 것 같기도 하지만 가끔은 살갗 밑까지 꿰뚫어 보는 느낌이 들어 가슴이 조마조마해진다.

카에데는 시선을 튕겨내듯 그를 보며 '소라파파'에 대

한 불신을 솔직히 털어놓았다.

"저도 그날 이후 이것저것 알아보면서 기획에 관심을 가지게 됐어요. 그런데 '소라파파' 씨의 태도가 조금 마음에 걸린다고 할까요. 물론 실력 있고 인기도 많아 보이니 해당 분야의 일인자라는 사키모리 씨의 평가가 수긍이 돼요. 하지만 제가 보기에 그분은 딸을 진정으로 사랑하는 것 같지 않더라고요."

의상 제작 블로그뿐만 아니라 다른 계정으로 올린 맛집 리뷰 문제도 있다.

어제 '소라파파'가 작성한 과거 글을 다시 훑어보다가 시에서 주최한 핼러윈 퍼레이드에 처음 참가한 소감을 쓴 글이 눈에 들어왔다.

─동네 친구들과 뒤풀이. 하나같이 화려한 옷에 멋진 포즈까지!

레스토랑 안에서 찍은 듯한 사진 몇 장이 사람들의 얼굴이 가려진 채로 올라 있었다. 가게 이름은 명시하지 않았지만 내부 인테리어와 날짜, 핼러윈 퍼레이드, 참가자들의 의상 정보가 있으니 알아내기 어렵지 않을 것이다.

카에데는 그렇게 찾은 레스토랑의 이름을 포털 사이트 검색창에 입력해 봤다. 레스토랑의 공식 사이트에 이어서 대형 맛집 리뷰 사이트에 등록된 정보가 표시됐다. 그 일대에서는 유명한 가게인지 방문자 리뷰가 많은데 그중에서 유독 눈에 띄는 글이 있었다.

　—어떤 이벤트의 뒤풀이 자리로 아이를 포함해 열 명 정도가 갔습니다. 그날 열린 행사를 아는 직원분이 저희를 추켜세워 주시고 멋진 포즈로 사진까지 찍어 주셔서 감사했습니다.
　음식 퀄리티는 평균. 메뉴가 다양하고 아이들이 먹을 게 많은 것도 좋았지만 맛은 저렴한 동네 레스토랑보다 조금 나은 수준이더군요.
　가게는 넓고 테이블과 좌석 수도 충분했지만 금연 구역이 제대로 분리돼 있지 않은지 가끔 담배 냄새가 풍겼습니다. 가게 안에 흐르는 음악도 조금 시끄러운 느낌이었는데 이건 취향에 따라 다를 수도 있겠네요.

　글을 올린 사람의 닉네임은 '미파파'다. 방문 날짜는 '소라파파'가 핼러윈 퍼레이드에 참가한 날이었다.
　혹시나 해서 '미파파'가 올린 다른 리뷰도 확인했다.

─긴자에서 캐주얼 프렌치 레스토랑이라고 하면 여기죠. 5년 만에 찾았습니다. 셰프가 바뀌었다는 소식을 들어서 어떻게 달라졌을지 기대하며 가게에 들어섰습니다.

우선 와인은 병으로 주문. 마스터가 추천하는 것으로 마셨는데 제 입맛에는 산미가 조금 강하더군요.

자, 우선 애피타이저…… 음, 평범하네요. 전에 왔을 때는 모든 게 감동이었는데 셰프가 바뀐 게 좋지 않은 결과를 가져왔을까 봐 초장부터 불안감이 엄습했습니다.

그러나 메인인 사슴 고기 맛은 그야말로 절묘했습니다! 그동안 지비에 요리*에는 좋지 않은 선입견이 있었는데 그걸 없애 주는 맛이었습니다.

그에 비하면 디저트는 평범. 이건 뭐 처음부터 별 기대를 안 했으니 더 할 말이 없네요.

전체적으로 평가하자면 좀 더 퀄리티가 나아지기를 기대합니다만, 함께 간 일행은 만족했다고 하니 다행입니다.

체온이 급격히 오르는 것을 느끼며 '소라파파' 블로그에 접속했다. 마우스 휠을 빠르게 위아래로 움직이며 기억 구석에 있는 글을 끄집어낸다.

* 사냥해서 잡은 동물로 만드는 음식.

—안녕하세요. 어젯밤 마신 와인 때문에 숙취에 시달리고 있는 소라파파입니다. 이제는 둘이서 한 병도 못 비우는 나이가 돼 버렸네요.

자, 각설하고 신데렐라 드레스 제작기 2편입니다.

글을 쓴 날짜는 '미파파'가 프렌치 레스토랑을 방문한 바로 다음 날이다.

카에데는 '미파파'가 올린 맛집 리뷰 페이지를 다시 펼쳤다.

—'이탈리안 시노와*'라는 이름의 처음 듣는 장르의 음식. 프렌치 시노와는 경험이 있지만 이탈리안은 과연 어떨지 걱정이 조금 앞섰던 게 사실입니다.

그런데 결국 기우에 그쳤습니다! 음식은 하나같이 훌륭했습니다. 역시 5성급 호텔답네요.

……라고 절찬하고 싶지만 내부 인테리어는 어떻게 좀 안 될까요? 특히 벽 색. 오래된 노래방 벽지 같은 그 색 때문에 기껏 좋아진 기분이 다 잡치더군요. 그래서 1점 뺍니다.

● chinois, 프랑스어로 '중국풍'이라는 의미.

역시. '소라파파' 블로그에서 그로부터 며칠 뒤에 올린 글이 있는지 확인했다.

—새로운 캐릭터 의상을 보며 경악하는 소라파파입니다. '차이나×고스로리*'라니요! 아저씨는 도무지 못 따라갈 이 감성. 부디 소라 씨가 이 캐릭터를 좋아하지 않기를 바랄 뿐입니다……

Comment: 에이, 그렇게 말씀하시면서도 소라 씨가 조르면 또 완벽하게 만들어 주실 거잖아요. 오히려 도전해 보고 싶지 않으세요? 아니, 소라파파 님 머릿속에는 이미 옷본이 완성돼 있을지도.

Re: (흠칫). 제가 어려운 작업일수록 불타오르는 성격인 건 어떻게 아시고.
하지만 제가 별로 선호하지 않는 디자인인 건 사실입니다. '차이나×OO' 같은 콘셉트의 요리도 있었는데(프렌치 시노와나 이탈리안 시노와 같은), 그런 걸 보면 머릿속에 '차이나 하나로 충분하지 않나?' '만두 하나로도 훌륭한데' 같은 생각

---

* '고딕 롤리타'의 준말. 주로 검은색, 붉은색 드레스에 프릴 등 귀여운 장식이 달린 소녀 패션.

부터 드는 촌스러운 아저씨니까요.

물론 소라 씨가 원한다면 당연히 만들어 바쳐야죠. 기꺼이!

카에데는 비로소 확신했다. '소라파파'와 '미파파'는 동일인이다.

그는 딸을 옷 갈아입히기 인형 취급할 뿐 아니라 딸을 혼자 두고 맛있는 음식을 즐기러 다니는 미식 취미도 있다. 딸의 희생으로 얻은 취미를 뻔뻔하게 자랑하고 있다.

카에데의 머릿속에 아버지가 만들어 준 볶음밥 맛이 떠올랐다. 카에데는 고민하다가 '소라파파'의 블로그에 그의 미식 취미를 비난하는 댓글을 달았다.

사키모리가 태블릿 PC 위에서 한숨을 내쉬었다.

"지금 편집자님은 '소라파파'의 행동이 다 자기만족에 불과하다는 말씀이시죠? 그러고 보니 블로그에서도 비슷한 댓글을 본 것 같은데……. 닉네임이 '이로하'였나요? 빛 색色에 잎 엽葉 자를 쓰는."

"아아, 네. 그 댓글은 저도 봤어요."

카에데는 자신이 '이로하'라고 고백하지는 않았다. 사키모리가 어떻게 생각할지 알 수 없기 때문이다.

"아무래도 '이로하' 씨 역시 '소라파파' 씨가 아버지로서 조금 더 자각하기를 바라는 것 같던데요. 그런데 보아하니 '소라파파' 씨는 '이로하' 씨의 말을 영 이해 못하는 느낌이었어요. '이로하' 씨의 거듭된 충고를 무시하다가 결국 블로그 중단 선언까지 했으니까요."

카에데가 댓글을 단 그날 벌어진 일이었다.

─낭분산 블로그 활동을 중단합니다. 그동안 제게 따뜻한 격려와 응원을 보내 주신 분들께 죄송하다는 말씀을 전합니다. 이 세상에는 참 다양한 사람들이 있는 것 같습니다. 과거 글과 댓글란에 있는 질문과 답변은 참고하실 분들이 계실 테니 그대로 남겨 두겠습니다.

마지막으로 이 말만은 하고 가겠습니다. 누가 뭐라고 하든 저는 딸을 사랑하고, 앞으로도 딸을 위해 계속 옷을 만들 것입니다.

그가 남긴 글에서는 '이로하'를 향한 노골적인 적개심이 고스란히 드러났다. 선의를 선의로 받아들이지 못하고, 조금이라도 거슬리는 타인의 말은 무조건 자신에 대한 부조리한 공격으로 듣는 사람들. 그런 사람을 상대로는 어떤 조언을 하든 조언한 사람은 악당이 된다.

"지금껏 아동 잡지를 만들어 온 제게는 무엇보다 아이

들의 마음이 우선이에요. 부모의 자기만족을 인정하고 부각시키면 안 된다는 말이에요. 그래서 전 이번 기획에 '소라파파' 씨를 참가시키는 건 반대예요. 그분이 아니어도 의상을 만드는 분은 많고 또 모두가 그분 같지는 않을 테니까요."

"편집자님이 뭘 원하시는지는 알겠습니다. 하지만 여러 번 말씀드렸다시피 '소라파파' 씨는 이 분야의 일인자입니다. 편집자님처럼 생각하는 분들도 있겠지만 순수하게 그분을 칭찬하고 응원하는 팬도 많죠. 그리고 모든 감동적인 에피소드의 이면에는 타인은 모르는 사정 같은 게 있기 마련입니다. 아무튼 전 이 기획에 일인자가 빠지면 책 내용이 그만큼 부실해질 것 같다는 생각이 드네요."

카에데는 침묵한 채로 미지근한 커피를 입에 가져갔다. 사키모리의 주장도 틀리지 않는다.

"그럼 이건 어떨까요? '소라파파' 씨를 기획에 참여시키는 대신 편집자님은 그와 일절 엮이지 않는 겁니다. '소라파파' 씨와의 소통은 전부 제가 맡겠습니다."

"……그런 조건이라면."

역시나 별로 내키지 않았지만 고개를 끄덕일 수밖에 없었다.

연휴가 끝날 무렵 카에데는 사키모리에게 전화를 걸어 진척 상황을 물었다. 평소와 다르게 목소리에 힘이 없어서 무슨 일인지 물으니 그는 아쉬운 듯이 '소라파파'가 제안을 거절했다고 했다. 자기 과시욕으로 똘똘 뭉친 사람이니 출판사의 의뢰도 덥석 받아들일 거라 예상해 뜻밖이었다.

"이유는 뭐라던가요?"

"회사에 알려질까 봐 싫다고 합니다."

힘없이 털어놓는 사키모리에게는 다소 미안해도 카에데는 솔직히 기뻤다.

"그렇군요. 그럼 역시 '소라파파' 씨는 빼고 가는 걸로."

"아뇨. 조금만 더 기다려 주십시오. 제가 좀 더 설득해 보겠습니다."

"그렇게 무리하지 않으셔도."

"이번 기획에는 '소라파파' 씨가 꼭 필요합니다."

"알겠어요. 그렇게까지 말씀하신다면야 어쩔 수 없죠. 하지만 끝내 거절할 상황에 대비해 저도 다른 후보들을 찾아볼게요."

후련한 마음으로 전화를 끊자 옆에서 편집장 기쿠치가 무슨 일인지 물었다. 사정을 전해 들은 기쿠치는 인상을 쓰고 턱에 생긴 호두 주름을 손으로 문지르며 물었다.

"어떻게 설득해 볼 방법이 없나?"

그 역시 사키모리처럼 해당 분야의 일인자가 빠지면 퀄리티가 떨어질 수 있다고 걱정하는 듯했다. 카에데는 그럴 리 없다고 강하게 부인했지만 기쿠치의 호두 주름은 끝내 사라지지 않았다. 기쿠치는 카에데에게 손바닥을 펼쳐 보이며 일단 결정을 잠시 미루자고 했다.

"조금만 더 들이대 봐. 따로 마감 기한이 있는 기획도 아니니 될 수 있으면 그 어쩌고파파 씨가 참가하는 게 나아."

"꼭 그렇게까지 해야 할까요?"

"카에데 씨라면 할 수 있을 것 같은데. 우리 팀 에이스잖아."

카에데는 입을 꾹 다물었다. 평소처럼 건들거리면서 말하지만 기쿠치의 눈에는 웃음기가 없다.

등을 돌리자 두 사람에게 쏠려 있던 시선들이 순식간에 다른 곳으로 흩어지는 게 보였다. 회사 안에서 처지가 위태로운 카에데를 보며 고소해하던 이들이 흐뭇하게 상황을 지켜봤을 것이다.

카에데는 일부러 자신만만하게 턱을 치켜들고 자기

자리로 돌아갔다. 의자에 앉자 미즈미네가 옆에 다가와 S 모양 귀걸이가 볼에 닿을 만큼 얼굴을 바짝 들이밀었다. 향수를 뿌렸는지 자몽 향이 코끝을 간질인다.

"선배. 아무래도 당분간 몸조심하시는 게 좋을 것 같아요. 요즘 윗선에서 선배를 좋게 보지 않는다는 소문이 돌더라고요. 그 〈히로인〉 광고 건 때문에."

카에데는 곁눈질로 기쿠치를 봤지만 눈은 마주치지 않았다.

"그리고 7월에는 구와타 씨가 여기로 부서를 옮길 거라는 소문이 돌아요. 듣자 하니 실력이 대단하다던데 선배 동기 맞죠? 아무튼 당분간은 뭐든 열심히 하는 모습을 보이는 게 좋을 것 같아요. 전 앞으로도 선배 밑에 있고 싶으니 제가 도와드릴 일 있으면 뭐든 말씀만 하세요."

카에데는 미소 지으며 "그래, 고마워" 하고 숨을 꾹 참았다. 감귤계 향이 대중적이라고 하지만 코를 찌를 때도 있는 것을 실감했다.

몸에 들러붙은 냄새를 떨치려고 집에 가는 길에 피트니스 센터에 들렀다. 운동 기구에 달린 쇳덩이가 위아래로 움직이는 모습이 꼭 단두대를 연상시킨다. 그러나 이 쇳덩이가 정말 단두대 칼날이라면 너무 두꺼워서 목

이 잘리기는커녕 머리가 짓눌려 으깨질 것이다. 카에데
는 문득 그 밑에 자신의 머리를 집어넣는 모습을 상상
하고 흠칫 놀라 시선을 다른 곳으로 피했다.

그날 밤에는 사토루와 오랜만에 시간이 맞아서 저녁
을 함께 먹으며 집에 전화기를 놓는 게 어떻겠냐고 제
안했다. 그러나 별로 내키지 않아 해서 결국 흐지부지
되고 말았다.

집 전화기를 꼭 사고 싶은 것은 아니다. 아이를 꼭 낳
고 싶은 것도 아니다.

다만 카에데는 자신의 주변을 둘러싼 모든 게 삐걱거
리는 느낌이 들었다.

다나시마 2

잠자는 숲속의 공주는 왕자의 입맞춤으로 눈을 뜬다.
그림책과 애니메이션으로 그것을 알게 된 미소라는 다
나시마에게도 엄마에게 입을 맞추라고 했다. 벌써 3년
전 일이다.

"여전하네."

깊은 잠에 빠진 미유키의 얼굴을 내려다보며 리이치

가 중얼거렸다.

"응. 정말 신기할 정도로 여전해. 변화라면 반지가 조금 헐렁해진 것 정도이려나."

"겉보기에는 당장에라도 눈을 번쩍 뜨고 일어날 것 같은데 말이야."

"그런 상태가 벌써 5년이나 이어지고 있지."

나나시마의 한숨을 맞아 흔들리듯 미유키의 하얀 살결 위에서 커튼 그림자가 일렁였다.

조금 열린 창문으로 상쾌한 5월 바람이 들어왔다. 미유키의 부드러운 앞머리와 긴 속눈썹이 흔들리지만 간지러워하는 기색은 없다. 하얀 병실 속 하얀 침대에 누워 있는 하얀 여자. 연휴에 미소라가 가져온 꽃이 머리맡에서 노랗게 말라 가고 있다.

"아무튼 너한테는 늘 신세만 지네."

그러자 리이치는 고개를 돌리고 짐짓 눈을 크게 떴다.

"신세는 무슨. 내 친한 친구의 아내인데. 미유키 씨가 건강했을 때는 같이 여러 번 만나기도 했잖아. 오히려 병원에 올 때마다 바쁜 너까지 늘 따라와야 하니 내가 미안하지."

"보호자 없이도 넌 들어가게 해 달라고 병원에 말해 봤는데 규칙이라 안 된다더군."

"왠지 전에 살던 기숙사가 떠오르네."

"하긴, 거기도 뭐만 하면 규칙과 전례 타령이었지. 그 덕분에 '리치' 같은 우수한 인재가 나왔겠지만."

"됐어."

리이치는 턱수염이 덥수룩하게 자란 얼굴로 쓴웃음을 지었다. 그를 보면 미유키와는 정반대로 고작 5년 만에 이토록 사람이 바뀔 수가 있는지 의아할 정도다. 5년 전 리이치가 선 곳에는 늘 환한 빛이 내리쬐는 느낌이었고 그 자신도 주변에 빛을 발산하는 사람이었다.

"방금 '리치'라고 했지?"

"그래. 네 이름이잖아."

"시치미 떼기는. '리이치'가 아니라 '리치'라고 했으면서. 벌써 30년 넘게 들은 이름인데 내가 잘못 듣겠어?"

리이치는 또박또박하게 자기 이름을 발음하고 귀를 툭툭 두드렸다.

"어쩔 수 없지. 우리 사이에서 넌 항상 '리치'였으니까."

다나시마는 손으로 마작 패를 뒤집는 움직임을 보였다.

다자이 리이치는 다나시마와 같은 해 경제 산업성에 채용됐다. 그러나 다나시마와 달리 리이치는 도쿄대학

법학부를 졸업 후 국가 공무원 1종 시험에 합격한 이른바 엘리트 라인이었다. 명문대 출신답게 정해진 코스가 있지만 그는 지원자들 사이에서 가장 인기 많은 재무성 입성 기회를 제 발로 걷어차고 경제 산업성을 택한 괴짜였다. 다나시마가 취업 낭인이던 시기에 그는 학교를 휴학하고 세계 여행을 다녀오기도 했다.

리이치의 능력이 뛰어난 건 누가 봐도 확실했다. 동기 중 나중에 사무관 자리까지 오르는 사람은 보통 한 명뿐인데 그 기수에서는 리이치로 이미 정해졌다는 이야기가 돌았다. '사무관 자리에 리치(reach)'라는 뜻과 그의 이름을 섞어 모두가 그를 '리치'라고 불렀다.

그렇게 출세 가도를 쉼 없이 오르던 리이치가 공무원을 그만둘 줄 누가 예상이나 했을까.

마라톤 실황 중계를 보다 보면 아나운서가 중간에 흥분한 목소리로 갑자기 끼어들 때가 있다. 이럴 수가. 이변이 일어났습니다. 지금껏 잘 달려 온 누구누구 선수에게 아무래도 사고가 생긴 것 같습니다. 누구도 예상치 못한 상황입니다. 몸에 이상이라도 느낀 걸까요. 당시 리이치의 선택이 정확히 그런 느낌이었다. 스트레스가 심하다는 건 알고 있었지만 언제부터 그만둬야겠다고 생각했을까.

그때 리이치는 다나시마를 향해 "더는 무리야" 하고 웃어 보였다. 그전까지는 한 번도 보지 못한 허탈한 미소였다. 몸보다 마음이 '더는 무리'라고 외치는 듯했다. 미유키가 사고를 당하기 몇 개월 전 일이다.

"'리치'라. 어떻게 보면 나한테 딱 맞는 별명일지 모르지. 좋은 위치까지 가지만 결국 그 위로는 오르지 못하는."

그때 본 웃는 얼굴과 비슷한 표정으로 중얼거리는 리이치의 말이 전보다 더 와닿았다. 그는 어쩌면 좌절에 이미 익숙해졌을지 모른다. 이제는 양복이 어울릴 것 같지도 않았다.

"그나저나 몸은 좀 어때?"

"그건 만날 때마다 물어보네. 늘 아무렇지 않다고 하는데."

리이치는 성가신 것처럼 대답했다.

"나 말고 미유키 씨 걱정이나 해."

병실에 들어온 이후부터 미유키에게서 거의 눈을 떼지 않는다.

"의사는 뭐래? 똑같나?"

"응. 늘 가능성은 있다고 해. 옆에서 열심히 말을 걸고 손을 잡아 주라더군. 나 대신 미소라가 하고 있지."

구급차를 타고 실려 갔던 도쿄 도내 병원에서 지바현에 있는 병원으로 옮긴 게 정답이었다. 일 때문에 병원을 찾을 시간이 없는 다나시마 대신 어머니와 미소라가 쉽게 찾아올 거리여서 좋았다.

미유키의 본가도 지바현에 있지만 미유키의 어머니는 이미 세상을 떴고 다나시마의 어머니보다 열 살 이상 많은 고령의 아버지 혼자 살고 있다. 딸이 이렇게 되고 나서 장인은 다나시마에게 이혼을 권했다. 아직 젊은 자네가 언제 눈을 뜰지 모를 여자를 기다리며 사는 건 못 할 짓이라며 당신이 직접 딸을 돌보겠다고 했다. 이런 상태로는 이혼이 성립되기 어렵다는 걸 그는 몰랐을 것이다.

그러나 그렇게 말하던 장인도 이후 급격히 건강이 안 좋아졌고 자동차 사고를 당해 골절상을 입은 뒤부터는 거의 누워 지내고 있다. 면허증도 반납하는 바람에 딸의 병문안을 자주 오기는커녕 그 자신이 병원에 다니는 것도 고생하는 듯했다. 조만간 간사이에 사는 미유키의 오빠, 즉 아들 내외의 집에 가서 신세를 질 계획이라고 했다.

나이 문제는 이제 곧 다나시마의 어머니에게도 찾아올 것이다. 유메노도 언젠가 집에서 독립할지 모르고,

다나시마 역시 업무 관계상 지금보다 더 바빠질 수 있다. 미소라는 언제까지 일방통행인 소통을 참고 견딜 수 있을까. 마음으로는 견딜지언정 앞으로 성장하면서 상황이 달라질 것이다. 모두 시간의 흐름 위에 올라타 있으니 혼자 멈춰 있는 미유키에게서 멀어질 수밖에 없다.

"넌."

리이치가 나직이 입을 열었다. 눈길은 그대로 미유키에게 향해 있다.

"미소라 말고 다나시마, 넌 어때?"

다나시마는 대답을 망설였다.

"글쎄."

"뭐라고 하려는 건 아니야. 네가 얼마나 바쁜지는 예전 동료인 내가 누구보다 잘 아니까. 난 그저 네 생각을 듣고 싶을 뿐."

"……힘들어."

최대한 가볍게 대꾸하려고 했지만 속에서 쥐어짠 듯한 목소리가 나왔다.

사고가 일어난 지 얼마 안 됐을 때도 똑같은 말을 한 것이 떠올랐다. 그때도 이렇게 리이치와 나란히 병실에서서 미유키를 내려다보고 있었다. 약지에 끼워진 은

색 반지가 이상하리만치 차갑게 빛나는 것 역시 마찬가지다.

"힘들어."

다나시마는 다시 한번 읊조렸다. 입술이 바르르 떨린다. 이제는 한계라고 외치고 싶었다.

리이치는 천장을 보며 한숨 섞어 "그렇군" 하고 대답했다.

"미유키 씨가 했다는 마지막 말의 의미도 여전히 모르고?"

다나시마는 묵묵히 고개를 끄덕였다.

―베란다에 나가 봐.

사고가 일어난 날 아침에 미유키는 그렇게 중얼거렸다.

잠들어 있는 미유키를 보고 있으면 다나시마는 그 말이 미유키가 자신에게 마지막으로 던진 수수께끼처럼 느껴졌다. 수수께끼를 풀어야 눈을 뜨는 거라면 절망적이다. 힌트가 될 것이라고는 둘만의 추억뿐인데 그조차 점점 흐려지고 있다.

리이치가 침대 옆으로 돌아가 창문을 좀 더 열었다. 커튼이 바람을 품으며 시간이 흐르기 시작한다. 리이치는 창가를 등지고 섰다.

"오늘 난 그저 미유키 씨를 보려고 시간을 낸 건 아 니야."

햇빛을 받는 미소 띤 얼굴이 한때의 경제 산업성 에이 스를 떠올리게 했다.

다나시마는 문득 이상하게 느꼈다. 리이치와 만날 때 면 종종 떠오르는 생각인데, 어떻게 이렇게 아무렇지 않게 예전 직장 동료 앞에 나타날 수 있는 걸까. 스스로 한심하게 느껴지지는 않을까.

리이치는 공무원을 그만두고 잠시 쉬다가 학원 강사 로 일을 시작했다. 퇴임하긴 했어도 도쿄대학을 졸업한 전직 엘리트 관료이니 두 번째 직장을 의외로 쉽게 구 한 듯했다. 동시에 작가로도 활동하면서 공무원 시절 쌓은 지식과 경험을 활용해 잡지나 신문 등에 이따금 칼럼 등을 게재한다고 한다. 다나시마는 아직 읽어 보 지 못했다.

예전 동료들은 대부분 리이치의 근황을 듣고 안타까 워했다. 개중에는 멍청하다며 비난하는 이도 있었다. 당 사자 역시 그런 사실을 알고 있겠지만 별반 신경 쓰는 기색이 없다.

"얼마 전 너한테, 아니 '소라파파' 씨 앞으로 사키모리 라는 작가의 취재 요청 메일이 왔지?"

"응? 그걸 어떻게?"

"나도 그쪽 업계에 한 다리 걸치고 있으니까. 사키모리와는 알고 지내는 사이야."

"아, 그래서."

그제야 리이치가 오늘 병원을 찾은 또 다른 이유가 대략 짐작이 됐다. 다나시마는 무심코 퉁명스럽게 반응했다.

"얼마 전 사키모리와 한잔하면서 '소라파파'가 내 친구라고 털어놨어."

"나와 한마디 상의도 없이……."

"너무 그렇게 야박하게 굴지 마."

"야박하다니. 지금 연줄을 이용해 어떻게 해 보려는 거잖아."

"굳이 안 좋게 말하면 그렇겠지만, 그래. 인정할게. 사키모리의 취재 요청을 받아들여 줬으면 좋겠어."

리이치가 이렇게 뻔뻔하게 부탁할 줄은 몰라서 다나시마는 내심 놀랐다. 자기도 모르는 사이에 그를 물끄러미 쳐다봤지만 얼굴에서 이렇다 할 감정은 읽히지 않았다.

"미안하지만 사양할게. 네가 그렇게 말해도 대답은 똑같아."

"직장에 알려질까 봐 싫다고 했다던데. 알려진다고 곤란해질 취미는 아니지 않나?"

"세상에는 다양한 사람이 있어. 특히 공무원 조직이 보수적이란 건 너도 알잖아. 얼마 전 후배 결혼식에서는 너도 아는 상사가 주례를 맡았는데, 주례사로 아이를 얼른 세 명 이상 낳아서 국민으로서 맡은 바 책임을 다해 달라고 했대. 남자가 수예를 한다는 것만으로 손가락질당할 게 뻔한데, 그것도 모자라 만드는 게 여자아이용 코스튬 의상이라니. 변태 취급할 게 눈에 보이지 않나?"

"너무 예민한 거 아니야?"

다나시마는 속으로 '지금껏 내키는 대로 살아 온 너와는 다르다고' 하고 핀잔을 쳤다. 직장을 그만둔 뒤에도 아무렇지 않게 예전 동료를 만나러 오는 것만 봐도 리이치는 지금껏 살면서 남의 눈치를 보며 스스로를 속인 경험이 없을 것이다.

다나시마가 말없이 있자 리이치는 "알겠어" 하고 두 손을 가볍게 들었다.

"그럼 얼굴과 이름은 가려 달라고 할게. 어때?"

그래도 다나시마의 반응이 여전히 떨떠름하자 리이치는 갑자기 비굴한 표정을 지으며 말했다.

"다나시마. 부탁 좀 할게. 내 체면을 봐서라도 승낙해 줘. 전에는 내가 널 도와줬잖아."

"그래. 알겠어."

더 이상 듣고 싶지 않았다. 리이치의 말처럼 그와 함께 일하며 도움받은 적이 많지만 자기 입으로 그걸 언급하며 이제 와서 은혜를 갚으라 하다니. 이런저런 문제로 힘들어하는 친구를 위로하기는커녕 비굴하게 굴면서 체면을 살려 달라고 하다니. 다나시마는 새삼 5년이라는 세월을 통감했다.

"알겠어. 리이치."

이번에는 '리이치'라고 똑바로 발음한 것을 그도 느꼈을 것이다. 그러나 리이치는 내색하지 않고 사람 좋아 보이는 미소를 지었다.

"고마워. 사키모리와 이야기해 보고 다시 연락 줄게."

나는 앞으로 이렇게 비굴해지지 않을 것이다. 무슨 일이 있어도.

"아까 말한 그 조건, 지켜야 해."

그렇게 다시 한번 확인하고 리이치와 헤어진 후 다나시마는 그길로 본가로 향했다. 주말을 본가에서 지낼 계획이어서 어젯밤부터 와 있었다.

시간이 갈수록 희미해지는 미유키와의 추억을 떠올

리며 오르막길을 올라 집 현관 미닫이문을 열고 들어가서 "다녀왔어"라고 했다. 그러자 기다렸다는 듯이 유메노가 계단을 내려왔다.

"미안."

유메노는 뭔가 뒤가 켕기는 듯한 얼굴로 느닷없이 사과했다. 어릴 때부터 똑똑했던 여동생은 어쩔 수 없이 자기 실수를 인정할 때 늘 이런 표정과 말투를 쓴다. 요즘은 만날 때마다 늘 다나시마에게 뭐라고 하기만 해서 갑작스러운 변화가 조금은 유쾌했다.

"뭐가?"

"미소라가 게임 사이트에 들어가 보고 싶다고 해서 내 폰으로 하다가 모르고 오빠 블로그를 미소라한테 보여 줘 버렸어."

순간 좋지 않은 예감이 스쳤다. 지금은 업데이트를 중단했지만 과거 글과 댓글은 그대로 남아 있는 상태다.

"모처럼 아빠가 집에 왔는데도 혼자 내버려 두고 갔으니, 적어도 아빠가 널 위해 뭔가 하고 있다는 걸 보여 줘야 할 것 같아서……."

"내버려 뒀다니. 난 미유키를 보러 갔다 온 거야."

"그냥 언니를 보러 가는 거면 미소라도 데려가도 됐잖아. 언니가 아니라 리이치 씨를 만나러 간 거 아니야?"

다나시마는 어금니를 꽉 깨물고 현관 문턱에 올라섰다. 괜히 대답했다가 이야기가 다른 곳으로 샐 것이다.

"그래서?"

"지금까지 미소라한테 한 번도 보여 준 적 없었어?"

"제작 과정 같은 건 보여 줘 봐야 재미도 없으니까. 블로그 글은 나랑 취미가 비슷하거나 그쪽에 관심 있는 사람들을 위해 올리는 거야."

"하지만 미소라도 재미있어했어. ……댓글을 보기 전까지는."

좋지 않은 예감이 적중했다.

"미소라 지금 어딨어?"

"자기 방."

다나시마는 유메노를 밀치고 계단을 올라갔다. 'MISORA'라는 이름표 달린 문이 꽉 닫혀 있고 안은 쥐 죽은 듯이 고요했다.

"미소라."

문을 두드려도 대답이 없다. 조금 전까지 같은 행동을 했을 유메노가 계단 중간에 서서 불안한 것처럼 다나시마를 보고 있었다.

다나시마가 방문을 열자 미소라는 들어오지 말라고 하지는 않았지만 아버지에게 회사 잘 다녀왔느냐고 묻지도 않았다. 침대 이불 속에 틀어박혀서 몸을 웅크리고 있다. 창문이 꽉 닫혀 있어서인지 방 안이 마치 온실 같았다.

다나시마는 침대 끝에 걸터앉아 이불 끝을 위로 살짝 들었다. 열기와 땀 냄새가 코를 스쳤고 긴 머리카락의 끝부분이 보인다. 이불을 조금 더 걷어서 공기를 통하게 했다.

"나오렴. 덥잖아."

"안 더워."

토라진 목소리라도 들은 것에 안심하고 다나시마는 이불을 전부 걷었다. 몸을 웅크린 미소라는 온몸이 땀에 흠뻑 젖었고 티셔츠와 머리카락이 살결에 달라붙어 있다.

"아빠 블로그 봤다며?"

이불에 얼굴을 파묻은 채 대답하지 않는다.

"우리 딸, 그건 말이지……."

"아빠는 날 사랑하지 않아?"

힘없이 내뱉은 질문을 들은 순간 숨이 턱 막혔다.

"'당신은 아이를 정말 사랑하나요?'라는 글이 있었어."

'이로하'가 블로그에 처음 남긴 댓글이다. 미소라의

앳된 목소리로 듣자 더욱더 용납하기 어려운 폭언처럼 들린다.

"아빠, 아빠는 날……."

"당연히 사랑하지!"

스스로도 놀랄 만큼 큰 소리가 터져 나왔다. 미소라가 몸을 움찔하는 것을 보고 후회하면서도 분노는 계속 고개를 들었다.

"우리 딸, 미안. 미소라한테 화내는 건 아니야."

미소라는 조심스럽게 고개를 들어 다나시마를 봤다. 촉촉한 눈으로 '정말? 그럼 누구한테?' 하고 묻고 있다. 아직 어린 나이인데도 머리에 떠오른 의문을 솔직히 입에 담지 못하는 모습이 안타깝고 가였다.

"아빠는 그 댓글을 쓴 사람에게 화내는 거야. 그건 누가 봐도 말도 안 되는 생트집이잖아."

"생트집이 뭐야?"

이번에는 평소처럼 물어서 다나시마는 조금 안심했다.

"사실이 아닌 이야기로 상대를 비난하는 걸 뜻해."

"사실이 아닌 이야기?"

"아빠는 우리 미소라를 사랑하는데 사랑하지 않는다고 하니 사실이 아니지."

미소라는 몸을 천천히 일으키더니 매트리스에 두 무릎을 대고 앉았다.

"아빠는 미소라를 사랑해?"

"당연하지. 아빠는 우리 미소라를 세상 그 누구보다 사랑해."

그 빌어먹을 '이로하'에게도 이 말을 들려주고 싶다.

꽃이 핀 것처럼 표정이 환해진 미소라를 다나시마는 꼭 안아 줬다.

"우리 딸은 아빠랑 늘 함께하지 못해서 불안하겠지만 그건 틀림없는 사실이야."

"늘 함께하지 못하는 건 엄마가 그렇게 돼서 어쩔 수 없다고 할머니가 그랬어. 아빠가 미소라를 위해 아빠로서 최선을 다한다고도."

"엄마 역시 최선을 다하고 있어. 매일매일 미소라를 위해 얼른 눈을 뜨려고 노력하고 있어."

"그럼 미소라도 최선을 다할래. 나한테는 할머니랑 유메노 고모가 있고 친구도 많이 있으니 하나도 안 외로워."

대견한 딸을 보며 가슴이 메어서 말이 나오지 않았다.

이렇게 착한 아이에게 상처를 주다니. '이로하'를 절대 용서할 수 없다.

그날 밤 다나시마는 옷 제작을 미루고 컴퓨터 앞에 앉았다.

포털 사이트 검색창에 '이로하'를 검색하자 관련 페이지가 수백 개 나왔다.

다음으로 포털 사이트를 닫고 이런저런 SNS 사이트에 접속해 봤다. 댓글의 그 당당한 태도로 보아 '이로하'라는 닉네임을 블로그뿐만 아니라 다른 곳에서도 쓰지 않을까 예상했다.

사용자 검색 기능으로 '이로하'를 검색하자 SNS 사이트 하나당 몇 명에서 몇십 명의 유저가 표시됐다. 그중 프로필 사진과 글을 참고해 전혀 아닌 것 같은 사람을 하나씩 지워 간다.

그러자 '나우두(nowdo)'라는 SNS 서비스를 이용하는 '이로하'만 남았다.

─30대. 여성. 도쿄 거주. 충실한 삶을 추구하는 회사원.

나우두의 주된 기능은 일상에서 느낀 생각을 짧은 글로 남기는 것이다. 누구든 글을 읽을 수 있고 그 밑에 답글도 달 수 있다.

―힘낼 수 있는 것 자체가 복 받은 거야. 건강하고 의욕 있고 뒤에서 날 응원해 주는 가족이 있음에 감사하며 조금 더 힘내 보자.

―서양인에 비해 일본인들은 모르는 사람한테 '고마워'나 '미안해'라는 말을 잘 못 하는 것 같아. 아쉽지만 이건 국민 수준이 낮아서라고 볼 수밖에 없어.

―요즘 화제에 오르는 어느 유명 요리 블로그. 분명 대단하긴 한데 그렇게 사진을 여러 장 찍는 동안 배고픈 상태로 기다릴 아이들의 얼굴을 떠올리니 딱해.

글을 조금만 읽어 보고도 확신했다. 틀림없다. 이 녀석이 바로 내 블로그에 댓글을 단 그 '이로하'다. 글에서 댓글과 비슷한 냄새가 폴폴 풍긴다. 자기애가 넘치는 이 느낌.

글 내용을 두고 재수 없다고 공격하는 건 쉽다. 그러나 그걸로는 부족하다.

다나시마는 '이로하'의 ID를 확인했다. 나우두를 이용하려면 닉네임 말고도 ID가 필요했다.

'humar198X'

다시 포털 사이트에 들어가 검색창에 '이로하'의 ID를 넣어 봤다.

그러자 개인 일기장 같은 홈페이지가 표시됐다. 일기장에는 '어느 불완전한 죽음'이라는, 눈살을 찌푸려야 할지 실소해야 할지 고민스러운 제목이 붙어 있다.

홈페이지 URL 주소 끝에 적힌 글자를 다나시마는 하나하나 눈으로 좇았다.

'humar198X'

온몸에 피가 노는 것을 느끼며 일기장에 적힌 글도 훑어본다.

'소라파파' 블로그 댓글창과 '이로하'의 나우두 페이지를 함께 모니터에 띄우고 다나시마는 무심코 주먹을 꾹 쥐었다. 몇 줄 읽지 않아도 일본어를 쓰는 방식이 똑같은 것을 알 수 있다. 모든 페이지에 '없음無', '할 수 있다出来る', '터筆', '것事' 같은 단어가 히라가나가 아닌 한자로 적혀 있다.

누가 봐도 비슷한 글쓰기 방식. 심지어 ID와 URL 주소 끝에 있는 글자도 일치한다. 이 일기장은 '이로하' 것이 분명했다.

날짜를 확인하니 마지막으로 일기를 쓴 날짜는 6년 전. 이후에는 그대로 방치돼 있지만 그전까지는 간헐적이기는 해도 장장 10년에 걸쳐 일기를 썼다. '이로하'가 인터넷에 남긴 방대한 과거 자료다.

집중해서 일기를 읽는 동안 자연스레 얼굴에 웃음꽃이 피었다. 몸이 부르르 떨리고 잔인한 충동이 불끈불끈 샘솟는다.

"두고 봐."

중얼거리는 다나시마의 목소리는 희열에 가득 차 있었다.

*

"그 녀석들과는 친해질 수가 없어."

리이치가 그렇게 툭 내뱉은 건 둘이서 처음 간 술자리에서였다.

다나시마와 리이치는 나이가 동갑이고 죽이 잘 맞았다. 리이치는 무엇보다 자신을 엘리트 대우하며 거리를 두는 다른 동료들 앞에서는 좀처럼 마음을 열지 못했다.

"고등학생 때 전국 모의고사 순위와 도쿄대 입시 점수가 지금까지 왈가왈부할 일이야?"

시골에서 태어난 리이치는 학창 시절 산악부에서 활동했다. 취미와 동아리 활동, 거기에 아르바이트까지 하느라 공부할 짬이 없었다고 한다. 학원 같은 곳에 얼씬하지 않고 그저 학교 수업만 듣다가 선생님에게 '너라면 가장 들어가기 어려운 대학에도 들어갈 수 있겠다'라는 말을 듣고 깊이 고민하지 않고 지원서를 넣었다. 합격한 뒤에는 더 넓은 세계를 두 눈으로 보고 싶어 휴학 후 여행을 떠났다.

리이치는 그간의 자신의 삶을 그렇게 설명했다. "그냥 나 하고 싶은 대로 산 거야"라며 스스로 비하하듯 말했지만 다나시마의 귀에 왠지 자랑처럼 들린 것은 비뚤어진 심성 때문일까.

다나시마는 학창 시절 모범생은 아니었지만 누구보다 열심히 공부했고 학원도 다녔다. 취미라고 해 봐야 수예 정도이고 동아리 활동은 물론 아르바이트를 하지 않았고 미유키와 사귀기 전에는 여자 친구도 없었다. 그러나 마음먹고 지원한 도쿄대학에 불합격했고 다른 경력이 있는 것도 아니었다.

물론 리이치와 알고 지내다 보니 이런 천재 스타일도 나름대로 고충이 있는 것을 깨달았다. 입가에 맥주 거품을 묻힌 채 시끄럽게 떠드는 리이치는 다나시마 앞에서 평소 쌓인 스트레스를 마구 발산하는 듯 보였다. 직장 안에서 리이치의 이미지로는 상상도 못 할 모습이었다.

다나시마는 결국 고주망태가 된 리이치를 자기 집으로 데려가 하룻밤 재웠다. 그해 막 입주한 공무원 사택으로 엘리베이터는 언제 안에 갇힐지 불안할 만큼 낡았고 아무리 좋게 봐도 전체적으로 깨끗하다고 하기는 어려운 아파트지만 미유키는 그곳을 조금이라도 쾌적한 신혼집으로 만들기 위해 분투했다. 깨끗이 청소된 집 안에는 미유키가 그동안 수집한 이런저런 잡화와 골동품도 장식돼 있었다.

"어젯밤에는 내가 말이 너무 많았지?"

"글쎄. 나도 취해서 잘 기억 안 나는데."

리이치가 한숨 돌리고 있을 때 미유키가 아침으로 프렌치토스트를 가져왔다. 어젯밤 리이치는 거의 인사불성이었으니 미유키와 첫 만남이나 마찬가지였다.

그때 리이치는 아마 거의 10초 동안 미유키를 빤히 쳐다봤을 것이다.

"결혼했다는 건 알고 있었지만."

그는 감탄 섞어 말하며 다나시마를 부러워했다. 약간의 과장도 섞였을지 모르지만 연기하는 것처럼 들리지는 않아서 다나시마도 기분 나쁘지 않았다.

미유키도 리이치를 마음에 들어 하는 듯했다. 아니,

그보다 다나시마에게 친한 친구가 생긴 사실을 기뻐했다.

"다자이 씨라니, 이름부터 마음에 들어. 대문호 같고."

"본인은 좀 더 평범한 이름을 원한 것 같던데."

"그리고 당신이랑 잘 맞을 타입이야."

"나랑 잘 맞을 타입?"

"부담 없이 짐을 짊어졌다가도 버릴 수 있는 타입이라고 해야 할까."

미유키는 장난기 섞인 눈빛으로 다나시마를 보며 말했다.

"짊어지고 싶지 않은 짐을 짊어지고 좀처럼 버릴 타이밍을 찾지 못하는 사람. 또 막상 짐을 내릴 수 있게 됐을 때는 그 짐을 끝까지 짊어지지 못한 자신을 책망하는 사람과는 달라 보이거든."

할머니의 마음에 들기 위해 시작하고서 그만둘 타이밍을 찾지 못했던 패치워크. 무리인 걸 아는데도 계속 도전한 도쿄대학 입시와 국가 공무원 1종 시험. 떠올리자면 한두 가지가 아니지만 다나시마는 괜히 정곡을 찔린 게 분해서 "그게 무슨 뜻이야?" 하고 시치미를 뗐다.

"하지만 괜찮아. 이제는 내가 옆에서 함께 짐을 짊어질 거고, 가끔은 당신이 버리지 못한 짐을 대신 버려 줄 테니까."

미유키는 장밋빛 볼에 온화하고 부드러운 미소를 지어 보였다.

그날 이후 다나시마는 리이치를 집에 자주 초대했고 가끔 자신이 없을 때도 미유키가 차린 집밥을 대접했다. 그 보답은 아니겠지만 리이치도 직장에서 티 나지 않게 다나시마를 조금씩 도와줬다. 리이치가 언젠가 더 높은 자리에 올라가면 자신도 끌어 올려 줄 수 있을 거라 전혀 기대하지 않았다고 하면 거짓말이지만, 단지 그뿐만이 아니라 기본적으로 궁합이 잘 맞는다고 생각했다.

아내와 친한 친구가 함께하는 식사 자리는 늘 훈훈한 온기가 감돌았다.

카에데 3

사키모리와 몇 번째인지 모를 회의를 마치고 화장실에 간 카에데는 거울을 보며 웃어 보였다. 볼에 살이 약간 붙었고 안색도 좋다. 얇은 입술과 약간 위로 올라간 눈초리도 날카로운 인상보다 이지적이고 자신감 있는 느낌을 준다. 중간에 한 번 벽에 가로막힌 기획이 지금은 순조롭게 진행되고 있고 광고 건 클레임도 거의 끊겨서 지금은 별로 어울리지도 않는 볼 터치를 할 필요도 없어 보인다.

해야 하는 것과 하고 싶은 것이 수없이 많았다. 그런 상황을 달갑게 받아들이는 나 자신도 마음에 들었다. 이 풍차는 나라는 이름의 바람이 없으면 돌지 않는다. 나라는 축이 없으면 무너지고 만다.

일에 집중하다가 문득 정신을 차리니 어느덧 밤 9시가 지나 있었다. 누가 쳐 둔 커튼 너머로 바깥 어둠이 보인다. 장마가 시작되며 흐린 밤이 이어지고 있는데 일기예보에서 오늘 밤은 특히 폭우가 쏟아질 거라고 했다. 지금쯤 빗방울이 떨어지지는 않을까.

카에데는 가볍게 고개를 돌려 컴퓨터 전원 버튼을 눌렀다. 전원 램프가 꺼질 때까지 스마트폰을 확인한다.

집에 돌아왔다는 사토루의 문자 메시지. 오늘 밤에도 혼자 식탁 앞에 앉을 그를 떠올리니 미안한 마음이 앞서지만 사토루는 이렇게 열심히 일하는 카에데의 모습을 좋아해 준다. 나도 이제 곧 갈 거라는 메시지를 보내니 '곧 비가 퍼붓는다고 하니 조심해서 와'라는 자상한 답장이 도착했다.

뒤이어 나우두에 접속했다. 몇 년 전부터 쓰고 있는 SNS 서비스다. 유저 이름은 '이로하'. '소라파파' 블로그 댓글란에 쓴 것과 같은 닉네임이다.

'이로하' 앞으로 메시지가 여러 통 도착해 있었다. 최근에는 특별한 글을 올린 적도 없는데 이상하리만치 많다. 카에데는 고개를 갸웃거리며 메시지를 읽다가 소스라치게 놀랐다.

—중2병 오글거려서 못 봐주겠음

—정신 나간 년

—허세도 이 정도면 병

그런 욕설과 야유가 스마트폰 화면을 가득 채웠다. 온통 처음 보는 사람에게서 온 메시지다.

혼란의 극에 달해 이리저리 맴도는 카에데의 시선에 이번에는 '비공개 메시지 알림'이라는 글자가 들어왔다. 평범한 메시지와 달리 보낸 사람과 받는 사람이 일대일로 주고받는 메시지다. 서로 '친구'를 맺은 사용자들끼리 주고받을 수 있다.

떨리는 손으로 간신히 화면을 두드리자 메시지를 보낸 사람 이름은 '딸기 밤비'였다. 프로필에 적힌 소개글을 보니 평범하게 회사에 다니는 20대 독신 여자다. 서로 공개 메시지를 몇 번 주고받다가 '친구'를 맺었다.

　─이로하 씨. 괜찮으세요? 아무래도 발단은 이거 같아요. 이미 아실지도 모르지만 일단 보내 드려요.

　문장 끝에는 URL 주소가 첨부돼 있었다. 화면에 빨려 들듯 주소를 손가락으로 누르자 어느 대형 익명 게시판 사이트가 표시됐다. 그곳에는 '흑역사를 발굴하는 곳'이라는 게시판이 있는데 악의로 가득 찬 글과 함께 개인들의 블로그와 SNS 주소가 적혀 있었다.

　그 안에서 '이로하'라는 세 글자가 선명히 눈에 들어왔다.

　30대 후반 정병러 이로하 씨의 삶의 궤적

　정병러. 요즘 신조어로 '정신 질환이 있는 사람'을 뜻한다고 들었다. 대체 누가 이런 짓을. 기억을 되짚는 동안 머릿속이 쥐가 난 것처럼 찌릿거렸고 심장이 터질 듯 빠르게 뛰었다. 심장은 이미 답을 알고 있다.

　소개글 아래에는 URL 주소가 총 두 개 있다. 하나는 나우두 계정 주소. 또 하나는…….

식은땀이 폭포처럼 흘러내렸다. 수전증 환자처럼 화면을 두드리는 손가락이 덜덜 떨리고 손톱이 화면에 부딪혀 연신 탁탁 소리를 냈다. 화면이 바뀐다. 직접 눌러서 열었는데도 하마터면 '잠깐만!' 하고 외칠 뻔했다.

어느 불완전한 죽음

눈에 들어온 제목이 뇌리에 꽂혔다. 카에데가 열네 살때부터 10년 동안 쓴 일기장이다. 쓰지 않게 된 이후 그대로 방치해 뒀고 지금은 존재조차 잊어버리고 있었는데.

—새집으로 이사했다. '이제부터 새로운 삶을 시작하는 거야'라는 말을 들었다. 정말 그럴 거면 두 눈알을 도려내고 싶다. 피부를 벗겨 내고 싶다. 그렇게 새로운 사람이 되고 싶지만 지금도 내 몸에는 무시무시한 괴물이 숨어 살고 있다. 산지 얼마 안 된 커터칼을 배에 갖다 대자 새빨간 피가 흘러 마음이 조금 가라앉았다. 커터칼은 나의 부적.

—고등학교에서도 똑같다. 표면적으로는 잘 지내는 것 같

지만 그 누구도 좋아하지 않는다. 꼭 물속에서 사람들을 보고 있는 기분이다. 나 혼자 멀리 떨어진 외딴섬에 와 있는 것 같다.

같은 반 친구가 남자 친구와 처음 잤다고 시끄럽게 떠들었다. 그에게 모든 것을 바쳤다고 했다. 바보 같기는. 그게 정말 네 전부니?

─대학에 들어간 것을 기점으로 자취를 시작했다. 밥 차려 먹는 게 영 귀찮다. 아침 점심 저녁, 하루에 세 번이나 고작 몇 시간 만에 뭘 먹어야 할지를 고민해야 한다. 먹을 것에 삶을 지배당하는 느낌이다. 난 먹는 게 싫다. 하지만 평범하려면 역시 먹어야겠지.

─우에무라 쇼엔의 '모자母子'라는 그림을 보러 갔다. 어머니가 지나치게 가까이서 아이를 보고 있는 모습이 섬뜩했다. 난 애정이라는 게 뭔지 잘 모르겠다. 같은 꽃을 보며 예쁘다고 하고, 같은 책을 읽으며 재미있다고는 해도 실제로는 나 혼자 뭔가 느끼는 게 다를지 모른다.

난 아마 비정상이다. 세상에서 나 혼자 툭 불거져 있는 느낌이다. 변해야 해. 변해야 해.

—남자에게 이별을 통보받았다. 그와 나는 속된 말로 불륜 관계였다.

사회 초년생 여자 눈에 24살 차이 띠동갑 남자가 어른으로 보였던 것 같다. 내게 자상하게 대해 주는 이유를 알아채지 못한 건 내 어리석음 때문이다. 아니면 애초에 난 인간이라는 존재를 아직도 잘 모르는 걸까.

소파에서 그의 팔베개를 하고 누워 있을 때 귀걸이가 그의 스웨터 소맷자락에 걸렸다. 그는 귀걸이를 떼려다가 실밥이 터지자 화를 내며 내 귀를 거의 잡아 뜯으려고 했다.

무서웠다. 그에게서 멀어져야 했다.

성장하면서 조금씩 평범함에 가까워진다고 믿었는데 또다시 이런 일을 겪으니 슬프다. 이번 글을 마지막으로 두 번 다시 이곳에 돌아오지 않기를 바랄 뿐이다.

읽고 싶지 않은데도 손가락이 제멋대로 화면을 스크롤한다. 눈이 저절로 아래로 향한다. 누군가에게 발굴된 나의 과거.

"카에데 선배."

미즈미네가 옆에서 말을 걸지 않았다면 터질 듯이 새어 나오는 기억에 잡아먹히지 않았을까. 카에데는 인터넷 페이지를 닫고 아무렇지 않은 척 숨을 들이마셨다.

"무슨 일이라도 있어요?"

미즈미네가 걱정하는 얼굴로 쳐다봤다. 컴퓨터는 이미 오래전에 꺼져서 검은 모니터 화면에 무표정한 얼굴이 비치고 있다. 카에데는 짐짓 멍한 표정을 지어 보였다.

"응? 뭐가?"

"집에 가시는 줄 알았는데 계속 앉아서 엄청 진지한 얼굴로 핸드폰을 보고 계셔서요."

"아. 뉴스 기사를 집중해서 읽느라. 이번 비 때문에 간사이 지방은 난린가 봐. 가슴 아픈 사고도 일어났다던데."

조금 전 얼핏 눈에 들어온 뉴스 기사를 언급하며 대충 얼버무렸다. 태연하게 고개를 돌려 집에 갈 채비를 한다. 주변 사람들에게 "먼저 실례하겠습니다" 하고 최대한 자연스러운 걸음걸이로 사무실을 나갔다.

바깥에는 도로가 하얗게 보일 만큼 폭우가 쏟아졌다. 우산은 무용지물이고 얼마 안 돼 비에 흠뻑 젖은 스커트가 살에 달라붙어 진흙탕에 허벅지를 담근 느낌이 들었다. 축축한 인파로 가득 찬 전철에서는 어항 냄새가 났다. 에어컨 바람이 너무 세서 전철을 내리기 전까지 몸을 부들부들 떨었다. 역을 나가서는 또다시 도움 되지 않는 우산을 펼치고 진흙탕을 헤쳐 간다. 집까지 가는 길이 하염없이 멀게 느껴졌다.

열쇠를 꺼낼 기운도 없이 인터폰을 눌렀다. 곧 뛰어오는 발소리가 들리더니 안에서 문이 열렸다.

"어서 와."

사토루의 목소리. 웃는 얼굴. 그의 가슴에 얼굴을 묻고 울음을 터뜨리고 싶어졌다.

"빗길 걸어오느라 힘들었지?"

"응. 머리부터 발끝까지 다 젖었어. 폼, 엄마 왔어."

폼의 인사 소리를 들으며 곧장 욕실로 갔다. 스커트를 벗을 때 세탁기에 적힌 주의 문구가 눈에 들어와 무심코 얼굴을 찌푸렸다. '비와 땀 때문에 옷감에 색이 번질 수도 있습니다'.

하필 오늘 왜 이 스커트를 입고 갔을까. 왜 과거 일기들을 지우지 않고 그대로 뒀을까. 그동안 아무 생각 없이 살아왔다는 걸 지금에 와서 뒤늦게 깨달았다.

"바로 씻을게."

"응? 욕조에 물 아직 안 받아 놨는데."

"샤워만 할 거니 괜찮아. 이러고 있다가 감기 걸릴 것 같아."

그렇게 대답하고 욕실 안으로 도망쳤다. 물이 데워질

때까지 기다리며 세찬 물줄기를 얼굴에 뿌린다.

화장이 지워지는 것도 신경 쓰지 않고 멍하니 있다가 수압을 조금 약하게 하고 몸에 물을 대며 확인했다. 다행히 배와 손목에 흉터는 없다. 흉터가 생길 만큼 깊숙이 베지 못한 건 그만큼 고통이 강했다는 뜻일까. 흉터를 확실히 남기는 사람들에 비하면 난 역시 약하다는 뜻일까.

"샤워 마치면 뭐라도 먹을래?"

밖에서 사토루의 목소리가 들려 카에데는 황급히 배에 힘을 집어넣어 외쳤다.

"아니, 난 괜찮아. 일할 때 과자 같은 걸 주워 먹어서 그런지 배가 안 고파."

"몸에 안 좋아."

"응. 조심할게. 당신은 저녁 뭐 먹었어?"

"비밀. 말하면 혼낼 것 같아."

"얼른 말해."

"내가 직접 끓인 특제 버터 된장 라면."

"또 또. 배는 이제 포기했어?"

"이것 봐. 뭐라고 할 줄 알았다니까. 근데 원래 살찌는 게 맛있는 법이야. 당신도 끓여 줄까?"

"고맙지만 사양할게. 다음에 끓여 줘."

사토루가 다른 곳으로 향할 때까지 기다렸다가 카에데는 한숨을 휴 내쉬었다. 목소리 상태가 조금 좋지 않아도 물소리가 지워 줬을 것이다.

잠옷을 입고 나가자 사토루는 부엌 식탁에 팔을 괴고 스마트폰을 만지고 있었다. 사토루에게는 이렇다 할 취미가 없다. 평소 일 때문에 바쁘니 취미 대신 쉬는 시간에 늘어져 있는 행위에서 즐거움을 찾는 듯했다. 사토루는 카에데를 보고 몸을 일으키더니 "나도 샤워만 해야겠다" 하고 옆을 지나 욕실로 향했다.

카에데는 진정 효과가 있는 허브티를 끓여 와 거실 바닥에 앉아서 노트북을 켰다. 허브향이 몸속 구석구석을 깊숙이 파고든다.

"응? 일하려고?"

잠시 후 욕실에서 나온 사토루가 냉장고를 열며 고개를 갸웃했다. 냉장고에서 꺼낸 것은 지방 연소 효과가 있다는 음료다. 이런 걸 마시며 고칼로리 음식을 만들어 먹는 그 느슨함. 사토루는 그런 느슨함을 즐길 배포를 갖췄다.

"아니. 알아보고 싶은 게 좀 있어서."

"오래 걸려?"

"글쎄. 어떨지 모르겠네. 먼저 자도 돼."

"응. 당신도 너무 늦게까지 있지 마."

사토루는 느릿느릿 침실에 들어갔다. 함께 따라가서 그 옆에 파고들고 싶다. 모든 것을 잊고 잠들고 싶다.

폼이 걱정하는 듯한 울음소리를 냈다.

"괜찮아, 괜찮아."

카에데는 허브티를 입에 가져가며 모니터를 마주 봤다.

화면에 표시된 것은 과거 일기장이다. '어느 불완전한 죽음'. 제목만 보고도 누가 정수리에 주먹을 내리꽂은 것처럼 머리가 욱신거린다. 이런 글을 회사에서 대충이나마 읽었다는 사실을 믿기 힘들다. 카에데는 6년 만에 관리자 페이지에 들어가 '일괄 삭제' 버튼을 눌렀다.

―삭제됐습니다.

고작 몇 초. 몸속에서 뭔가가 쑥 빠져나간 느낌이 든다. 그것이 상쾌감인지 상실감인지 구분하는 동안 몸은 그새 원상태로 돌아갔다. 피와 살, 그리고 30년이라는 세월이 쌓인 몸. 지금도 괴물이 그대로 살아 숨 쉬고 있을 몸.

한숨을 내쉰 카에데는 허브티를 한 모금 더 마시고 이번에는 나우두에 접속했다. 예상대로 욕설과 조롱 메시지가 더 늘었다. 대다수는 모르는 사람에게서 온 것이지만 '친구'에게 온 절교 선언도 있다.

　—아무리 과거라고 해도 불륜 같은 걸 즐기는 분일 줄은 몰랐네요.
　—예전 일기도 문제지만 나우두에 올린 글도 만만치 않아요!
　—중2병 환자에서 나르시시스트로 진화한 정병러(웃음).

　카에데는 최근 자신이 나우두에 올린 글들을 확인했다. 일기를 그만 쓰고 새로 시작한 나우두에서는 주로 긍정적인 글을 올렸다. 그런 글을 남에게 보여 줌으로써 긍정적인 기분과 생각이 강해지는 느낌을 받았다. 딱히 조롱당할 글은 없는 듯하지만 악의를 품고 보면 뭐든 이상해 보이지 않을까.
　불행 중 다행으로 카에데는 사토루를 비롯해 현실 인연이 있는 사람들에게는 나우두 계정을 알려 주지 않았다. 글에 '이로하=아야노 카에데'를 연관 지을 단서도 없다.
　카에데는 '딸기 밤비'에게만 비공개 메시지를 보내고 나우두 계정도 삭제했다.
　모든 것을 지웠다. 모든 것이 지워졌다. 이게 다 '이로하'를 구경거리로 만든 어느 한 사람 때문에.

갸악갸악. 폼이 증오를 외쳤다.

"그래. 너도 그렇게 생각하지?"

그 자식이 세상에서 사라져 버리면 좋을 텐데. 아니, 사라져야 한다. 죽어야 한다.

손바닥에서 통증이 느껴져 꼭 쥐고 있던 주먹에서 힘을 뺐다. 손톱자국 네 개가 얼기설기 꿰맨 바느질 자국처럼 나란히 새겨져 있다.

카에데는 고개를 흔들고 다시 익명 게시판에 들어갔다. 카에데의 일기장과 나우두 URL 주소는 소개글만 바뀌어 여러 번 올라와 있었다.

내게 이토록 거대한 악의를 품은 사람이 대체 누굴까.

최근 주변에서 일어난 문제라면 〈히로인〉 광고가 있다. 그러나 현실의 아야노 카에데에서 일기장과 나우두 계정에 도달할 방법은 없을 것이고 차월호와 차차월호까지 나온 지금 이러는 것도 좀처럼 이해되지 않는다. 그 밖에 또 갈등을 빚은 인물이라면 '소라파파'가 있다. 아니, '소라파파'는 내 조언을 전면 부정하며 반박했다. 단순히 의견이 서로 일치하지 않았다고 이렇게 일방적으로 상대를 원망할 수 있을까. 이 역시 '이제 와서'라는 느낌이 강하다. 그렇다면 악의에 별다른 이유는 없는 걸까. 나와 아무 관련 없는 누군가가 우연히 눈에 띈 나를 공격하며 즐기는 걸까.

적은 대체 누굴까. 그리고 어떡해야 나를 지킬 수 있을까.

위팔을 쓰다듬는 카에데를 폼이 불안한 듯이 바라봤다. 침실에 가서 사토루와 상의해 볼까.

"아니, 그건 안 돼."

과거 일기장과 나우두에 올린 글 때문에 괴롭힘을 당한다고 털어놓으면 사토루는 어떤 내용인지 궁금해할 것이다. 알리고 싶지 않다. 불륜, 열네 살 때 겪은 사건, 그 밖의 다른 모든 것도.

친구와 직장 동료들 또한 마찬가지다. 무방비하게 알려서는 안 된다.

"폼. 결국 너뿐이네."

모든 걸 털어놓을 상대는.

폼은 나를 배신하지 않는다. 상처 주지 않는다. 내가 어떤 모습이건 나를 사랑해 줄 것이다.

폼의 포도색 눈에서 경계심이 사라진다. 비는 지금도 쏟아붓고 있지만 폼의 배에는 항상 파란 하늘이 있다. 카에데가 날개를 쓰다듬자 폼은 카에데의 팔에 부리를 대고 비볐다. 졸릴 때 하는 몸짓이다.

그 모습을 보고 있자 카에데도 슬슬 졸음이 쏟아졌다. 꿈이 다가오고 있다. 분명 따스하고 평온한 꿈이.

그때 돌연 귀를 찌르는 전화벨 소리를 듣고 정신이 번쩍 들었다. 폼이 불쾌한 것처럼 울음소리를 낸다.

"미안, 미안."

부랴부랴 가방을 가져와 스마트폰을 꺼내자 화면에는 모르는 번호가 표시돼 있었다. 평화로운 꿈의 전조가 대번에 사라지고 등허리가 뻣뻣해진다. 익명 게시판에 적힌 글, 나우두에 쏟아진 메시지, 광고 클레임 전화, '소라파파'의 댓글. 삽시간에 많은 것들이 머릿속을 현란하게 오간다.

폼이 날갯짓으로 재촉하는 바람에 결국 전화를 받았다.

"여보세요."

침묵.

"여보세요."

수화기 너머에서 희미한 숨소리가 들리는 것을 보면 전파 문제는 아닌 듯하다.

"여보세요?"

"아⋯⋯."

순간 심장이 멎을 뻔했다.

어떻게 알았을까. 숨소리와 별로 다르지 않은 '아' 소리만 들었을 뿐인데. 상대가 설령 사토루여도 이것만으로는 모를 텐데.

눈앞에 여자의 환상이 떠오른다. 아름다운 얼굴. 날씬한 몸. 연한 색상의 블라우스와 스커트. 힘없이 선 모습을 보면 혼자서 걸을 수 없을 것이다.

충동적으로 핸드폰을 집어 던질 뻔했다. 그러나 환상 속 여자의 손이 그것을 막고 부드럽지만 단호한 힘으로 귀에 다시 갖다 붙인다.

"카에데."

환상 속 여자가 말한 것인지 수화기에서 들린 소리인지 구분되지 않는다. 두 번 다시 듣고 싶지 않았던 목소리가 귓속을 후벼 파듯 침투해 온다.

"카에데 맞지? 기억하니? ……엄마 목소리."

"어떻게?"

눈을 질끈 감았다. 속으로 사라지라고 외친다.

"내 전화번호, 어떻게 알았어요?"

전혀 모르는 사람을 상대하듯 묻는다. 실제로도 남이나 마찬가지다.

카에데가 열네 살 때 어머니는 불륜 상대를 흉기로 찔러 중상을 입혀 교도소에 들어갔고, 아버지와 이혼했다.

그 뒤로는 지금껏 한 번도 연락하지 않았다.

"갑작스럽게 미안해."

"어떻게 알았냐고요."

"미안. 화내지 마렴."

"누구한테 들었어요?"

"미안."

노무지 말이 통하지 않는다. 친척 중 누구에게 울며 매달리기라도 했을까. 설마 아버지가 알려 줬을 리는 없다.

아버지는 어머니와 헤어진 후 대출금이 남아 있던 단독주택을 포기하고 카에데와 함께 가나가와로 떠났다. 일은 그대로 했지만 사건이 있기 전까지 직장에서 승진 길을 걷다가 사건 이후부터 계속 같은 직급에 머물렀다. 그토록 잦았던 전근도 사라졌다. 본인은 좌천이나 해고된 건 아니니 괜찮다며 웃었지만 늘 가시방석 같았을 것이다. 그래도 딸을 위해 일을 그만두지는 않았다. 카에데가 취업에 성공하고 이제는 그만둬도 된다고 해도 "아니, 이건 내 의지로 하는 일이야"라고 했다.

—카에데, 이제는 잊어라. 넌 아무 잘못 없어.

서글픈 그 목소리가 귓가에 되살아난다.

"카에데. 엄마 말 좀 들어 줘. 네게 꼭 해야 하는 이야기가."

"싫어."

"부탁이야."

"지금 바빠. 끊을게."

굳어 버린 손가락을 간신히 움직여 통화 종료 버튼을 눌렀다. 그와 동시에 환상 속 여자도 사라졌지만 카에데는 여전히 숨죽인 채로 여자가 있던 곳 주변을 둘러 봤다.

폼의 급박한 울음소리를 들었는지 사토루가 눈을 비비며 침실에서 얼굴을 내밀었다.

"무슨 일이야?"

"아니, 아무것도 아니야. 잠깐 업무 전화. 미안, 깨워 버렸네."

카에데는 신중하게 숨을 고르며 애써 태연한 표정을 지어 보였다.

"무슨 문제라도 있어?"

"별일 아니야. 내일 말해도 되는 걸 굳이 이런 시간에 전화하지 말라고 했어."

사토루 앞에서는 사건 이야기를 꺼내지 않았고 아버지와 어머니는 이혼 후 서로 연락하지 않는다고만 했다. 거짓말을 한 것은 아니다. 그저 모든 것을 털어놓지 않았을 뿐.

"괜찮아?"

별 의심도 없이 신경 써 주는 사토루가 사랑스러웠다. 내게는 역시 이 사람이 필요하다.

침실에 들어가는 사토루를 쫓아가 침대에 파고들어 살결을 맞댔다. 달콤한 말로 잔뜩 위로받으며 잠들고 싶었다.

장마가 끝났다는 기상청 발표가 나온 지 얼마 안 된 바다의 날, 카에데는 집 안을 깨끗이 청소하기로 마음 먹었다. 아무리 집안일이 서툴다고 해도 요즘 신경을 너무 못 썼다. 마침 사토루도 휴일 출근을 해서 타이밍 이 좋았다.

바깥 풍경을 흐리는 창문의 잿빛 자국을 닦는다. 비 슷한 행색의 에어컨 실외기를 닦고 먼지 쌓인 베란다를 빗질한다. 나도 모르게 콧노래를 흥얼거리고 있었다.

일기장과 나우두 계정을 삭제한 후 아직 별다른 일은 일어나지 않았다. 주소와 전화번호, 이메일 주소 등 아 야노 카에데의 개인 정보는 다행히 인터넷상에 퍼지지 않은 듯하다. 그러나 삭제 전에 올린 글들을 저장해 둔 사람이 있을지 모르고 익명 게시판이 지금 어떤 상황인

지도 모른다. 그러나 모르는 게 약이라고 생각해 잊기
로 했다.

인터넷과 꿈, 과거처럼 손에 닿지 않는 것들은 잊자.
그리고 내 손으로 직접 거머쥔 것들을 지킨다. 앞으로
손에 넣을 것들도.

'아이'라는 단어가 머리에 떠올랐다. 사토루는 아이
를 가질 마음이 없어 보이고 카에데도 아이가 절실하진
않았다. 그러나 구와타의 집에 다녀온 후 마음이 굳세
졌다. 나도 할 수 있다. 할 수 있을 것이다. ……할 수 있
을까.

스마트폰이 눈에 들어왔다. 어머니에게 그 뒤로 전화
가 몇 통 더 왔지만 받지 않았고 지금은 수신 거부를 해
놓았다. 이후 모르는 번호로 걸려 온 전화도 전부 차단
했다. 그러나 곧 또 다른 번호로 전화를 걸어 올 것이다.
어머니는 꼭 하고 싶은 이야기가 있다고 했다. 사라져,
사라져. 카에데는 마음을 다잡았다.

청소를 마치고 장을 보려고 아파트 현관을 나가자
205호에 사는 고보리 씨가 눈에 들어왔다. 아파트 부지
안쪽에 있는 쓰레기 수거함 주변을 커다란 빗자루로 쓸
고 있다. 안뜰에 있는 창고에서 가져온 것으로 보였다.

"어머. 지금 나가는 거야?"

고보리는 재빨리 카에데를 발견해 말을 걸었다.

"네. 잠깐 슈퍼에 좀."

"나도 조금 전에 장을 보고 왔는데 이 주변이 엄청 더럽더라고."

왠지 귀찮아질 것 같아 일부러 언급하지 않았지만 고보리는 자기 입으로 먼저 이야기를 꺼냈다. 몸을 일으켜 허리를 툭툭 두드리고 이마에 난 땀을 닦는다.

"아무래도 어젯밤에 이렇게 된 것 같아. 쓰레기봉투를 수거해 갈 때 봉투가 터졌는지 사방이 엉망진창이야."

"누가 쓰레기봉투 입구를 잘 안 묶었나 봐요. 그래서 고양이 아니면 까마귀가……."

"응, 그렇겠지. 지금까지는 한 번도 이런 일이 없었는데."

고보리는 주변을 두리번거리더니 갑자기 목소리를 낮췄다.

"지난달에 아래층에 젊은 사람들이 이사 왔거든."

"그래요?"

"어머. 카에데 씨는 아직 모르는구나. 학생처럼 보이는 젊은 부부인데 분명 그 사람들 짓인 것 같아. 전에도 쓰레기봉투 입구를 아예 열어 놓고 가서 주의를 줬더니 깜빡했다며 다시 와서 묶기는 했어. 꼭 잠옷 같은 옷을 입고 나와서 말이야. 전에는 음식물 쓰레기를 제대로 처리도 안 하고 내놓은 적도 있어. 그런데 일일이 뭐라고 하기에는 요즘 세상이 또 워낙 험하잖아. 해코지라도 당하면 어떡해. 관리실에는 이야기해 놨는데 앞으로는 좀 괜찮아지려나 모르겠네. 아무튼 이렇게 더럽게 두면 다른 사람들 보기에도 안 좋으니 그냥 내가 치우는 중이야."

"대단하세요."

고보리는 평소에도 아파트 부지를 자주 청소했다. 눈이 내리면 눈을 쓸고, 잡초가 자라면 잡초를 뽑고, 나무에 벌레가 끓으면 구충 작업을 할 때도 있다. 그렇다고 다른 주민도 똑같이 해야 하는 건 아니다. 카에데는 고보리의 의미심장한 눈빛을 일부러 못 본 척했다.

"남편은 나더러 왜 당신이 그런 걸 도맡아 하냐고 뭐라고 하지만, 다 함께 사는 곳이잖아. 서로 돕고 살아야지. 안 그래?"

고보리가 또다시 동의를 구하는 것처럼 물어도 카에데는 어정쩡하게 대화를 끊고 그 자리를 떠났다.

활짝 갠 하늘에서 여름 햇빛이 비친다. 오랜 장마에 깨끗하게 씻긴 풍경이 반짝이고 있다. 장마가 끝난 것을 실감하고 카에데는 '끝'이라는 단어의 의미를 다시 한번 곱씹었다.

　그렇다. 끝났다.

　인터넷에서 벌어진 일, 열네 살 때 사건, 그리고 과거의 모든 일도.

　끝났다. 전부 끝난 것이다.

11월 11일 (2)

　—처음에는 그냥 별생각 없었습니다. 미워한다고 할 만큼 강렬한 감정이 있었던 것도 아니고 그냥 조금 따끔한 맛을 보여 주고 싶었을 뿐입니다.

　—참 무섭게도 당시에는 죄의식이 없었습니다. 어느새부턴가 나 자신이 정의라고 믿었고 이런 여자에게는 어떤 짓을 해도 괜찮다는 생각마저 들었죠.

　—피투성이가 된 모습을 보고서야 정신을 들었습니다. 돌이킬 수 없는 짓을 저질렀다고 깨달았습니다.

　—지금은 후회하고 있습니다.

2부
———
붕괴

다나시마 3

쏴 하는 물소리가 소리가 들리고 악취가 스멀스멀 코를 파고든다. 다나시마는 휴지를 뜯어 코와 입을 닦고 변좌에 손을 얹은 채 천천히 몸을 일으켰다. 아직 속이 쓰리다. 억지로 꾸역꾸역 점심을 먹은 것이 화를 부르고 말았다.

"다나시마 선배. 여기 계시죠?"

화장실 입구에서 귀에 거슬리는 나루세의 목소리가 들렸다. 누가 다나시마를 데려오라고 시켰고 '내가 왜?'라고 생각하며 마지못해 왔을 것이다. 이런 녀석도 그저 명문대 출신이라는 이유로 일찍 높은 자리에 오른다.

다나시마는 칸막이 안쪽에서 문을 두드렸다. 평소에

도 회사에서 이렇게 가끔 구토할 때가 있지만 나루세가 눈치채기를 바라지 않았고 무엇보다 말을 섞고 싶지 않았다.

"슬슬 나오시지 않으면 늦을 겁니다."

그런 건 다나시마도 잘 알고 있었다. 어느 국회의원이 느닷없이 다나시마를 불러 '오픈 데이터 헌장'에 대해 10분 안에 짧게 설명해 달라고 했다. 성가신 요구지만 그런 것도 감내해야 하는 곳이 직장이다. 다행히 관련 지식은 머리에 있었고 어떻게 요약할지도 대충 생각해 놓았다.

대답 대신 물을 한 번 더 내리고 잠시 후 칸막이에서 나갔다. 아무도 없는 화장실 거울 앞에 서서 옷차림을 확인한다. 넥타이는 잘 메어져 있다. 머리카락도 헝클어지지 않았다. 안경알이 깨끗하고 어깨에는 비듬도 없다.

입 냄새를 없애는 알약을 먹고 화장실을 나가려고 할 때 스마트폰이 진동했다. 회사에서 준 업무용 핸드폰이 아닌 개인 스마트폰이다. 일할 때 전화를 받지 못할 때가 많아서 보통 문자를 받고 있다. 문자를 보낸 사람은 유메노였다.

―미소라가 열이 심해. 학교에서 데려와서 지금은 병원 대기실이야. 39도 가까이 돼서 엄청 힘들어 보여.

문자 행간에서 오빠를 원망하는 느낌이 배어난다.

다나시마는 답장을 보내지 않고 스마트폰을 주머니
에 넣었다. 따로 메신저 애플리케이션을 쓰지 않는 이
유는 메시지를 읽은 것을 상대가 아는 것이 싫기 때문
이다. 미소라의 상태가 걱정되지 않는 것은 아니지만
지금은 문자를 주고받을 시간이 없을뿐더러 이런 컨디
션으로 유메노의 비난을 듣고 있을 자신도 없었다.

국회의원에게 설명을 마치고 자리로 돌아가는 길에
스마트폰을 확인하니 유메노에게 또다시 문자가 와 있
었다.

―감기래. 지금은 주사 맞고 잠들었어. 전화 한 통도
못 해주는 상황이야?

여전히 화가 난 듯하다. 미소라가 저녁 먹을 때쯤에는
전화를 걸 수 있을까. 다나시마는 오늘 일정을 떠올리
며 이맛살을 찌푸렸다.

우선 문부 과학성에 전화를 걸어 반대 주장의 허점을
찾을 때까지 달라붙어야 한다. 그리 쉽게 일단락될 것
같지 않으니 일단은 미뤄 두고 오늘 잡힌 단체 회식에
먼저 참석하는 편이 좋아 보인다. 거기에 심의회 시나
리오도 준비해 둬야 한다.

이번에도 역시 답장을 보내지 못하고 자리에 앉아 눈

가를 손으로 문질렀다. 손끝에 미끈한 비지땀이 묻는다. 몸이 어긋나기 일보 직전의 톱니바퀴처럼 느껴졌다. 그렇다. 톱니바퀴. 어차피 나는 조직이라는 거대한 기계의 일부고 언제든 교체할 수 있는 부품이다. 눈에 띄게 재능이 뛰어난 것도 아니다. 나는 일류가 아니다. 그걸 누구보다 잘 아니 이류 부품으로서 기능을 완벽하게 소화할 수 있는 것이다.

그날 회식 자리에서 다나시마는 평소처럼 위트 있는 사람을 연기했다. 시종일관 밝고 유머러스하며 적당히 무지한 사람. 상대가 불쾌하지 않을 선을 잘 파악해 상대를 추켜세우고 상사를 돋보이게 하는 역할.

이런 일을 하고 있을 때는 뭘 먹고 마셔도 토사물 맛이 났다. 자정이 넘어 집에 돌아가거나 청사 안에 있는 휴게실에서 눈을 붙여 봐야 피로는 풀리지 않는다.

본심을 털어놓자면 다나시마는 휴일에 본가에 가지 않고 집에서 느긋이 쉬고 싶었다. 그러나 미소라는 지금 엄마를 잃은 아이나 마찬가지다. 아버지로서 그런 행동은 용납되지 않았다.

금요일에 밤샘 근무를 하고 결국 토요일 첫차를 타고 본가로 향했다. 이제 막 눈을 뜨려고 하는 시골 마을. 벌써부터 고개를 내민 태양과 귀를 찌르는 매미 울음소리. 다나시마는 왜 나만 이 모양 이 꼴이냐며 뭔가를 향해 원망하고 싶어졌다. 집 앞 오르막길에 접어들 무렵에는 온몸이 땀범벅이 되어 자신의 땀 때문에 미끄러져 넘어질 지경이었다.

미소라는 아직 잠에서 깨지 않았을 것이다. 다나시마는 아빠 왔다는 인사 없이 현관문을 열고 들어가 일단 샤워를 마치고 방에 들어갔다. 아침밥은커녕 일분일초라도 빨리 눈을 붙이고 싶었다.

9시에는 일어나 의상을 만들려고 했는데 정작 눈을 뜬 시간은 거의 점심시간이 다 돼서였다. 미소라는 이미 다 나아서 친구 집에 놀러 갔고 점심도 그곳에서 먹고 온다고 했다.

어른 세 사람이 식탁을 둘러싸고 국수를 먹었다. 전에 미유키가 만든 국수에는 분홍색과 녹색 소면이 들어 있었지만 어머니가 만든 국수는 오로지 흰색뿐이다. 다나시마도 흰 국수에 익숙하고 미소라는 그런 컬러풀한 국수는 기억도 못 하지 않을까.

어머니가 보고 있는 TV 드라마에서 여자가 질투를 불태우는 진부한 장면이 나왔다. 다나시마가 코웃음을 치자 어머니는 괜스레 변명을 했다. 나도 별로 보고 싶은 건 아니지만 요즘 꽂꽂이 교실에 가면 다들 이 드라마 이야기만 하더라. 미소라가 있을 때는 이런 건 못 보잖니.

그때 유메노가 갑자기 언짢은 것처럼 "적당히 좀 해" 하고 불쑥 입을 열었다. 다나시마와 어머니가 동시에 고개를 돌려도 유메노는 자기 국수 그릇을 내려다보고 있다.

"엄마는 왜 그렇게 늘 오빠 눈치를 살펴? 아이도 맡아서 키워 주는데 눈치 봐야 할 사람은 오히려 오빠 아니야? 평소에 뭐 하나 도와주기는커녕 계속 민폐만 끼치는 주제에 오빠가 대체 뭐가 그렇게 잘났어?"

그러자 순식간에 어머니의 안색이 창백해졌다.

"민폐라니. 가족끼리 무슨."

"가족이니까 더 문제야. 귀한 손님 모시는 것도 아닌데 밥도 일일이 차려 주고, 치워 주고. 이상하잖아. 그리고 엄마도 평소에는 내 앞에서 툭하면 푸념하지 않아? 더울 때 미소라를 데리고 밖에 나가는 게 힘들고, 학교 행사에 참석하기가 눈치 보이고, 저번에는 아이 입맛이 아닌 엄마 입맛에 맞는 밥을 먹고 싶다고도 했잖아. 방금은 좋아하는 드라마도 못 본다고 했고."

"그런 의도로 한 말이……"

주뼛주뼛 아들의 안색을 살피는 어머니의 모습이 유메노의 말이 사실임을 증명한다. 그러고 보니 유메노는 전에도 비슷한 말을 한 적이 있었다. 어머니는 오빠 앞에서만 다른 사람처럼 군다고 했다.

"심지어 이런 말도 했어. '걔만 그렇게 되지 않았어도'라고. 그리고 오빠한테 도쿄에 남으라고 한 게 잘못이었을지 모르겠다고도."

다나시마는 젓가락을 내려놨다. 내동댕이치고 싶은 걸 꾹 참았다. 유메노도 그제야 고개를 들어 다나시마를 똑바로 쳐다봤다.

"그래. 어머니가 불만이 있다는 건 알겠고, 네가 하고 싶은 말이 뭔데?"

"또 혼자 폼 잡는 것 좀 봐. 속은 부글부글 끓고 있을 거면서."

"그래. 당연히 불쾌해. 그리고 유메노 너, 요즘 뭔가 이상해."

예전에도 미소라의 양육 문제로 툭하면 시비를 걸었지만 마땅한 이유와 논리가 있었다. 하지만 요즘은 오빠 얼굴만 봐도 화가 치밀어 오르는 듯했다.

"내가 이상하다고?"

"그래. 아무리 봐도 이상해."

"오빠는 괜찮고?"

"또 억지 부린다."

옆에서 어머니가 "그만하렴" 하고 끼어들었다.

"이제는 싸울 나이도 지났잖니."

유메노는 말없이 다시 젓가락을 들어서 국수를 먹기 시작했지만 다나시마는 입맛이 뚝 떨어져 뭔가 할 말이 있어 보이는 어머니를 무시하고 자기 방에 들어갔다. 자신이 집에 없을 때 어머니와 동생이 서로 곤란해하는 얼굴로 뒷이야기를 했다고 생각하니 왠지 농락당한 기분이었다.

다나시마는 스마트폰으로 맛집 리뷰 사이트에 들어가 '미파파' 닉네임으로 어젯밤 회식 때 갔던 가게 리뷰를 썼다. 업무차 찾아간 가게에서는 주로 인내와 굴욕감만 아른거리지만 그것들을 빼고 기억의 조각을 이어 붙이면 단순한 외식 기록이 된다. 리뷰 작성은 다른 생각을 떠올리며 불쾌한 기분을 가라앉히는, 일종의 정신 건강을 위한 행위였다.

문장에 집중하며 아래층에서 들리는 말다툼 소리를 차단했다. 리뷰 작성을 마친 다음에는 만들다 만 의상을 집어 들고 재봉틀을 돌렸다. 핼러윈까지 앞으로 석 달. 쓸데없는 감정싸움에 정신 팔려 있을 시간이 없다.

저녁 먹으러 내려오라는 어머니의 외침이 들리기 전까지 심혈을 기울여 작업에 임했다.

부엌에서는 어머니와 유메노가 바쁘게 움직이고 있다. 어머니는 아직 뭔가 어색해 보이고 유메노는 당분간 오빠 앞에서 입을 열지 않을 것이다. 두 사람의 문제는 제발 두 사람이 해결해. 다나시마는 모르는 척하며 미리 식탁 앞에 와서 앉아 있는 미소라를 향해 밀을 길었다.

"우리 미소라. 친구 집에서는 재밌었어?"

식탁 위에는 달콤한 방울토마토 샐러드와 미트소스 스파게티, 옥수수 수프가 나란히 놓였다. 하나같이 미소라가 좋아하는 음식만 있는 걸 보니 점심때 일이 켕겼을까. 그러나 미소라는 좋아하는 음식을 앞에 두고도 무표정한 얼굴로 다나시마의 말에 대답하지 않았다.

"친구랑 싸우기라도 했어?"

"몰라."

대답이 왜 그러냐고 한마디 하려는 찰나 유메노가 숟가락과 포크를 가져왔다. 일부러 달그락 소리를 내며 식탁에 내려놓는다. 다나시마는 일단 화를 가라앉히고 모두 식탁 앞에 앉을 때까지 기다렸다가 목소리에 약간 힘을 주어 말했다.

"미소라. '잘 먹겠습니다'는?"

미소라는 부루퉁한 얼굴로 두 손을 맞댔지만 입을 열려다 다시 다물었다. 뭔가 할 말이 있는 것처럼 눈을 위로 뜨고 다나시마를 본다. 상대가 먼저 물어봐 주거나 말을 안 해도 대신 알아주기를 바라는 모습이 다나시마는 영 마음에 들지 않았다.

"미소라. 입이 없어?"

유메노가 비난 섞인 눈빛으로 다나시마를 쳐다봐도 무시했다.

"네가 뭘 원하는지 말 안 하면 상대는 몰라."

"핼러윈 옷."

미소라가 그제야 입을 열어서 다나시마는 눈을 한 번 감고 차분하게 목소리를 가다듬었다.

"옷은 오늘도 열심히 만들었어. 안나 의상에는 자잘한 장식이 많고 모자랑 장갑, 초커 같은 것도 만들어야 해서 앞으로도 할 일이 많지만. 근데 그게 왜?"

"바꿀래. 안나 말고 루카 옷이 좋아."

다나시마는 순간 어안이 벙벙해졌다가 잠시 후 이맛살을 찌푸렸다.

"왜? 안나가 좋다고 했잖아."

"몰라. 머리 모양이 이상해. 말할 때 영어를 섞어서 말하는 것도 이상하고."

"평소에 좋다고 따라 하더만 이제 와서."

무심코 목소리가 거칠어졌다. 미소라는 갑자기 왜 이런 말을 하는 걸까. 그리고 조금 전부터 계속 입에 담는 '몰라'라는 대답. 어디서 배웠는지 몰라도 신경에 거슬렸다.

너 이상 대화하다가는 화를 낼 것 같아 일단 목구멍에 보리차를 흘려보냈다. 그 틈을 타 어머니가 그야말로 살가운 할머니처럼 미소라를 달래더니 방울토마토를 하나 집어 먹으며 "어머, 달아라" 하고 기쁜 것처럼 말한다. 얼마 후 미소라도 마지못한 듯이 포크를 들었다.

"응? 이 스파게티, 간이 너무 센가?"

"평소 엄마가 만든 맛이야. 그래도 난 엄마가 만든 미트소스 스파게티가 식감이 좋고 채소도 많이 들어가서 좋아."

"시집갈 때 레시피를 적어 줄 테니 가져가렴. 언제 갈지는 모르겠지만."

"꼭 그렇게 쓸데없는 한마디를 덧붙여야겠어?"

어머니와 유메노가 억지로 대화를 주고받고 있지만 분위기가 다소 무겁다. 그저 미소라 혼자 토라져 있을 뿐인데 다나시마가 아는 평소 집 분위기와 사뭇 다르다.

다나시마는 잘 넘어가지도 않는 음식을 억지로 꾸역꾸역 다 밀어 넣고 미소라와 함께 방에 들어갔다. 작업대에 있는 안나 의상을 펼쳐서 보여 준다.

"이것 봐. 이제 얼마 안 남았어."

조금 전 미소라가 말한 캐릭터의 옷이 어떤지 정확히 기억나지는 않지만 게임 속 모든 캐릭터가 각자 개성 있는 옷을 입었으니 여기서 살짝 고친다고 만들 수는 없을 것이다. 물론 처음부터 옷을 다시 만드는 것도 시간상 불가능하다.

다나시마는 옷을 들어 미소라의 몸 앞에 갖다 댔다.

"어때, 예쁘지? 우리 미소라한테는 역시 안나 의상이……."

"싫어!"

불현듯 미소라가 폭발했다. 다나시마의 손에서 옷을 낚아채 바닥에 내동댕이치더니 방을 뛰쳐나간다. 뒤따라오는 아빠를 연신 돌아보며 계단을 뛰어가는 모습이 꼭 무서운 괴물에게서 도망치는 아이를 연상케 한다. 내가 왜 이런 일을 겪어야 하는 걸까. 미소라를 위해 없는 시간을 쪼개 가며 주말마다 본가에 오고 있는데. 미소라를 위해 지친 몸을 채찍질하며 이렇게 간신히 옷을 만들고 있는데.

계단 중간에서 미소라의 팔을 붙잡았다.

"싫어! 이거 놔!"

처음 듣는 거친 목소리와 말투에 다나시마는 순간 머
릿속이 새하얘졌다. 짝 하는 건조한 소리에 퍼뜩 정신
을 차리고 손바닥을 내려다본다. 손바닥이 아릿하다. 설
마. 내가 지금 미소라의 뺨을 때렸다고?

"방금 그 소리 뭐야?"

설거지를 하다 말고 손에 물기가 묻은 채 달려온 유메
노가 두 손으로 볼을 감싸고 있는 미소라를 보며 놀란
것처럼 물었다.

"오빠. 지금 미소라한테 손댄 거야?"

대번에 유메노 곁으로 뛰어간 미소라가 유메노의 등
뒤에 숨어 얼굴을 파묻었다. 다나시마는 그 모습을 보
고 깊은 상실감에 빠졌다. 미소라를 감싸는 유메노에게
화가 치밀었고 입술이 덜덜 떨렸다.

"모성 본능이라도 자극받았나 보네."

"모성 본능?"

유메노의 말투가 꼭 '갑자기 무슨 헛소리야?'라고 묻
는 것 같아 또다시 발끈했다.

"모르는 것 같아서 말해 주겠는데, 난 지금껏 미소라

랑 함께 살면서 내 손으로 미소라를 돌봤으니 엄마처럼 행동할 자격이 있어. 그런데 오빠는?"

나는 아버지다. 그리고 이건 훈육이다. 말을 듣지 않는 아이 앞에서 손 한 번 든 게 뭐 그리 잘못됐나.

그러나 어째서인지 생각이 머릿속을 맴돌 뿐 입이 떨어지지 않았다.

유메노가 짐짓 상냥한 얼굴로 미소라를 봤다.

"미소라의 핼러윈 옷은 고모가 만들어 줄게. 루카 옷으로."

헛소리하지 마. 그건 내가 할 일이야. 미소라는 내가 만든 옷을 원해. 미소라, 안 그래?

그 말 역시 입 밖에 나오지 않았다. 그러기는커녕 미소라의 떨리는 어깨를 직시하지도 못한다.

"루카가 그 트윈테일 헤어스타일 캐릭터 맞지? 고모한테 보여 줄래?"

미소라는 대답하지 않았지만 유메노의 재촉에 계단을 올라갔다. 미소라의 방에는 캐릭터 카드와 그림책 등 게임과 관련된 물품이 많다. 그것도 대부분 다나시마가 사 준 것들이다.

좁은 계단에서 두 사람이 옆을 스쳐 갈 때까지 다나시마는 우두커니 서 있었다. 옆을 지나가는 사람이 자기 딸인데도 꼭 정체불명의 생명체처럼 느껴졌다. 최근 들어 이토록 미유키의 존재가 간절했던 적이 없다. 미유키만 옆에 있었다면 어떻게든 됐을 텐데.

그날 미소라는 다나시마에게 '안녕히 주무세요'라는 인사도 없이 잠자리에 들었고 다음 날 아침에도 말없이 유메노와 함께 어디론가 외출했다. 점심은 밖에서 먹고 돌아온 듯했고 저녁 식사 자리에서도 역시 입을 꾹 다물었다. 다나시마는 뭘 어떡해야 좋을지 알 수 없었다. 아니, 그걸 떠나 토라진 아이의 비위를 꼭 맞춰 줘야 하는지도 헷갈렸다.

결국 의상 제작은 고사하고 미소라와 말 한마디 나누지 못하고 어느새 도쿄에 돌아갈 시간이 왔다. 집을 떠나기 전 다나시마는 부엌으로 고개를 내밀어 설거지 중인 어머니의 뒷모습을 향해 인사했다.

그때 마침 집 전화기가 울려서 하는 수 없이 어머니 대신 수화기를 들었다. 다나시마의 목소리를 들은 상대는 처음에는 당황한 듯했지만 얼마 후 목소리의 주인이 누군지 알아챘는지 거드름을 피우며 말했다.

―다나시마 자넨가. 얼굴 못 본 지 오래돼서 그런지 목소리가 가물가물하군.

"오랜만입니다, 백부님."

군이 기억을 더듬을 것도 없다. 큰아버지다. 다나시마가 본가에서 나가기 전에는 종종 만났지만 만날 때마다 항상 설교를 늘어놓아서 별로 좋아하지 않았다. 그러나 지금 여기서 무뚝뚝하게 굴었다가 어머니에게 나중에 한 소리 들을 것이다.

"건강하시죠?"

—건강하긴. 요즘은 다리에 힘이 없고 눈이랑 귀도 영 시원찮아. 그래도 정신은 아직 온전한 것 같으니 다행이지. 병원에 가려 해도 돈이 들잖나. 병원비뿐 아니라 차가 없으니 교통비와 가끔 식비까지. 연금으로 먹고사는 노인들은 역시 힘들어. 그걸 떠나⋯⋯.

또 시작됐다. 원래부터 자기주장이 강한 사람이지만 특히 다나시마가 공무원이 된 후부터는 틈만 나면 이런 이야기를 꺼냈다. 나라의 연금 제도가 어떠느니, 고령자 의료 제도가 어떠느니, 최근 경기, 도농 격차, 저출산 문제 등 다나시마 앞에서 갖가지 사회 문제에 대한 불만과 일장 연설을 늘어놓지 않고서는 못 배기는 듯했다. 그리고 끝은 항상 같은 말로 마무리를 했다.

—아무튼 나랏일 하는 사람들이 정신 똑바로 차려야 해.

도중에 옆에 다가온 어머니가 안절부절못하면서 수

화기에 손을 뻗었다. 이야기를 마친 큰아버지는 흡족했는지 그제야 어머니를 바꿔 달라고 했다. 어머니는 입으로는 싹싹하게 인사를 건넸지만 얼굴을 잔뜩 찌푸린 채 다나시마에게 손을 흔들었다.

다나시마는 결국 녹초가 되어 집을 나섰다. 한여름 하늘에 아직 해가 걸렸지만 집 앞 경사로에 어둠이 조금씩 차오르고 있다. 길을 걷는 사람은 다나시마뿐이다. 눈앞에 있는 집에서는 아버지들이 다들 가족과 단란한 시간을 보내고 있을까.

그때 등 뒤에서 전조등 불빛이 비치는가 싶더니 다나시마 옆에서 경차가 속도를 늦췄다. 차창 너머로 짜증을 숨기지 못하는 유메노의 옆얼굴이 보였다.

"태워 줄게."

거절하는 건 너무 속 좁아 보일 것 같아 말없이 조수석에 올라탔다. 마음이 영 불편한 건 차 안이 지나치게 고요하기 때문일 것이다. 이 차에 탈 때는 대부분 미소라도 함께 타서 시끄러운 DVD를 틀었다. 대시보드 스티커에서 미소 짓는 아이돌 캐릭터가 괜히 얄미워 보였다.

"미소라 말인데, 이 말은 역시 꼭 해야 할 것 같아."

정면을 노려보는 유메노는 어젯밤 일을 사과할 마음

도 철회할 마음도 없어 보였다. 다나시마의 대답을 듣지도 않고 말을 잇는다.

"어제 오후 5시쯤에 미소라가 내 방에 왔어. 숙제하다가 모르는 게 생겼다고 하면서. 오빠는 그때 뭐 했어?"

"뭐 했냐니. 당연히 옷 작업했지."

모자에 장식할 장미 코사주가 생각보다 잘 만들어지지 않아서 애를 먹었다.

"그때 미소라는 오빠 방문 앞까지 갔었대. 근데 결국 문을 열지 않고 내 방에 온 거야. 발소리 같은 거 못 들었어?"

"집중하느라."

"나도 그때 뭘 찾느라 집중하고 있었던 건 마찬가지야. 미소라가 평소에 오빠를 얼마나 신경 쓰는지 알아? 아빠를 방해하면 안 된다고 하면서."

말속에 왠지 뼈가 있는 것 같다. 유메노는 잠시 후 더 직설적인 표현을 써 가며 말했다.

"오빠. 그 의상 제작 말인데, 요즘은 그냥 오빠가 하고 싶어서 하는 거 아니야?"

다나시마는 운전석을 향해 고개를 돌렸다. 이 여자는 누굴까. 정말 내 동생이 맞나. 혹시 블로그에서 나한테 시비를 걸던 그 '이로하' 아닐까.

"갑자기 그게 무슨 소리지?"

"그게 아니면 미소라가 원하는 옷을 만들어 줘도 되잖아. 그 루카 옷."

"걔가 잠깐 변덕을 부렸을 뿐이야."

"변덕이라고? 정말 그렇다고 해도 그런 말을 오빠 앞에서 한 미소라의 심정을 생각해 봐. 숙제도 원래는 내가 아니라 오빠한테 가져가고 싶었을 거라고."

"그럼 오면 되지 않나? 내가 뭐라고 하거나 싫어할 리도 없는데."

"그게 아니라."

무심코 목소리가 거칠어지기 전에 유메노는 스스로 브레이크를 걸고 초조한 것처럼 머리를 긁적였다. 내리막길 끝에 있는 사거리에 다른 점포나 신호등이 보이지 않고 어둠만 옅게 깔려 있다.

사거리를 지나 역으로 향하는 길목에 접어들자 유메노가 다시 입을 열었다.

"미소라가 유치원에 입학했을 무렵에 가족 놀이 했던 거 기억나?"

'가족 놀이'라는 단어에 순간 가슴이 덜컥해서 대답이 한 박자 늦었다.

"기억 안 나?"

"소꿉놀이 말인가? 기억나. 근데 그게 왜?"

미소라 주변에서만 그런 걸지도 모르지만 요즘은 소꿉놀이를 가족 놀이라고 부른다는 사실에 흠칫 놀랐다. 미소라는 그때마다 언니 역할을 맡아서 어린 여동생 역할을 맡은 유메노를 잘 보살펴 줬다. 다나시마와 어머니가 주로 부모 역할을 맡았다.

유메노는 방문객용 주차장에 차를 세우고 사이드 브레이크를 당겼다.

"이건 놀이가 아니야."

다나시마를 지그시 바라보는 눈에서 강렬한 빛이 느껴진다.

"오늘은 아빠, 하지만 내일은 다른 역할을 맡을 수 있는 게 아니라는 말이야."

다나시마도 눈에 힘을 집어넣고 유메노의 눈빛을 튕겨 냈다.

"내가 아빠 역할을 제대로 못 한다는 말인가?"

"아니야? 오빠는 항상 오빠 좋은 일만 하잖아. 가끔 만나 아빠 흉내를 내기만 하고 평소 예절 교육이나 훈육 같은 건 전부 나랑 엄마한테 떠넘겼잖아. 우리라고 애한테 잔소리하고 싶을 것 같아? 다 필요하니 어쩔 수 없이 하는 거라고. 그런데 오빠는? 고작 그 정도 일로 애따귀를 때리는 걸로 모지리 말 한마디 없이 도망치듯 집에 돌아가는 게 정말 아빠라고 할 수 있어?"

"고작 그 정도 일? 그때 미소라는 남이 자기를 위해 고생하는 데도 감사는커녕 오히려 무시하는 말을 했어. 미소라가 그런 아이로 자라게 그냥 내버려 두라는 뜻인가? 그리고 그 후 말을 안 한 것도 걔가 진정으로 반성하는 모습을 보이면 그때 위로해 주려고 일부러 그런 거라고."

"그런 의도로 그랬다고? 정말? 순간 발끈해서 때린 게 아니고? 애가 나를 우습게 보는 것 같아서, 내 생각대로 움직이지 않아서, 그런 애가 짜증 나서가 아니고?"

"내가 뭘 위해 잠잘 시간까지 아끼며 옷을 만드는 줄 알기나 해?"

"그냥 오빠 좋으려고 그러는 것처럼 보인다니까."

"내가 뭘 위해 직장에서 받은 스트레스까지 참아 가며……."

"꼭 그렇게까지 공무원을 고집해야 해?"

그동안 유메노에게 짜증이나 화는 났어도 지금처럼 강렬한 증오를 느낀 적은 없었다. 다나시마는 그런 여동생에게 상처를 주기 위해 일부러 유메노가 이상적인 엄마라고 생각하는 아내의 이름을 꺼내 들었다.

"너랑 다르게 미유키는 지금까지 내 앞에서 그런 소리를 한 번도 한 적이 없어. 내가 미소라에게 신경 못 쓸 때도 미소라에게 아빠는 미소라를 위해 최선을 다한다고 해 줬어."

자신이 완벽하게 엄마 역할을 대신한다고 믿는 유메노에게 착각하지 말라고 소리치고 싶었다. 너도 잘하는 건 아니야. 네가 진짜 엄마라도 되는 줄 혼동하지 마.

유메노의 얼굴에서 핏기가 가셨다. 충격을 받았다기보다 오히려 냉정해진 것처럼 보인다.

"그런 말이 잘도 입에서 나오네."

"뭐?"

"내려."

유메노는 질문을 용납지 않았다. 다나시마가 내리기도 전에 시동을 걸자 집 앞 오르막길만 올라도 끙끙거리는 경차가 맹수처럼 포효했다.

다나시마가 문을 닫기를 기다렸다가 유메노는 말없이 차를 몰고 떠났다.

다나시마는 인적 없는 역 앞에 멍하니 서서 속으로 '힘들어'라고 중얼거렸다. 왜 다들 날 못 잡아먹어서 안달일까. 어머니, 유메노, 큰아버지까지. 그 재수 없는 '이로하'를 간신히 입 다물게 했는데. 미소라를 위해 난 정말 열심히 노력하고 있는데.

그러나 무엇보다 전날 본 딸의 싸늘한 태도가 다나시마를 가장 힘들게 했다. 말없이 아빠를 올려다보던 눈. 하고 싶은 말이 있는데도 아빠가 먼저 물어봐 주고, 알아주기를 잠자코 기다리던 그 눈. 점점 미유키를 닮아간다고 느꼈는데 설마 그런 면까지 닮는 걸까.

사고를 당하기 진 미유키기 정확히 그랬다. 전에는 달랐다. 결혼 생활이 미유키를 바꾼 걸까. 미유키는 부부 관계에 절망을 느꼈고, 그래서…….

전철 플랫폼에 조용히 울려 퍼지는 음악 소리를 듣고 정신을 차렸다. 이렇게 미유키를 떠올리는 것도 오랜만이다. 옅은 어둠이 깔린 경사로 아래에서 떨어진 추억을 무심코 주워 왔을지도 모른다. 주워 올린 추억의 무게만큼 몸도 천근만근 무거워졌다.

소주에 적신 손가락으로 카운터 위에 마늘 모양을 그린다. 땀을 뻘뻘 흘리며 꼬치를 굽는 점주의 코 모양을 무의식중에 그린 듯하다. 어차피 속이 안 좋아서 제대로 먹고 마시지도 못하니 따분한 마음에 손가락이 절로 움직였는지도 모른다.

"꼭 술집에 안 와도 됐는데."

옆에서 리이치가 다나시마의 속내를 알아채고 쓴 웃음을 지었다. 리이치는 벌써 맥주를 세 잔째 비우고 있다.

유메노와 말다툼을 하고 헤어진 그다음 주, 다나시마 는 리이치를 술집으로 불렀다. 늦은 시간인데도 리이치 는 술집이 있는 마루노우치까지 와 주었다. 업무상 접 대 장소로는 부적절한 초라한 꼬치구이 집이지만 맛집 리뷰 사이트에서 평판이 좋고 밤늦게까지 영업하는 것 도 마음에 들었다.

가게 안이 매캐한 연기와 사람들이 떠드는 소리로 가 득 차서 시각과 청각이 둔해졌다. 어차피 중요한 이야 기를 하러 온 건 아니니 상관없다. 일과 집안 문제에 대 한 푸념 조금, 그리고 서로 알고 지내는 사람들의 소문 과 잡담이나 주고받을 뿐이다.

또 다나시마가 리이치를 부른 진짜 목적은 대화가 아 니었다. 그저 리이치를 보고 싶었다.

리이치는 예상대로 구깃구깃한 티셔츠와 낡은 청바 지 차림으로 나타났다. 패션 감각이 있어서 뭘 입든 맵 시는 나지만 책임 있는 직책에 있거나 중요한 일을 하 는 사람의 차림새는 아니다. 언뜻 봐도 자유롭다. 자유 로우니 부담이 없고 가볍다. 훅 불면 날아가 버릴 만큼

이 사회에는 별반 중요하지 않은 존재일 것이다. 가진 것도 없어서 다나시마가 사겠다고 하니 그는 면목 없어 하면서도 순순히 나왔다. 자존심과 자긍심이 없다. 심지어 나중에는 어느 공원에 앉아 소주로 병나발을 부는 미래마저 떠오른다.

리이치는 다 먹은 꼬치를 눈앞에 있는 통에 쑤셔 넣었다.

"그런데 블로그 업데이트를 중단한 이후 '이로하'란 사람에게 연락은 없었어?"

이로하의 이름을 들은 순간 저도 모르게 입가가 올라갔다.

그 실소가 터져 나올 정도로 유치했던 일기. 정말 괴롭고 힘든 사람은 그런 허세 가득한 글을 인터넷에 올리지 않는다. 다른 사람에게 공개할 괴로움 따위가 그리 대단할 리도 없다. 그저 내가 특별하다는 걸 주위에 알리고 싶었을 뿐이다. 이렇게 불쌍한 나를 좀 봐 줘. 나우두 계정 또한 방향성은 약간 달라도 자의식 과잉인 면에서는 똑같다. 다들 이렇게 멋진 나를 좀 봐 줘. 안 봐 주고 뭐 해.

그것을 가감 없이, 고스란히 세상에 공개하니 예상대로 비난이 쏟아졌다. 다나시마는 중세 시대의 공개 처형을 구경하는 구경꾼들의 심정을 깨달았다. 그래도 부끄러움은 아는지 당사자가 글을 전부 삭제해 버린 게 아쉬울 따름이었다.

"그러고 보니 없었던 것 같네."

다나시마는 속으로 흐뭇해하며 리이치가 묻기 전까지 모르고 있었던 것처럼 시치미를 뗐다.

"그걸 들으니 떠올랐는데, 그 사람과 똑같은 '이로하'라는 계정이 얼마 전 인터넷에서 화제가 됐었는데 혹시 아나? 나우두 계정과 과거 일기장이 공개됐다더군. 이후 글은 전부 스스로 삭제하고 사라졌다던데 혹시 동일인은 아니겠지?"

그러자 "오" 하고 놀라는 리이치를 보며 다나시마는 흡족했다. 실은 자신이 공개한 거라고 털어놓고 싶지만 리이치는 단순한 인터넷 무용담으로 받아들이지 않을 가능성이 크다.

"어떤 내용이었는데?"

"대충 읽어 봐도 욕먹을 만한 글이기는 했어. 지금은 원본이 사라지고 없다지만 아마 누군가가 퍼 간 글이 다른 사이트에 남아 있을지도."

"그 '이로하'가 정말 네 블로그에 댓글을 단 사람이라면 고소하겠네."

"글쎄. 잘 모르겠어."

다나시마는 쓴웃음 짓다가 문득 미소라의 '몰라' 대답을 떠올리고 기분이 상했다. 술을 한 모금 마셨지만 역시 토사물 맛이 났다.

"어쨌든 시비 거는 사람도 사라진 마당에 이제는 다시 열어도 되지 않나? 그 의상 제작 책이 나오면 방문자 수도 확 늘어닐 거야."

"내가 얼마나 바쁜지 너도 알잖아. 지금으로서는 핼러윈까지 옷을 다 만들 수 있을지도 의문이야. 그나저나 책은 어떻게 돼 가고 있지?"

"B4 크기에 총 80페이지로 9월 말 출간 예정. 제목은 〈백 엔으로 변신! 히어로&히로인〉으로 정했대. 잘 진행되고 있나 봐."

리이치도 뜬금없이 맥주에 손가락을 담그더니 테이블 위에 숫자를 그리기 시작했다. 얼굴이 약간 달아오른 것처럼 보이는데 조명 때문일 수도 있다. 목소리와 발음은 아직 명료하다. 둘이 함께 처음 술을 마시고 만취한 날을 제외하면 리이치는 공무원 시절부터 술이 세서 역시 잘될 놈은 떡잎부터 다르다고 생각한 적도 있었다.

그러나 리이치는 결국 회사를 박차고 나갔고, 다나시

마는 그곳에 그대로 남았다. 리이치가 도망친 곳에서 다나시마는 지금도 혼자 분투하고 있다.

"잘 진행되고 있다……. 내 인생에서도 똑같은 말을 좀 해 봤으면 좋겠네."

"어쩔 수 없지. 넌 바쁘니."

"직장인이라면 누구나 바쁘지. 꼭 일 때문이라기보다 집안일과 양립하는 데서 오는 스트레스가 커."

"뭐 문제라도 있나?"

"있지. 이것저것 성가신 문제가. 리이치, 네가 부러울 따름이야."

다나시마는 쓰디쓴 술을 목구멍에 흘려보내고 손가락으로 입가를 닦았다. 닭꼬치 기름 때문에 미끌거리는 손가락에 미소라의 뺨을 때릴 때 통증이 아직 남아 있는 듯하다. 소리만 컸지 그리 세게 때린 것 같지도 않지만 그때 본 미소라의 눈물과 붉어진 뺨의 잔상이 눈에 아로새겨져 사라지지 않았다.

리이치가 다나시마의 등을 툭툭 두드렸다.

"원래 인간관계가 제일 성가신 법 아니겠어? 아무리 가까운 사이여도 속을 다 알 수는 없고 나 역시 몇 년간 이어져 온 오해가 바로 얼마 전 풀리기도 했어."

방금 삼킨 술이 다시 목구멍에 차올라 헛기침을 콜록

콜록했다. 목직은 달성했으니 이제 슬슬 자리를 끝내는
게 좋아 보인다.

꼬치구이 가게를 나갈 때는 새벽 2시가 지나 있었다.
회사에 돌아가 휴게실에서 눈을 붙이고 싶지만 탄내가
밴 양복을 갈아입어야 한다.

"난 택시 타고 갈 건데 넌?"

"난 지하철 첫차를 기다리려고."

리이치와 헤어지고 큰길로 향하다 또다시 기침이 나
왔다. 고개를 돌리니 이런 새벽에 길옆 음식점 앞 쓰레
기통에 까마귀 떼가 모여 있다. 눈도 따가운 걸 보니 새
털 알레르기 증상이다. 눈까지 따가운 적은 거의 없는
데 피로 때문에 면역력이 떨어진 걸까. 뻔뻔한 까마귀
녀석들은 사람이 바로 옆을 지나가도 도망칠 기색이 없
다. 부리와 날개를 열심히 움직이며 괴로워하는 다나시
마를 비웃었다.

쓰레기통을 걷어차고 싶은 충동을 꾹 참으며 간신히
택시를 잡아탔다. 엉덩이를 당겨 시트에 허리를 깊숙이
파묻고 넥타이를 풀어 악취 나는 숨을 내쉰다. 마음 같
아서는 신발과 양말까지 싹 벗고 싶었다.

기사에게 행선지를 알리고 곧장 스마트폰을 꺼냈다.
손가락을 간신히 움직여 잠금을 풀고 메시지 애플리케

이션을 열어 대학 시절 친구의 이름을 찾는다.

—자는 데 깨워서 미안. 위로의 한마디가 필요해.

진짜 친구에게는 이런 문자를 보내지 않는다. 그는 미유키의 상태를 듣고 다나시마를 동정하면서 잠깐 바람이나 쐬고 오라며 유부남이라는 사실을 숨긴 채 다나시마를 소개팅 자리에 데려간 친구였다.

화면에 표시된 시간을 보며 잠깐 망설였지만 기분과 취기에 휩쓸려 문자를 보냈다. 쓰린 속을 달래려면 역시 다른 사람의 위로가 필요하다.

답장은 금세 왔다.

—무슨 일이야? 위로라니?

—뭐든 좋으니 힘 날 말 한마디만 해 줘.

—내가 너 좋아하는 거 알지?

그렇다. 내게 필요한 건 바로 이런 말이다. 대화를 더 이어 가려고 답장을 쓰는 도중 또다시 메시지가 도착했다.

—미안. 너무 졸려서 못 버티겠어. 쏘리.

다나시마는 손가락을 멈추고 한숨을 내쉬며 메시지 애플리케이션을 닫았다. 뜻대로 되는 일이 하나 없다.

운전기사가 룸미러로 힐끔거리는 게 느껴졌다. 혹시 차 안에서 구토라도 할까 봐 걱정하는 듯하다.

다나시마는 불쾌감을 드러내며 또다시 스마트폰을 만지작거렸다. 화면에는 어떤 사람의 나우두 계정이 표시돼 있다. 유저 이름은 '하늘색 소다'. '이로하'의 새로운 계정임은 이미 알고 있었다.

보름 전쯤에 계정을 삭제한 이로하는 질리지도 않게 이번 달에 또다시 나우두를 시작했다. 그러다 누군가에게 약간 무례한 메시지를 받자 아니나 다를까 독선적인 답신을 보내 익명 게시판에서 주목받게 되었다. 그다음은 순식간이다. 다나시마는 별 어려움 없이 누군가가 폭로한 '이로하'의 소식을 듣게 되었다.

'하늘색 소다'의 나우두 계정은 누구나 볼 수 있던 '이로하' 계정과 달리 그녀가 허락한 사용자만 글을 볼 수 있다. 역시 주도면밀하다. 그래서 다나시마는 자신도 나우두 계정을 만들어 '하늘색 소다'가 좋아할 만한 글을 몇 개 올린 후 그녀에게 친구 신청을 했다. 그렇게 다나시마는 또다시 '하늘색 소다'의 나우두를 자유롭게 볼 수 있게 되었다.

멍청한 여자가 올린 글을 차근차근 읽는다. 그러는 도중 어떤 문장이 문득 눈에 들어왔다.

—'팡토마스'라는 바에서 여자들끼리 모임. 존경할 만한 사

람들과의 술자리는 내게 영감을 준다.

 '존경할 만한 사람들'이나 '영감을 준다'라는 표현을
보니 여전히 높은 자의식을 버리지 못한 듯하다. 그렇
게 높은 곳만 보고 있으니 정작 발밑을 신경 못 쓰고 있
다. 자신이 방문한 곳 이름을 자기 입으로 언급하다니.
 알코올 때문에 일시적으로 떨어진 혈압이 순식간이
치솟는 게 느껴졌다. '이로하'를 처음 파멸로 몰아넣었
을 때의 흥분이 되살아난다. 눈꼴신 여자가 세상의 웃
음거리가 되어 흠씬 두들겨 맞는 모습을 지켜보던 쾌
감. 리이치는 다나시마에게 '고소하겠네'라고 했지만 그
런 차원을 훨씬 뛰어넘는다.
 다나시마는 어느덧 자기도 모르게 '팡토마스'를 검색
하고 있었다.
 이번에도 그 여자를 이용해 우울한 기분을 날려 버
리자.
 그리고 다음 날, 생각지도 못하게 일이 일찍 끝난 다
나시마가 향한 곳은 공무원 사택이 아니었다.
 역에서 5분 정도 걸으니 주택가에 3층 높이 아파트가
보였다. 오래된 것치고는 외관이 깨끗하고 주변 환경도
괜찮은 편이다.

목덜미를 타고 흐르는 땀을 닦고 숨을 천천히 내쉬며
마음을 가다듬었다. 그렇다. 초조해할 것 없다. 스트레
스받지 말자. 그러려고 왔으니.

다나시마는 미소 띤 얼굴로 201호실의 우편함을 바라
봤다.

                              *

세상에 태어난 아이는 딸이었다. 미소라라는 이름
은 미유키가 지었고 다나시마는 예쁜 이름이라며 기뻐
했다.

미유키는 좋은 엄마이자 아내였다. 육아를 도맡아 하
면서도 집안일을 소홀히 하지 않았고 잠이 부족해서 힘
들어도 다나시마를 늘 웃는 얼굴로 맞아 주었다.

다나시마도 자신이 나쁜 아빠나 남편은 아니었다고
생각한다. 연봉이 높지는 않아도 미유키가 전업주부를
해도 될 정도로는 벌었고, 집안일과 육아에 참견한 적
도 없다. 퇴근 후와 휴일에는 최대한 미소라와 함께 있
으려 했으며 가족을 부양해야 한다는 압박감을 느낀 적
도 없다. 오히려 자기 일에 집중할 수 있는 게 다 아내

덕분이라며 감사했다.

그러나 단 하나 성가신 문제가 있긴 했다.

"도로 옆 화단에 꽃을 새로 심었던데 무슨 꽃일까?"

"글쎄."

"이웃집 아주머니가 알려 주신 스펀지를 쓰니 싱크대가 잘 닦여."

"그렇구나."

"오늘 우리 집은 평소와 다릅니다. 어떤 부분이 다를까요?"

"응? 다르다고? 어디가?"

미유키는 자신의 경험과 감정을 항상 남편과 공유하기를 바랐다. 연애할 때는 독립심이 강했는데 결혼과 출산을 겪은 후 점차 다나시마에게 의존적으로 변해 가는 듯했다.

대학원을 그만두고 집을 이사하고 아이까지 태어나자 평소 집 밖에 나갈 일이 거의 없는 미유키가 외롭고 힘들 것은 이해했다. 그러나 하루 종일 집에 있는 미유키는 세계가 좁을 수밖에 없고 그녀가 접하는 소식 역시 다나시마와는 크게 상관없는 것들이 많았다. 녹초가 되어 집에 돌아온 다나시마에게 궁금한 소식은 미소라가 오늘 하루 어떻게 지냈는지 정도였다.

다나시마가 건성으로 반응할 때가 많아지자 미유키는 말수가 조금씩 줄었다. 그녀의 볼에서 장밋빛이 사라진 걸 깨달은 게 언제였을까. 처음 만났을 때 따스한 봄빛 속에 있는 것 같았던 미유키가 이제는 매일매일 싸늘하게 식어 있는 것처럼 보였다.

"혹시 어디 몸이 안 좋아? 정 힘들면 잠깐 친정에라도 나녀오는 게 어때?"

그렇게 걱정하는 다나시마를 미유키는 빤히 쳐다봤다. 색이 연한 눈으로 '그런 게 아니야'라고 호소했다.

"뭐야. 하고 싶은 말이 있으면 해."

말하지 않아도 상대가 알아주기를 바라는 건 어리광이나 마찬가지라고 생각했다. 대학 입시 때도 큰 고생을 하지 않고 대학원까지 중퇴한 후 전업주부가 된 미유키는 경쟁 사회에서 부딪혀 본 경험이 없다. 잘하는 것과 하고 싶은 게 일치했으니 뭔가를 얻으려고 열심히 노력할 필요도 없었을 것이다. 전에는 매력적이었던 미유키의 차분하고 온화한 면모가 점차 거슬릴 때가 많아졌다.

다나시마가 좋아하던 장밋빛을 잃은 미유키의 볼은 시간이 갈수록 색이 옅어져 갔다.

카에데 4

"왜 계절이 바뀌면 이렇게 입을 옷이 없는 걸까. 매년 사기는 하는데."

옷장과 서랍을 열고 탄식하는 카에데를 보며 사토루가 어이없어하는 표정을 지었다.

"많잖아."

"많기만 해."

사토루는 잘 이해가 안 된다는 듯 어깨를 으쓱하고 치익 소리를 내는 프라이팬으로 시선을 떨궜다. 이제 본격적인 여름인데도 사토루의 피부는 항상 하얗다. 직장에서 일에 쫓기느라 온종일 해를 볼 시간이 거의 없어서일 것이다. 카에데는 굳이 무리하며 아침을 준비하지 않아도 된다고 했지만 그는 오늘 아침도 빠지지 않고 부엌에 섰다.

"옷 같은 건 그냥 대충 입어도 될 것 같은데."

사토루의 말에 카에데는 멋쩍게 웃고 너무 무난해서 이제는 질리는 옷을 골랐다. 생각보다 낡지 않았다.

사토루가 샐러드와 베이컨 달걀 프라이를 식탁에 올려놨다.

"일찍 끝나면 오는 길에 장 좀 보고 올래? 난 저녁 못

먹을 것 같아서."

"오늘도 늦어?"

"미안."

그래서 아침 식사에 이렇게 심혈을 기울였나. 카에데는 사토루를 위해 TV를 켜 줬다.

"그래, 알겠어."

평소에는 관심도 없는 오늘의 운세를 흘려들으며 얼마 전에 다시 가입한 나우두 계정을 확인했다. '하늘색소다'라는 새로운 닉네임은 폼의 배 깃털 색에서 따왔다. 카에데는 하늘, 그리고 사토루는 소다 플로트 같다고 한 그 색.

이번에는 직접 승인한 사용자만 글을 볼 수 있게 했다. 승인한 사람은 '이로하' 시절 친구 아니면 프로필과 글을 꼼꼼히 확인 후 문제가 없다고 판단한 이들뿐이다.

예를 들자면 '딸기 밤비'. '이로하'에게 비난이 쏟아졌을 때 걱정해 준 그녀에게는 계정 삭제 전 미리 알려 주었고 재가입 사실도 전했다. '딸기 밤비'는 이번에도 기꺼이 '하늘색 소다'의 친구가 돼 주었다.

그런 '딸기 밤비'에게 메시지가 도착해 있었다.

―'팡토마스', 저도 가 봤어요. 좋은 곳을 알려 주셔서 감사해요.

며칠 전 카에데가 방문한 후 좋았다는 글을 남긴 곳이다. '딸기 밤비'도 가 보고 싶다고 했는데 실제로 가까운 곳에 사는 걸까. 프로필에 주소는 적혀 있지 않다.

―마음에 드셨다니 다행이에요. 저희 두 사람, 같은 가게에 갈 수 있는 거리에 살고 있나 봐요.

그렇게 답장을 보내고 나우두 애플리케이션을 껐다. 사토루를 배웅한 후 설거지를 마치고 집을 나선다. 다녀오라고 하는 폼의 울음소리가 왠지 쓸쓸하게 들렸다.

아직 아침 9시도 되지 않았는데 아파트 복도가 열기와 습기를 머금고 있다. 미온수에 몸을 담그는 느낌으로 계단을 내려가 아파트 현관문을 나선 순간 강렬한 햇빛이 얼굴에 꽂혔다.

그러나 카에데가 표정을 찌푸린 게 꼭 더위 때문만은 아니었다. 얼굴을 향해 풍겨 오는 불쾌한 냄새. 구역질을 자아낼 만한 악취.

"또?"

짜증 섞어 중얼거리며 쓰레기 수거함 쪽으로 눈길을 향했다. 수거함 뚜껑이 활짝 열렸고 안에 쌓인 쓰레기 봉투도 입구가 열려 있다.

8월에 접어들고 벌써 두 번째 쓰레기 수거함 테러다. 7월 바다의 날에도 같은 일이 일어났다고 고보리에게 들었다. 그때는 1층에 사는 젊은 부부가 수거함 뚜껑을 열어 놓고 가는 바람에 고양이 또는 까마귀가 음식물 쓰레기를 뒤졌을 거라 짐작했지만 아무래도 아닌 듯하다. 쓰레기봉투는 뜯어진 자국 없이 멀쩡하고 고양이나 까마귀가 수거함을 뒤진 흔적도 없다. 8월의 첫 테러 때도 이랬다고 들었다.

누군가가 일부러 이러는 것이다. 아파트 관리실에서 경고문을 붙였지만 효과가 없는 듯하다. 오늘도 고보리 씨가 관리실에 전화해 자물쇠나 CCTV를 설치해야 한다고 따지지 않을까.

카에데는 숨을 참고 빠른 걸음으로 아파트 부지 밖으로 나갔다. 기분 좋은 아침이 물거품이 됐다.

이른 시간에 출근한 편이라 회사에는 사람이 몇 명 없었다. 컴퓨터가 눈을 뜨며 낮게 신음하는 소리가 선명히 들린다. 카에데는 한산한 이 시간대를 좋아했다. 사토루는 카에데가 혼자 있는 걸 싫어하지 않아서 편하다고도 했다.

컴퓨터가 켜질 때까지 나우두를 확인하자 '딸기 밤비'에게 답신이 와 있었다.

—'하늘색 소다' 님과 가까운 곳에 있어요.

메시지를 본 순간 왠지 섬뜩한 것은 진부한 괴담이 떠올라서일까. '딸기 밤비'도 그걸 노리고 보냈다면 의도대로 된 셈이다.

카에데는 쓴웃음을 지으며 스마트폰을 가방에 넣고 머리를 업무 모드로 전환했다. 〈백 엔으로 변신! 히어로&히로인〉 마감이 다음 달 말이다.

저녁 7시가 되기 전 회사를 나가 대형 마트로 달려갔다. 폐점 시간이 얼마 안 남았지만 단골 마트라 들여보내 줬다.

얼굴을 아는 직원이 잇달아 추천해 주는 물건들 중 위에 무슨 옷을 걸쳐도 잘 어울릴 만한 바지를 골랐다.

"이 치마도 잘 어울리실 것 같은데요. 이 앙상블도."

"다 사기에는 돈이……."

"에이. 지금이 저렴하게 살 찬스인 거 아시잖아요."

"찬스요?"

"어라? 혹시 시크릿 세일 엽서 못 받으셨어요? 단골분들께만 보내 드렸는데."

기억을 더듬어도 짚이는 게 없다.

"아, 그래요? 다른 우편물에 섞여서 못 봤을지도 모르겠어요."

"하긴. 섞여 있으면 그런 엽서는 눈에 잘 안 띄죠."

엽서를 가져오지 않아도 세일 가격에 주겠다고 해서 결국 미안한 마음에 앙상블도 사 버리고 말았다. 좋은 물건을 저렴하게 사기는 했지만 예상 못 한 지출이 생겼다.

문득 오늘 아침에 본 운세가 뇌리를 스쳤다. 제대로 듣지는 않았지만 별로 좋지 않았던 기억이다. 갑자기 아침에 맡은 쓰레기 냄새가 코에서 풍기는 느낌이 들었다.

집에 가서 엽서를 찾아봤지만 없었다. 사토루가 버렸을 수도 있다. 다음 날 아침에 사토루에게 물으니 기억나지는 않지만 자기가 버렸을지도 모른다는 어정쩡한 대답이 돌아왔다.

이후 거의 잊고 있었던 그 사건이 좋지 않은 의미와 함께 되돌아온 것은 그로부터 며칠이 지났을 때였다.

카에데가 집에서 혼자 저녁을 먹고 있는데 현관 초인종이 울렸다. 택배가 온 줄 알고 생각해 부랴부랴 나가보니 택배 기사는 모자챙 밑으로 못마땅한 표정을 숨기고 있었다.

"오늘은 집에 계셔서 다행이네요. 보관 기간이 얼마 안 남아서 반품할 뻔했습니다."

카에데는 깜짝 놀라 택배 상자에 붙어 있는 영수증을 봤다. 보낸 사람은 얼마 전 출산 소식을 알린 옛 친구다. 전에 보낸 축하 선물의 답례품일까. 영수증에 적힌 택배 도착 예정일은 이미 오래전에 지났다. 순간 머릿속이 번뜩였다. 얼마 전 폰에 모르는 번호로 여러 번 전화가 왔는데 혹시 그게 택배 기사였나. 어머니라고 생각해서 계속 받지 않았다.

"죄송해요. 근데 부재중 메모 같은 것도 전혀 없었는데……."

그제야 기사가 고개를 들자 곤혹스러워하는 표정이 고스란히 드러났다.

"네? 아래 우편함에 넣어 뒀었는데요. 한 번도 아니라 여러 번."

"저희 집 우편함에요?"

"201호 맞죠?"

택배 기사가 쌀쌀맞게 물었다. 그러나 신경 쓸 겨를은 없다. 부재중 메모 같은 건 한 장도 보지 못했다. 여러 번 넣었다고 하는데 그걸 전부 못 보고 지나치거나 실수로 버릴 수 있는 걸까.

순간 잊고 있었던 마트의 시크릿 세일 엽서가 머리를 스쳤다. 그날 이후 다른 우편물이 왔는지 궁금해졌다. 카에데는 현관문을 닫자마자 공과금 영수증을 모아두는 상자 앞으로 달려갔다. 가스요금 고지서, 없다. 수도세 고지서, 없다. 전기요금 고지서, 없다. 신용카드 이용 명세서도 없다. 진정하라며 스스로 마음을 다그친다. 고지서가 원래 며칠쯤 왔나. 아직 도착일이 아닐 수도 있다.

식탁 앞에 앉았지만 여전히 가슴이 뛰었다. 뭔가 이상한 분위기를 감지한 폼이 왜 그러냐며 울음소리로 물었다. 결국 참지 못하고 우체국에 전화를 걸어서 오배송 가능성을 물어보려 했지만 이미 문을 닫은 시간이다. 당연했다.

카에데는 이마에 손을 대고 눈을 감았다. 이마에서 열이 나는 건지 손이 차가운 건지 구분되지 않는다. 문득 마트의 옷가게 직원과 택배 기사의 얼굴이 떠올라 얼굴을 할퀴고 싶었다. 물론 그들에게 화를 내는 건 번지수가 틀렸다.

사토루와 상의하는 게 어때. 폼이 전과 비슷한 울음소리를 내며 물었다.

그렇다. 그래야 한다. 그러나 카에데는 잠시 후 고개를 흔들었다. 혼란스러운 머릿속에 인터넷에서 겪은 일들이 떠오른다. 과거 일기장과 '이로하' 계정을 삭제한 후에 모든 것이 끝났다고 믿었다. 그러나 아직 끝나지 않았다면. 그것들을 익명 게시판에 공개한 누군가가 인터넷에서 기어 나와 살아 있는 나에게 손을 뻗쳤다면.

지나친 생각으로 치부하고 싶었다. 그러나 역시 사토루 앞에서는 말할 수 없다. 나우두에 들어가 봤다. '딸기 밤비'에게서 메시지가 도착해 있었다.

─오늘도 '팡토마스'에 왔답니다. 그런데 '하늘색 소다' 님은 안 계시는 것 같아서 아쉬워요. 온통 평범한 사람들뿐이고 '하늘색 소다' 님처럼 특별한 분은 보이지 않네요.

카에데는 저도 모르게 인상을 확 썼다. '팡토마스'의 단골이라고 한 적이 없고 '이로하' 때를 포함해 인터넷 친구를 오프라인에서 직접 만나고 싶어 한 적도 한 번도 없다. 아쉽다고 하는 것을 보면 '딸기 밤비'는 혹시

나를 만나고 싶어 하는 걸까. 옆을 스쳐 가는 사람이 불
현듯 나를 향해 다리를 뻗는 느낌이 들어 순간 섬뜩했
다. '평범'이나 '특별' 같은 단어도 왠지 마음에 걸렸다.

카에데는 답장을 보내지 않고 나우두 앱을 닫았다. 지
금 난 정상이 아니다. 나에게 잘해 주는 상대를 보면서
섬뜩하다니. 아무래도 우편물 일이 머릿속에 들러붙어
있는 탓인 듯하다.

다음 날 아침 출근길에 우체국에 들러서 오배송 가
능성을 물었다. 그럴 가능성은 거의 없다고 하는 직원
의 대답보다 그의 눈빛을 보며 카에데는 당황했다. 그
럴 리 없잖아. 그냥 당신이 깜빡했거나 잃어버린 거 아
니야?

그날 밤 아파트 부지에서 고보리와 마주쳤을 때는 거
의 울고 싶은 심정이었다. 마음이 얼굴에 드러나지 않
게 주의하며 무난한 화제를 꺼내 들었다.

"쓰레기 수거함에 경고문이 늘었던데요."

악의적인 테러를 막아야 한다면서 고보리가 관리실
에 항의했을 것이다. 고보리는 눈을 반짝이며 세로 주
름이 새겨진 입술을 힘차게 열었다.

"바로 그게 지금 이 상황을 대수롭지 않게 여긴다는
뜻이야. 관리실에서는 자물쇠나 CCTV도 달지 않고 일

단 상황을 조금 더 지켜 보재. 반대하는 주민들도 있을 거라면서. 이대로 자연스레 잦아들 거라 기대하는 것 같은데, 오히려 더 심해지면 어쩌려고 그러는지 모르겠어."

"그런 조짐이 있었나요? 혹시 뭐 다른 미심쩍은 사건이라도……."

"아직은 못 들었지만 곧 뭔가 사달이 나지 않을까 싶어. 처음에는 힘없는 동물을 괴롭히다가 조금씩 심해지는 그런 사례들이랑 똑같다니까."

고보리의 표정을 따라 하며 최대한 공감하는 척했지만 잘했을지 자신이 없다.

다른 미심쩍은 사건은 없었다고 한다. 그렇다면 우편물 분실도 우리 집만 해당하는 문제일 것이다.

집에 들어가자마자 우편함에서 꺼내 온 우편물을 식탁 위에 늘어놓았다. 피자 가게와 학원, 재활용품 업체의 광고 전단. 은행에서 보낸 안내장. 전에 묵은 숙소에서 보낸 엽서와 세탁소 쿠폰은 사토루에게 온 것이다.

그렇다. 그동안 사토루에게 온 우편물들은 어디 있을까. 이 집은 애초에 카에데가 혼자 살던 곳이라 공과금 명의도 카에데 앞으로 돼 있다. 요금을 반반씩 내고 영수증은 카에데가 보관하고 있다. 각자 중요한 서류 등을 스스로 관리하니 사토루에게 온 우편물들은 신경 쓰지 않고 있었다. 사토루가 별말 없는 것은 별문제가 없었기 때문일까. 아니면 알아채지 못하고 있을 뿐일까.

대놓고 물어볼 수는 없지만 사토루의 우편물에 별문제가 없다면 사라진 건 카에데 앞으로 온 우편물뿐이라는 뜻이다. 이 집이 아닌, 카에데 앞으로 온 우편물. 누군가 내게 온 우편물들을 몰래 빼돌리고 있다.

카에데는 순간 정신이 아찔해져서 식탁에 손을 얹었다. '뭐야, 그런 거였어?' 하고 웃어넘길 다른 가능성은 전혀 없을까.

가능성을 찾으며 방황하는 동안 또 다른 의문이 생겼다. 정말 누군가가 내 우편물을 빼돌리고 있다면, 혹시 그 쓰레기 수거함 테러도 나를 타깃으로 한 게 아닐까. 하지만 도대체 누가.

문득 익명 게시판에서 읽은 글이 떠올랐다. 누가 써도 똑같은 글자. 밋밋하고 둥글둥글한 폰트.

창백한 두 손을 식탁에서 떼고 가슴 앞에서 하나로 모은다. 손가락과 몸, 그리고 몸속에 있는 모든 장기가 삐걱대는 소리를 울리고 있다.

폼이 울음소리를 내며 '추워?' 하고 물었다.

아파트 현관을 드나드는 건 고행에 가까웠다. 쓰레기 수거함 쪽은 보지 않을 수 있지만 입구에 있는 우편함을 시야에서 없애기는 쉽지 않다. 똑같은 은색 사각 상자들이 늘어선 곳에서 201호실 우편함만 왠지 검고 칙칙해 보였다.

게다가 오늘 아침에는 또 한 가지 카에데의 마음을 무겁게 하는 일이 있었다. '딸기 밤비'에게서 메시지가 도착한 것이다.

─'하늘색 소다' 님은 '팡토마스'에 언제 가세요?

나를 만나려는 걸까. 그렇다면 '만나 주실래요?'라고 묻는 게 먼저 아닐까. 그러나 그렇게 물어도 곤란하다. '이로하' 때도 그랬지만 '하늘색 소다'와 아야노 카에데를 연관 지을 접점을 만들고 싶지 않았다. '딸기 밤비'도 생각이 비슷할 줄 알았는데 요즘은 전혀 다른 사람처럼 군다. 혹시 계정을 해킹당해서 정말 다른 사람이 쓰고 있는지도 모른다.

카에데가 답장을 보내지 않자 점심에는 재촉하는 메시지가 왔다.

―'팡토마스'에 가는 날을 알려 주세요. 다른 기기도 괜찮습니다.

뒤에 붙은 문장이 또다시 섬뜩함을 자아냈다.

머릿속에 '계정 차단'이라는 단어가 떠올랐다. 나우두에는 특정 사용자가 글을 보거나 메시지를 보내지 못하도록 차단하는 기능이 있다. 너무 심할까.

"아직 멀었어?"

고개를 돌리니 구와타가 큰 입가에 미소를 지으며 손목시계를 톡톡 두드렸다. 어느새 저녁 7시가 지났다.

"자꾸 재촉해서 미안하지만 시터 이모님이 무한정 집에 계시는 것도 아니라."

"오늘은 코스를 살짝 바꿔서 노래방에 가는 건 어떨지 상의했어요."

미즈미네가 엉거주춤 일어서며 말을 보탰다.

7월에 구와타가 이 부서에 옮겨 온 이후 금요일 밤이 되면 여자 셋이 종종 맛있는 것을 먹으러 다녔다. 구와타는 평소 아이를 베이비시터에게 맡기고 있다. 엄마가 스트레스를 받지 않아야 아이에게도 좋다며 대범하게 말했다.

노래방에 들어가 음식을 잔뜩 시키고 시끄럽게 떠

들며 마음껏 노래를 불렀다. 노래 한 곡을 마친 구와타가 마이크를 손에 들고 클럽 샌드위치를 한입 베어 먹었다.

"샌드위치라는 이름이 어디서 왔는지 알아?"

카에데는 카시스오렌지 칵테일 잔에서 입술을 뗐다.

"샌드위치 백작 아니야? 샌드위치 제도의 유래가 된 사람이지?"

"역시. 카에데는 그렇게 대답할 줄 알았어."

구와타는 가끔 이렇게 신경을 긁는 말을 할 때가 있다.

"그게 정답이기는 한데, 상황에 따라서는 틀릴 수도 있어. 무슨 뜻인지 알겠어?"

그러자 미즈미네가 옆에서 "아, 전 알겠어요" 하고 여분의 마이크를 손에 들었다.

"알면서도 모르는 척하며 상대에게 기회를 주고 '아, 그렇구나. 와, 그런 걸 어떻게 아셨어요? 대단해요' 같은 말을 하며 감탄하는 게 더 나을 때도 있다는 말씀이시죠?"

"역시 미즈미네는 소개팅 같은 자리에서 잘 통할 타입이야. 눈치가 빠르다고 할까, 센스 있다고 할까. 그런데 이렇게 말하는 나도 카에데처럼 생각 없이 내가 아는 건 무조건 말하고 보는 타입이긴 해."

"지금 저 욕하시는 건 아니죠?"

"에이, 그럴 리 있겠어? 오히려 난 미즈미네 같은 사람들이 사회에서 생존력이 강하다고 생각해. 너 같은 사람을 두고 속이 음흉하다거나 솔직하지 않다고 욕하는 사람들이 내가 보기엔 패배자야."

미즈미네가 카에데를 보며 눈웃음을 지었다. 전에 미즈미네에게 "구와타 선배는 '내가 보기에'라는 말버릇이 있어요"라는 말을 들은 적이 있는데 그때부터 구와타의 입에서 실제로 그 말을 들을 때마다 기분이 묘했다.

구와타는 신경 쓰지 않고 샌드위치를 우물거렸다.

"조금 전에 그거, 실은 같은 유치원에 다니는 아이 아빠가 나한테 한 질문이야. 그때 내가 카에데랑 똑같이 대답하니 그 사람이 뭐라고 했는지 알아? '대단하시네요. 저보다 똑똑하시군요'라지 뭐야."

그러자 미즈미네가 "우와" 하고 관심을 보이며 흥미로워했다.

"그동안 나를 얼마나 무시했길래 그런 소리를 했을까? 평소에는 신사적이고 겸손해 보이는 사람이어서 놀라는 동시에 실망했어."

"본인은 아마 뭐가 문제인지 모르지 않을까요?"

"아마 그렇겠지. 겉으로는 아닌 척해도 그런 생각은 결국 무의식중에 튀어나오는 법이라니까."

"맞아요. 이런 말도 있잖아요. 겸손한 사람일수록 자의식이 강하다. 이성과 논리를 들먹이는 사람일수록 감정적이다. 겉으로는 포용력이 강한 것처럼 굴지만 속은 옹졸하다. 초연해 보이는 사람일수록 욕심이 많다, 같은."

미즈미네가 "그렇죠?" 하고 동의를 구해서 카에데는 애써 고개를 끄덕였다. 얼굴 근육을 주의 깊게 조절한다. 이 둘은 왜 이렇게 세상사에 관심이 많을까. 혹시 날 제외한 세상 사람들은 다 이런 걸까.

피부가 따끔거렸다. 몸 안에서 나를 바라보는 또 하나의 눈이 있다. 표정 없는 소녀.

구와타가 몸을 앞으로 내밀었다.

"내 남편이 정확히 그런 사람이야. 말하는 것만 들으면 아주 성인군자가 따로 없어. 심지어 그런 자신을 자각도 못 하고 겉으로 보이는 이미지가 진짜 자기 자신이라 믿는 것 같아."

"제 남자 친구도 마찬가지예요."

미즈미네는 자신이 신청한 곡이 나와도 마이크를 내

려놓은 채 잔을 들었다. 화면 속에서 손을 맞잡은 남녀의 하반신 부분으로 사랑을 표현하는 가사가 유유히 흐른다.

"몇 살인데?"

"연상이에요. 띠동갑보다 조금 많은. 그리고 사실 유부남이에요."

"응? 그 말은 설마."

"흔히들 불륜이라고 하죠."

미즈미네가 어깨를 으쓱하자 핑크골드색 귀걸이가 흔들린다. 애인과 공통된 이름 이니셜이라고 한 'S' 모양 귀걸이.

예전에 카에데의 귀를 잡아 뜯을 뻔한 남자의 얼굴이 머릿속에 어렴풋이 떠올랐다. 그는 전에 있던 정보지 편집부의 상사였다. 그와의 불륜을 끝낸 직후 카에데는 아동지로 부서를 옮겼다.

"실은 조금 전 구와타 선배가 혹시 눈치챈 건가 해서 놀랐어요. 느닷없이 소개팅 이야기를 꺼내셔서."

"처음부터 유부남인 걸 알고 만난 거야?"

"처음에는 몰랐어요. 둘이 처음 데이트한 날 들었는데, 아이가 없고 아내랑도 앞으로 헤어질 생각이라고 해서."

"흐음, 그렇구나."

"원래 불륜남들은 전부 그렇게 말한다고 하지만 그 사람은 달라요. 물론 저 혼자 그렇게 믿을 뿐이고 그걸 증명하려면 실제로 결혼하는 수밖에 없겠지만……."

구와타가 미즈미네에게 격려라도 해 주라는 눈빛을 보냈지만 카에데는 어떤 말을 꺼내야 좋을지 알 수 없었다.

"저도 현실 문제들을 해결하기 위해 한시 빨리 결혼하고 싶어요. 그 사람이 더 나이 들기 전에 아이도 낳아서 기르고 싶고."

"이야, 아이를 원하나 보네."

구와타는 결국 미즈미네를 혼자 상대하기로 마음먹은 듯했다. 뭔가 가시 돋친 듯한 구와타의 말투에 미즈미네의 눈빛이 험해진다.

"전 원래 아이들을 좋아해요."

"아니, 그렇게 쉽게 말할 문제는 아닌 것 같아. 살면서 가끔 지인이나 친척 아이들을 만나는 것과 자기 손으로 직접 아이를 키우는 건 전혀 차원이 다르니까. 책임지지 않아도 되니 비로소 귀엽고 사랑스러워 보이는 거야."

"에이, 그 말은 좀 과장 아닌가요? 아무 이유 없이 아이들을 좋아하는 사람도 많아요."

"아니, 그건 좀 물렁하다고 할까, 유치한 사고방식이
야. 실은 그 남자에게 아이가 있는데 네게 거짓말을 한
거면 어쩔래? 넌 그 애한테서 아버지를 빼앗아야 해. 잔
인하고 비이성적이지. 그런 사람이 아이를 어떻게 아이
를 키우겠어?"

"하지만 저 스스로 제어 못 하는 마음도 있어요."

"속으로는 그렇게 생각해도 행동으로 옮기지 않고 참
을 수 있으니 비로소 인간인 게 아닐까?"

"우와, 완전 철학자시다."

미즈미네가 감정적으로 내뱉자 막대 과자가 뚝 부러
져 탁자 위로 떨어졌다. 미즈미네가 신청한 곡이 서서
히 작아지면서 끝났고 그 뒤로 어색한 침묵이 깔린다.
옆방에서 잔잔하게 노랫소리가 들렸다.

구와타는 부러진 과자를 집어 입에 가져갔다.

"미안. 괜히 흥분했네. 우리 세 사람은 늘 깔끔하고 산
뜻하고 부담 없이 지내자고 했는데, 갑자기 정신 나갔
나 봐."

'깔끔하게, 산뜻하게, 부담 없이'는 구와타의 신조다.

"아뇨. 오히려 정색한 제 잘못이죠. 죄송해요."

미즈미네도 즉시 목소리를 누그러뜨리고 미소 지었

다. 지금 눈앞에 있는 사람이 가족도 친구도 아닌 그저 직장 동료라는 사실을 두 사람 다 떠올린 듯했다.

"카에데 선배. 선배 남편도 겉과 속이 다른 면이 있어요?"

화제를 돌리려는지 갑자기 미즈미네가 물어서 카에데는 골똘히 생각하는 척했다.

"없는 것 같아. 알기 쉬운 사람이야."

"에이, 선배만 모를 수도 있지 않아요? 그때 말씀하시길 매일 집에 늦게 오고 휴일 출근이나 출장도 잦다고 했잖아요. 혹시 바람…… 이라고 제가 말할 자격은 없겠죠."

미즈미네의 자학적인 농담에 덩달아 웃어 보였다.

실제로 사토루의 바람 가능성을 아예 떠올리지 않은 것은 아니다. 그러나 생각은 늘 의심으로 발전하기 전에 사라졌다. 사토루는 항상 녹초가 되어 집에 돌아왔고 카에데를 보면 안심한 것처럼 활짝 웃었다. 그 표정에 부자연스러운 느낌은 없었다.

"아냐. 절대 아냐."

"역시 진보적인 부부는 뭔가 달라요. 근데 정말 서로 불만이 아예 없는 거예요?"

"특별히 불만이라고 할 만한 건……."

그러자 구와타가 "말도 안 돼" 하고 천장을 올려다 봤다.

"문제가 전혀 없는 인간관계라는 게 실존한다고?"

카에데는 그저 말없이 미소 지었다. 물론 문제는 있다. 사토루가 아닌 나에게.

일단 한번 신경 쓰이기 시작하자 카에데는 결국 참지 못하고 미즈미네가 조금 전 부르지 못한 노래를 다시 찾아 입력하는 동안 스마트폰으로 나우두에 접속했다.

있었다. '딸기 밤비'에게서 온 새로운 메시지가. 단숨에 심장이 빠르게 뛰었다.

—답장 줘요. 이상한 짓 하려는 거 아니니까 걱정 말고.

목이 움찔 떨렸고 식은땀이 배어났다. '딸기 밤비'의 기이한 돌변. 인터넷에서 쏟아진 비난. 난장판이 된 쓰레기 수거함. 우편물 분실. 지금 내 주변은 온통 문제투성이다. 왜 이런 일이 연이어 일어나는 걸까. 이 모든 일에 어떤 관련성이라도 있을까. 나를 끝 모를 늪으로 끌고 가려는 사람은 대체 누굴까.

살갗 아래에서 뭔가가 꿈틀거린다. 몸 깊숙한 곳에서 갈비뼈를 긁어 대고 있다.

미즈미네가 노래를 시작해서 카에데는 퍼뜩 정신을 차리고 스마트폰을 가방에 집어넣었다. 싸구려 인조가죽 소파에서 허리를 떼고 리듬에 맞춰 몸을 흔든다. 지금 내게 생기는 일을 다른 사람들이 알아서는 안 된다.

테이블 위의 잔이 전부 비었을 무렵 종료 시각보다 일찍 방에서 나갔다.

"이러니저러니 해도 아주 잘 먹었네. 배가 바지 위에 올라간 느낌이야."

"어휴, 정말. 구와타 선배가 그런 말만 안 했어도 모르고 넘어갔을 텐데."

"이러니 내가 자꾸 남자 같다는 소리를 듣는 건가?"

양옆에서 노랫소리가 들리는 복도를 구와타와 미즈미네가 깔깔거리며 걸어간다. 험악한 분위기는 이미 온데간데없다.

카에데는 한 발짝 뒤에서 두 사람을 따라가며 급격한 불안감에 휩싸였다. 만약 강물에 기름이 섞이더라도 이 두 사람은 뛰어난 시력을 이용해 검은 물을 피해 갈 것이다. 설령 기름이 몸에 닿아도 튼튼한 몸을 조금 흔들어 털어 낼 것이다. 그러나 나는 그럴 수 없다. 내 눈에는 보이지 않는다. 나만 약하다. 아니, 그럴 리 없다. 난 평범하다. 이제는 평범하다. 평범할 터이다.

카운터에서 카에데는 앞으로 나아가 혼자 계산을 마쳤다.

"내일 회사에서 받을게."

그렇게 마무리 짓고 앞장서서 자동문을 지났다. 밤거리에 켜켜이 쌓인 사람들의 피로를 번쩍거리는 네온사인이 뒤덮으려다 실패하고 있다. 문득 폼의 배가 그리웠다. 그 맑은 하늘을 보고 싶다.

땅 밑을 지나는 지하철에 올라타 역에 잠시 멈춰 설 때마다 미약한 전파로 스마트폰을 확인했다. 나우두에 접속해 '딸기 밤비' 계정을 차단했다. 괜찮아. 별일 아니야.

마음이 조금 후련했지만 왠지 모를 패배감이 남았다. '이로하' 계정을 삭제할 때처럼 이번에도 도망칠 수밖에 없었다. 이번에도 일방적으로 상처 입고 말았다.

검은 차창 속에 표정 없는 소녀가 비치고 있다. 카에데는 두려워서 눈을 질끈 감았다.

나를 상처 입히지 말아 줘. 그러지 않으면.

오랜만에 개운하게 눈이 뜨였다.

사토루가 깨지 않게 조심조심 침실을 나가 커튼과 창문을 활짝 열었다. 아침 9시. 강렬한 햇빛을 온몸에 맞으며 기지개를 켠다. 몸속까지 개운해지는 느낌이다.

"좋은 아침. 늦어서 미안."

폼에게 웃으며 인사하고 던져두었던 스마트폰을 집어 든다. 이제는 '딸기 밤비'에게 메시지가 오지 않을 것을 알면서도 약간 긴장됐다.

모르는 전화번호로 온 부재중 전화 알림이 표시돼 있다. 어젯밤 10시 이후 걸려 온 전화이니 택배 기사는 아닐 것이다. 수신 거부, 번호 삭제. 번호뿐 아니라 어머니의 존재 자체를 거부하고 삭제할 수 있으면 좋을 텐데. 부탁이니 내 인생에서 사라져 줘.

휴일이라 그런지 사토루는 늦잠을 자고 있다. 카에데는 폼에게 먹이를 주고 메모를 남긴 후 집에서 나갔다. 목적지는 피트니스 센터. 몸에 부하를 줄수록 뭔가에 이기고 강해진 듯한 성취감을 맛볼 수 있다.

점심으로 사토루가 좋아하는 빵을 사 들고 오자 아파트 입구에서 마침 밖에 나가려는 고보리에게 붙잡혔다. 고보리는 손에 든 양산을 굳이 접고 카에데에게 말을 걸었다.

"역시 걱정하던 일이 벌어졌지 뭐야."

"네?"

"응? 설마 몰라?"

고보리는 호들갑스럽게 인상을 쓰고 쓰레기 수거함 쪽을 봤다. 카에데는 몸은 그대로 두고 시선만 흘끗 돌렸다.

"오늘 아침에 쓰레기장 주변에서 까마귀가 죽어 있었다고 해. 그것도 다섯 마리나. 처음 발견한 사람은 3층에 사는 야마무로 씨. 카에데 씨도 알지? 그 영감이 평소처럼 산책을 나가다 발견했대. 처음에는 검은 비닐봉지가 떨어져 있는 줄 알았는데 치우려고 가 보니……. 누가 일부러 그런 게 아니면 까마귀가 거기서 죽을 리 없잖아. 쓰레기봉투 입구가 열려 있었다고 하니 누가 안에 독을 섞은 것 같아. 그러고 보니 전에 다른 곳에서도 비슷한 사건이 일어나지 않았어?"

고보리는 이미 다른 사람들을 만나 여러 번 같은 말을 반복했는지 막힘없이 줄줄 설명했다. 중간에 잠시 뜸을 들이며 몸을 부르르 떠는 연출도 곁들인다.

"그 쓰레기 수거함 테러범과 같은 사람 짓이 분명해. 그냥 내버려 두면 앞으로 점점 심해질 거고 이러니 내가 자물쇠랑 CCTV를 달아야 한다고 그렇게 말했건만."

고보리가 씩씩거리는 콧숨이 심장에까지 전해지는 듯하다. 카에데는 닭살이 돋은 위팔을 손으로 문질렀다.

"경찰에는 신고했대요?"

"야마무로 씨가 신고했대. 쓰레기 수거함 테러 이야기도 같이 전했다곤 하는데 남편은 그 정도로 경찰이 움직여 줄 리 없다고 하더라고. 내가 직접 경찰서에 찾아가 범인이 누군지 대충 알겠다고 해 볼까?"

고보리는 목소리를 낮추고 1층에 산다는 젊은 부부와 치매기가 있다는 노인, 심지어 그냥 옆을 지나가는 여자까지 닥치는 대로 의심했다. 짙은 화장 위로 땀이 선을 그리며 흐르는 모습이 꼭 징그러운 뱀을 연상케 한다. 상대를 천천히 궁지에 몰면서 위협하고 있다.

간신히 해방돼 집에 뛰어들기 전 카에데는 문밖에서 숨을 골랐다. 오늘 아침 눈을 떴을 때의 상쾌한 기분은 이미 흔적도 없이 사라졌다.

"어서 와."

사토루는 잠옷 차림으로 평소처럼 부엌 식탁 앞에 앉아 스마트폰을 만지고 있었다.

"응. 언제 일어났어?"

"바로 조금 전에. 오, 설마 그 봉지는."

카에데가 손에 든 빵집 봉지를 보고 사토루는 서둘러 커피를 내리기 시작했다. 두 사람이 좋아하는 킬리만자로. 그리고 핀란드산 커플 머그잔.

"역시 어른 둘이 사는 건 좋다니까. 꼭 몇 시에 뭘 하거나 뭘 먹으라는 법 없이 자유로우니까."

동의를 구하지 않는 건 카에데도 공감할 것을 믿어 의
심치 않아서일 것이다. 실제로 카에데도 사토루의 말에
동의했다. 이렇게 둘과 폼이 함께하는 삶은 행복 그 자
체다. 내게 상처를 줄 사람도 없다.

"이런. 스토킹 살인이라니."

다시 스마트폰을 두드리던 사토루가 불쑥 내뱉은 말
에 카에데는 어깨를 움찔했다. 샐러드 재료로 사 온 파
프리카가 바닥에 떨어진다. 선명한 붉은 빛이 눈에 꽂
힌다.

다행히 사토루는 신문 기사를 집중해서 읽느라 카에
데의 이변을 알아차리지 못한 듯했다.

"여자가 칼에 찔렸고 예전 남자 친구가 체포됐대. 오
래전부터 따라다니며 괴롭혔고 두려운 나머지 여자가
경찰서에 찾아간 적도 있나 봐. 요즘 이런 사건이 자주
일어나는 것 같은데 막을 방법이 없는 건가."

사토루는 안타까운 듯 말했지만 어차피 남의 일이다.
까마귀가 죽은 사건 소식을 들으면 그제야 조금 와닿을
수도 있지만 아파트 쓰레기 수거함 테러와 연관 짓지
못할 것이다. 그 자신에게 어떤 문제가 생긴 것도 아니
니 더욱 그렇다.

스토커. 역시 누가 날. 눈 안쪽에서 붉은빛이 깜빡인다.

카에데는 허리를 숙여 파프리카를 집었다. 샐러드를 만들고 남은 자투리 채소를 폼에게 주고 배에 있는 파란색을 지그시 바라본다.

"있지, 사토루. 오늘 오후에 외출이라도 할까?"

이것저것 상의한 끝에 미술관에 가기로 했다. 카에데는 창백한 낯빛을 감추려고 전에 산 어울리지 않는 치크를 볼에 발랐다. 어차피 사토루는 화장이 바뀐 걸 알아채지 못할 것이다.

미술관에서 보낸 세 시간 중 카에데는 어느 복제 그림 앞에서 30분 이상을 소비했다. 마그리트의 '연인들'이다. 입을 맞춘 남녀가 그려져 있는데 두 사람 다 머리에 천을 뒤집어쓰고 있다. 얼마나 마음이 편할까.

"그렇게 맘에 들어?"

다른 그림을 구경하던 사토루가 인파를 헤치고 카에데에게 다가왔다. 카에데가 아직 이 앞에 있을 줄 예상 못 했는지 어이없어하는 느낌이 목소리에서 배어났다.

"난 마그리트 그림들은 공감이 잘 안 돼. 이 그림도 그렇고 옆에 있는 그림도 왠지 난해한 느낌이야."

'연인들' 옆에 전시된 그림은 '잘못된 거울'이다. 캔버스 가득 그려진 눈에 파란 하늘이 비치고 있다.

그러나 카에데는 여전히 '연인들' 그림에서 시선을 떼지 못했다.

"나도 '잘못된 거울'은 별로 마음에 안 드는데 이 그림은 아주 좋아해. 언젠가 휴가를 길게 써서 해외에 나가 실물을 한번 보고 싶어."

그러자 사토루도 '연인들' 쪽으로 고개를 돌렸다. 잠시 말없이 그림을 보다가 역시 이해되지 않는 것처럼 고개를 흔든다.

"뭔가 오싹하네."

여행 대신이라 할 수는 없겠지만 사토루의 제안으로 그날 저녁은 외식하기로 했다.

사토루가 카에데를 데려간 곳은 옛 유곽 터라고 하는 골목길 안쪽의 가게였다. 대나무 담에 가려진 가게 입구에 하얀 포렴이 걸렸고 어렴풋한 등불이 '선녀 초밥'이라고 적힌 소박한 가게 간판을 비추고 있다. 카운터 자리는 만석이라 좌식 석으로 안내받았다. 바닥 사이에 장식된 용담을 족자 그림 속 여자가 지켜보고 있다.

사토루가 전통 소주를 시켜서 카에데도 같은 것을 주문하고 초밥 구성은 주방장에게 맡겼다. 장지문이 닫히자 다른 손님들의 목소리가 거의 들리지 않았다.

"이런 차림새로 와도 되는 곳이야?"

두 사람 다 편한 청바지 차림이지만 사토루는 별로 신경 쓰는 기색이 없었다.

"그 정도는 아니야. 이 일대에서는 나름 저렴한 가게 같던데."

"그렇구나. 역시 잘 아네."

"일 때문에 어쩔 수 없이."

사토루가 얼굴을 찌푸렸다.

"그런데 편집자도 비슷하지 않아? 외부인을 만나 회의하거나 접대할 때도 있잖아."

"내가 있는 부서는 그다지. 물론 거물 작가와 선생님들을 만나야 하는 부서는 다르긴 해. 만화 편집부에 있던 동기는 거의 고급 음식점 전문가 수준이더라. 하물며 고급 음식점만 잘 아는 것도 아니야. 우리 부서 회식 장소도 거의 개가 다 정해."

카에데는 구와타를 따라서 갔던 가게 몇 군데의 이름을 댔다.

"이야, 정말 잘 아나 보다. 난 그럴 때마다 늘 어디를 가야 할지 몰라서 골머리 썩는데. 바닥이 파인 고타쓰 석이 아니면 싫다거나, 머리를 제거한 칠리 새우를 파는 중화요리점은 인정 못 한다는 식으로 가끔은 정말 멱살을 잡고 싶을 만큼 말도 안 되는 억지를 부리는 녀석들도 있거든."

사토루는 입에 담기도 짜증스러운 이야기를 익살을 섞어 들려줬다.

"정말 멱살을 잡아 버리지 그랬어."

카에데는 자기 입에서 농담이 나온다는 사실에 안심했다. 그렇다. 아야노 카에데는 원래 이런 사람이었다.

사토루에게 물수건을 건네며 말했다.

"당신이 외식을 싫어할 만도 해. 속도 별로 안 좋을 텐데 오늘 함께 와 줘서 정말 고마워."

그때 서빙하는 직원이 술과 전채 요리를 가져왔다. 직원이 들어오다가 외식을 싫어한다는 말을 들었을 것 같아 조금 민망했다. 장지문이 닫히기 전 카에데와 사토루는 마주 보며 웃음을 큭큭 터뜨렸다. 웃을 수 있다는 사실에 또다시 안심했다.

술은 향이 그윽하고 전채 요리로 나온 삶은 문어도 맛이 절묘했다. 카에데는 음식을 삼킬 때마다 힘차게 움직이는 사토루의 울대뼈를 영원히 보고 싶은 기분에 휩싸였다.

"당신이 내 옆에 있어서 정말 다행이야."

"갑자기 왜 그래."

"아니, 나한테는 정말 당신이 필요하단 걸 새삼 느끼고 있어."

사토루는 말없이 문어를 우물거리다 이내 눈을 내리깔며 미소 지었다.

"나도 마찬가지야."

카에데가 느끼는 '필요'가 얼마나 절실한지 사토루는 모를 것이다. 그래도 상관없다.

초밥이 나왔다. 구타니야키*의 커다란 사각 접시 위에 단새우 초밥이 두 개. 식기부터 호화롭고, 달고 통통한 단새우가 올라간 초밥 역시 기대를 저버리지 않는 맛이었다.

문득 나우두에 올릴 글을 머릿속에 떠올렸다가 곧 다시 지워 없앴다. 인터넷에 자기 행동 범위를 구체적으로 적어 올리는 게 얼마나 위험한지 이번 '딸기 밤비' 일을 통해 절실히 깨달았다.

마지막 디저트로 나온 과일에 이르기까지 흠잡을 데라곤 없는 식사였다. 사토루도 내내 기분 좋아 보였지만 가게 밖 포석 깔린 좁은 길로 나가자 갑자기 말수가 줄었다.

● 이시카와현 구타니 지방에서 만드는 사기그릇.

"오늘 하루 당신과 함께할 수 있어서 정말 좋았어."

사토루는 하늘을 올려다보며 진지한 얼굴로 말했다. 카에데가 느낀 불안을 얼핏 눈치챘을지도 모른다.

뒤에 이어지는 이야기가 더 있을 것 같아 긴장하며 기다렸지만 거기까지였다. 카에데는 조용히 숨을 내쉬고 얼굴 없는 '연인들' 그림을 떠올렸다.

주 중반의 나른한 분위기가 감도는 사무실에 있을 때 느닷없이 구와타가 다가와 등을 두드렸다.

"오늘 나카타니 씨가 올 거래."

급하지 않은 업무를 느긋하게 처리 중이던 카에데는 눈을 부릅떴다.

일러스트레이터 나카타니 미게루. 〈히로인〉 전신 잡지에서 삽화를 맡았지만 리뉴얼이 되면서 계약을 끊었다. 그때 충분히 양해를 구했다고 생각했는데 요즘 들어 또다시 편집부에 전화를 걸어 오고 있다. 굳이 카에데를 지목한 것은 편집에서 손을 뗀 사실을 몰라서일까. 아니면 언젠가는 복귀할 거라고 믿어서일까.

"꼭 만나야 할까?"

"모든 일은 깔끔하고 산뜻하고 부담 없이 처리하는 게 좋아."

구와타는 자신의 신조를 들먹이며 카에데를 설득했다.

"앞으로도 계속 귀찮게 구는 것보다는 낫잖아. 어차피 죄지은 것도 아니니 당당히 만나서 이야기해. 내가 전화를 받은 게 어쩌면 신의 계시였을지도."

"말도 안 돼. 왜 그런 걸 혼자 결정……."

"그건 사과할게. 하지만 너도 오늘 어차피 계속 편집부에 있을 거잖아."

구와타는 모든 팀원의 일정이 적힌 화이트보드를 보며 말했다.

"이 문제를 확실히 매듭짓지 않으면 앞으로도 영원히 떠안고 가야 해. 너뿐만이 아니라 편집부 전체가. 내가 보기에 그건 건강하지 못할뿐더러 아주 폐스러운 일이야. 미안, 너무 솔직했나."

속으로는 하나도 미안하게 생각하지 않을 것이다. '내가 보기에'라는 말버릇이 있는 이 여자는 스물네 시간 이렇게 자신만만하다.

나카타니 미게루는 약속 시간보다 2분 늦게 도착했다. 뒤로 묶은 머리, 반바지, 세련된 모자, 커다란 액세서리, 거기에 '미게루'라는 필명까지. 전형적인 일본인 외모의 40대 남자에게는 무엇 하나 어울리는 것이 없다.

휴게실로 안내하자 나카타니는 자리에 털썩 앉았다. 반바지 밑자락이 위로 올라가 넓적다리 털이 보인다.

"난 커피. 뜨거운 걸로. 여름이라고 아이스를 마시는 건 커피의 진정한 매력을 모르는 녀석들이지."

카에데는 묵묵히 웨이트리스 역할을 맡았다. 나카타니의 커피를 탁자에 내려놓고 맞은편 자리에 앉는다.

"고마워. 아, 근데 편집부 에이스를 내가 너무 함부로 대한 것 같네. 보아하니 요즘 〈히로인〉도 잘 나가는 것 같던데. 역시 대단하다니까."

카에데는 '덕분이에요'라고 말하려다가 집어삼켰다. 당신이 그만둬 준 덕분이라고 해야 할까.

"처음 만났을 때부터 카에데 씨에게 재능이 있는 걸 눈치챘지만 요즘 같은 출판 불황에도 팔리는 잡지를 만드는 건 정말 천재적이라고 해야 하지 않을까 싶어. 그래, 천재. 이건 절대 빈말이 아니라 전문가의 의견이니 확실히 새겨 둬. 이 판에서 산전수전 다 겪은 내가 보기에도 〈히로인〉은 훌륭한 잡지가 분명해."

나카타니는 연신 고개를 끄덕이며 말했지만 순수한 칭찬으로 듣기에 태도가 너무 거만한 데다 구체적인 내용도 없다. 그러면서 목소리만 쩌렁쩌렁해서 거의 소음 수준이었다.

"나도 그 훌륭한 잡지를 만드는 데 한몫하고 싶은데 말이야."

"선생님의 배려는 이해하지만……."

"〈히로인〉이 새로움을 추구한다는 건 나도 알아. 날 자를 때도 그런 구실을 들었고. 카에데 씨가."

나카타니는 '카에데 씨가'라는 부분을 굳이 강조해서 말하고는 불현듯 속이 타는 것처럼 손가락에 낀 반지를 만지작거리기 시작했다.

"그런데 역시 그것만으로는 부족해. 내 입으로 이런 말 하기 뭐하지만 난 오랜 경력이 있고 이 업계도 누구보다 잘 꿰고 있어. 출판사와 인쇄소, 총판, 서점에 아는 사람이 많을뿐더러 그중에는 심지어 거물도 있다고. 이름까지는 말 못 하지만."

드디어 시작이다. 이렇게 해서 통하지 않으면 다음번에는 위협이다. 출판사에 처음 들어왔을 때 선배들에게 전해 들었다. 난 업계에서 유명한 몸이야. 날 우습게 봤다가는 이 바닥에서 살아남을 수 없을 거야. 정말로 그만큼 힘이 세다면 계약이 끊긴 출판사에 찾아와 일개 편집자를 괴롭힐 필요도 없지 않을까.

카에데는 냉정했다. 냉정할 수 있는 건 사토루 덕분에 진정한 자신에 눈을 떴기 때문이다.

"선생님. 신경 써 주시는 건 감사하지만 편집부의 방침은 똑같습니다."

그러자 나카타니는 순식간에 얼굴이 벌게지더니 실실거리던 얼굴을 일그러뜨렸다.

"허, 참. 이봐, 카에데 씨. 카에데 씨한테 그걸 결정할 권한이라도 있어? 나도 다 안다고. 카에데 씨가 지금은 〈히로인〉 편집에서 손을 뗐다는 걸. 그 광고는 확실히 문제가 있었지. 응? 설마 문제 될 걸 몰랐나? 하긴, 그런 것도 모르니 지금도 이렇게 날 막 대하는 거 아니겠어? 오랫동안 출판사에 공헌해 온 나를 단칼에 잘라 버린 것도 그렇고."

카에데는 말없이 고개만 숙였다. 나카타니의 일러스트는 요즘 감성과 맞지 않고 촌스럽다. 결단은 틀리지 않았다.

나카타니는 씩씩거리며 자리에서 일어섰다.

"내가 충고하겠는데 그러다 조만간 큰코다칠 거야."

입구까지 배웅할 힘도 없었다. 나카타니가 몸을 일으킬 때 부딪힌 충격으로 탁자에 커피가 튀었다. 더럽다.

"왜 저래?"

구와타가 놀란 얼굴로 카에데에게 다가왔다.

"아무튼 고생 많았어. 그래도 막상 끝내니까 후련

하지?"

카에데는 억지로 입가를 올려 미소 지었다.

이후 회의를 하러 출판사에 찾아온 사키모리는 카에데의 얼굴을 보자마자 눈살을 찌푸렸다.

"혹시 무슨 일이라도 있었나요?"

카에데는 겸연쩍게 웃으며 대답하지 않고 흘려 넘겼다.

"잘 진행되고 있어요."

〈백 엔으로 변신! 히어로&히로인〉은 이달 말 마감을 앞두고 있다. 사키모리가 출판사를 찾아오는 것도 오늘로 마지막일 것이다.

"편집장님도 기대가 크신지 〈히로인〉에 광고를 대대적으로 싣기로 했어요."

"오, 정말입니까? 그 소식을 '소라파파' 씨에게도 전해도 될까요?"

"그러세요."

대답이 조금 쌀쌀맞았던 것 같아 카에데는 부랴부랴 덧붙였다.

"'소라파파' 씨는 잘 지내세요?"

"요즘은 저도 통 연락을 못 했는데 인터넷을 보니 잘 지내는 것 같더군요. 블로그는 여전히 업데이트가 끊겼지만 다른 계정으로 맛집 리뷰 사이트에 리뷰를 올리는 걸 보니."

"'미파파' 씨 말이죠? 블로그를 중단하기 전에 '이로하' 씨가 지적한 댓글을 저도 봤어요."

"알고 계셨군요. 아무튼 지금도 거기서는 꾸준히 활동 중입니다."

카에데는 속으로 '염치도 없이' 하고 차갑게 중얼거렸다. 요즘은 신경 쓸 겨를이 없어서 확인 못 했지만 지금도 활동을 계속할 줄이야.

사키모리가 돌아간 후 카에데는 오랜만에 맛집 리뷰 사이트에 접속해 '미파파'가 올린 리뷰 목록을 화면에 띄운 순간, 표정이 얼어붙었다. 가장 최근 리뷰를 올린 가게 이름이 '선녀 초밥'이었기 때문이다. 글에 적힌 방문 날짜를 확인할 때는 하마터면 비명을 지를 뻔했다. 지난주 토요일. 카에데가 사토루와 함께 가게를 방문한 날이었다.

─재방문. 처음 왔을 때는 겨울이었으니 메뉴가 어떻게 달라졌을지 기대하며 찾았습니다. 가게 분위기는 여전히 고급스럽지만 그렇다고 지나치게 격식을 차리지 않아서 좋네요. 자리가 가득 차 있는데 모두 조용히 대화를 나누며 식사를

즐기고 있어서 시끄럽진 않더군요. 자, 그럼 가장 중요한 음
식의 퀄리티는…… '역시!'라는 한마디로 표현해야겠네요. 제
인생 초밥집 중 하나가 될 게 확실합니다. 특히 제철인 갈치
를 추천하는데, 그뿐만 아니라 전채 요리부터 디저트로 나온
과일에 이르기까지 하나같이 훌륭했습니다. 입이 호강한다
는 게 이런 순간을 뜻하는 거겠죠.

봄이나 가을쯤에 다시 방문할 생각입니다.

갈치. 확실히 맛이 좋았다. 그러나 카에데의 입안에는
지금 불쾌한 맛이 퍼지고 있었다.

그날 '소라파파'와 같은 가게에 갔다. 어쩌면 같은 시
간대에 있었을지도 모른다. 탁자에 튄 커피 자국처럼
행복한 추억이 더럽혀진 기분이 들었다.

카에데는 다시 리뷰 글 목록을 화면에 띄웠다. 그리고
또다시 눈을 의심했다.

'팡토마스'. 두 번째 리뷰에는 그 가게 이름이 적혀 있
었다.

몸이 굳어 즉시 반응하지 못했다. 심장이 쿵쾅거리는
것을 느끼며 황급히 글 전체 보기를 눌렀다.

ㅡ주변에 추천하는 분이 많아서 늘 궁금했던 곳. 일 마치고

가는 길에 잠깐 들러 봤습니다.

세련된 거리의 세련된 건물 안에 있는 'THE 세련된 바' 같은 느낌(웃음). 손님도 세련된 젊은 여성분이 많고 바 안에는 세련된 재즈 음악이 흐르더군요. 촌스러운 아저씨가 혼자 들어가기에는 조금 용기가 필요한 곳이었습니다. 칵테일 종류가 다양한 반면 안주는 기본 안주 위주고 그에 비해 디저트 종류는 충실히 갖춰진 편입니다. 시간이 별로 없는 관계로 가게 이름이 들어간 칵테일을 한 잔 주문해 봤네요. 근데 이 칵테일도 여자 손님들을 타깃으로 했는지 제 입에는 너무 달더군요. 가성비가 좋다고 할 수는 없겠지만 세련된 분위기를 즐기기에는 좋은 바 같습니다.

구와타와 미즈미네와 함께 갔던 '팡토마스' 내부 풍경이 머릿속에 생생히 떠오른다. 아마 7월이었다. '미파파'의 방문일은 이번 주 월요일.

물론 우연일 것이다. '선녀 초밥'과 '팡토마스' 모두 알만한 사람들은 알 가게고 '미파파'는 미식가다. 그래도 역시 마음에 걸렸다. 만약 이것이 우연이 아니라면.

자신이 마우스 버튼을 클릭하는 소리에 깜짝 놀라 카에데는 마우스에서 손을 뗐다. '팡토마스'를 찾은 이야기는 나우두에 올렸지만 '선녀 초밥' 이야기는 적지 않았다. 그 두 곳을 찾은 기간에는 다른 여러 가게도 방문했다. 그러니 불가능하다. 내가 방문한 가게들을 일부러 골라 그가 찾아갔을 리 없다.

지나친 생각이야. 카에데는 평소보다 마우스로 세게 클릭해 맛집 리뷰 사이트를 닫았다.

순간 카에데의 망상을 비웃는 것처럼 스마트폰이 울렸다. 메일 수신음이다. 화면을 보니 연락처에 등록된 상대에게 온 것이 아닌 듯하다. 읽지 않고 삭제하려다가 손이 멈칫했다. 보낸 사람 이름에 적힌 숫자와 알파벳에 시선이 쏠렸다.

15bambi

딸기* 밤비. 그렇게 읽어야 할 것이다. 카에데는 홀린 사람처럼 메일을 눌렀다.

─보고 싶어! 카에데 씨를 보고 싶어! 답장해 줘! 당신 기분을 상하게 하고 싶지 않아!

● 숫자 '15'는 일본어로 '딸기'와 같은 '이치고'라고 읽는다.

순간 목에서 딸꾹 소리가 나는 바람에 주변 시선이 집중됐다. 미즈미네와 눈을 마주쳤지만 표정을 속일 여유가 없다. 카에데는 결국 참지 못하고 자리에서 벌떡 일어섰다. 바퀴 달린 의자가 바닥을 굴러 뒤에 있는 동료 의자에 부딪혔다.

도망칠 곳은 화장실밖에 없다. 칸막이에 들어가서 용기 내어 메일을 다시 한번 확인했다.

'딸기 밤비'와는 나우두에서 만난 사이다. 심지어 마지막에는 차단 기능을 활용해 관계를 끊었다. 그런데 이건 대체 뭘까. '딸기 밤비'가 어떻게 내 메일 주소를 알고 있는 걸까. 그것도 모자라 나를 '하늘색 소다'가 아닌 '카에데 씨'라고 부르고 있다.

칸막이 문에 이마를 맞대고 몸을 기댔다. 머릿속에서 사라진 '소라파파'를 향한 의혹이 또다시 슬금슬금 고개를 든다. 지금 내 주변에서 일어나는 기이한 일. 어머니의 집요한 전화. 아이를 갖는 것에 대한 갈등. 이제는 모든 것이 진절머리 났다.

눈물이 터졌다. 이 이야기를 다른 사람과, 사토루와 상의할 수 있다면 얼마나 좋을까. 그러나 내가 가진 비밀이 그것을 막는다. 비밀이 나를 외톨이로 만들고 있다.

카에데는 가슴을 쥐어뜯었다. 안에 숨어 있는 소녀를 끄집어내고 싶다. 그러나 소녀는 무표정한 얼굴로 가만히 나를 바라보고 있을 뿐이다.

손으로 얼굴을 쓸자 눈물 때문에 흐른 화장이 손에 묻어 끈적거렸다. 휴지를 뜯고 칸막이에서 나가 거울을 바라본다. 꼴이 말이 아니다. 이게 정말 내 얼굴이 맞을까.

"카에데 선배. 무슨 일 있어요?"

편집부에 돌아가자 미즈미네가 걱정하듯 일어서서 물었다. 카에데는 젖 먹던 힘까지 짜내어 웃는 얼굴을 만들었다.

"갑자기 속이 안 좋아서."

그러자 옆에서 구와타가 뭔가 번뜩인 사람처럼 끼어들었다.

"설마……."

기대에 차서 반짝이는 눈빛이 보고 있기 역겹다. 카에데는 지금 당장 배를 갈라 '자, 봐. 이런 것밖에 없어!' 하고 소리치고 싶었다. 이 무신경한 여자의 낯빛이 새파래지는 꼴을 보고 싶었다.

일찍 회사를 나가 핸드폰 판매점에 갔다. '딸기 밤비'의 메일 주소는 일회용이 분명하니 수신 차단을 해 봐야 소용없을 것이다. 그렇다면 내 메일 주소를 바꿀 수밖에 없다. 아니, 스마트폰 자체를 바꾸고 싶었다. 회사에서 나오기 전까지 메일이 여러 통 더 도착했다. 이제는 읽고 싶지도 않지만 메일이 오는 상황 자체가 섬뜩하다. '딸기 밤비'에게 더럽혀진 폰을 더는 쓰고 싶지 않았다. 만약의 상황에 대비해 전화번호도 바꾸고 꼭 필요한 사람을 제외하면 사토루와 아버지, 그리고 회사에만 번호를 알려 주기로 했다. 어머니의 연락도 차단할 수 있으니 일거양득이다.

계획대로 모든 일을 마치자 그나마 안심했지만 쓸데없는 지출이 생기고 말았다. 무엇보다 정신적인 고통이 크다. 상처받았다. 카에데는 증오를 가슴에 품고 피트니스 센터로 향했다. 운동 기구에 달린 쇳덩이를 단두대 삼아 머릿속에 있는 적의 머리를 뭉개뜨린다.

사토루는 오늘 밤도 늦을 거라 해서 피트니스 센터 안에 있는 사우나에 들르고 저녁도 밖에서 해결했다. 집에 갈 때는 이미 밤 10시가 넘어 주택가가 어둠에 잠겨 있었다. 정원 있는 집들이 나란히 늘어선 곳에 암흑이 더 짙게 느껴지고 옆을 지나는 차와 사람도 거의 없다. 도심지답지 않은 정적이 마음에 들어서 고른 동네지만 오늘 밤은 유독 으스스했다.

자연스럽게 발걸음이 빨라져 무심코 핸드폰 판매점에서 받은 종이봉투를 몇 번 차고 말았다. 두부 가게 셔터가 바람에 맞아 진동하는 소리를 듣고 간이 떨어질 뻔했다. 하필 그럴 때 사토루가 아침에 들려준 스토커 살인 사건 이야기도 떠올랐다.

그때 등 뒤에서 발소리가 들렸다. 흠칫 놀라 돌아봤지만 아무도 없다. 잘못 들은 걸까. 그러나 발걸음을 떼자 얼마 안 돼 또다시 들린다. 틀림없다. 누가 나를 따라 오고 있다.

카에데는 조금 전에 산 스마트폰을 귀에 대고 집에서 기다리는 사람과 통화하는 척했다.

"응, 나야. 이제 곧 도착할 것 같아."

낭패다. 목소리가 살짝 떨렸다. 연기가 들통날 것이다.

아파트 입구에 도착하자마자 득달같이 계단을 뛰어올랐다. 부랴부랴 현관문을 열고 들어가 자물쇠와 체인을 걸어 잠근다. 어깻숨을 내쉬며 조심스럽게 도어스코프에 눈을 갖다 댄다.

잠시 그러고 있다가 문에 등을 기댄 채 쪼그려 앉았다. 어깨에서 가방이 흘러내렸지만 주울 힘이 없다. 집 안은 캄캄했다. 나를 기다리는 사토루는 없다.

그때 삐로로 하는 울음소리가 들렸다. 그렇다. 폼이 있었다. 평소와 다른 카에데를 보며 불안해하고 있다. 옆에 가서 안심시켜 줘야지. 폼이 나를 원하고 있다. 내게로 와. 날 사랑해 줘. 어서 날.

카에데는 벽을 짚고 몸을 일으켰다. 손으로 벽을 더듬어 전등 스위치를 누르고 문밖을 한 번 더 엿보고 자물쇠와 체인을 확실히 채웠는지 확인한다.

가방에서 볼펜을 꺼내 끝을 눌러 심을 꺼냈다. 툭 하고 격발 장치를 세우는 것처럼. 손에 꼭 쥐고 어깨까지 들어 올려 천천히 집 안쪽으로 걸어간다. 만약 누가 숨어 있다가 나를 공격할 경우 맨손보다는 도움 될 것이다. 눈을 향해 있는 힘껏 찌르면.

집 안의 모든 불을 켜서 옷장 안까지 샅샅이 확인했지만 아무도 없었다. 누가 들어온 흔적도 없다. 삐로로. 그렇다. 폼이 말한 대로다. 만약 그런 일이 있었다면 폼이 얌전히 있었을 리도 없다. 새장 안 역시 평소와 다를 바 없다. 하지만.

카에데는 폼 앞에 가서 주저앉았다. 땀에 젖은 다리가 바닥에 들러붙어 찝찝하다.

툭 하고 볼펜심을 다시 집어넣는다. 툭 하고 다시 꺼낸다. 툭, 툭, 툭, 툭.

그 소리가 마음에 안 드는지 폼이 갸악갸악 하고 불만을 호소했다. 듣기 싫은 울음소리였다.

다나시마 4

비단옷 소맷자락을 붙잡고 우는 아이를, 엄마 없이 두고 오지 마라.

문득 그런 시구가 떠오른 것은 일요일 오후, 미소라와 함께 쇼핑몰에 갔을 때였다.

일본 최대급 규모를 자랑하는 쇼핑몰에는 극장도 있는데 마침 미소라가 보고 싶어 하는 영화가 상영 중이었다. 원래는 오늘 하루 종일 옷을 만들려고 했지만 딸과의 관계를 회복하기 위해 양보했다. 미소라는 여전히 토라져 있지만 가지 않겠다고 하지는 않았다.

"뭐라도 좀 사 가자. 미소라 뭐 먹고 싶어?"

유메노가 다나시마를 보지도 않고 당연한 듯 물었다. 평소보다 더 오냐오냐하는 것 같은데 기분 탓일까.

"팝콘이랑 멜론소다."

"늘 먹는 거네."

미소라가 평소 뭘 갖고 싶거나 먹고 싶어 하는지 다 나시마는 알지 못했다. 생각해 보면 미유키와 셋이 함 께 살 때도 가족이 모여 나들이를 간 적이 거의 없다. 휴 일에도 출근하는 날이 많았고 그러지 않으면 온종일 집 안에 드러누워 지냈다. 미소라가 회사에 가지 말라고 보채거나 함께 놀아 달라고 우는 모습을 본 기억도 없 다. 미유키가 평소에 잘 타이른 덕분일 것이다. 그러나 지금 내 옆에 그녀는 없다.

"오빠는?"

"난 됐어."

눈을 피하며 대답하고 셋이 함께 극장에 들어갔다. 할 리우드 대작 영화는 다나시마의 취향이 아니었지만 덕 분에 부족한 수면을 채웠으니 다행이라고 해야 할까.

영화가 끝나고 미소라와 유메노가 일어서자 다나시 마도 몸을 일으켰다. 엔딩 크레디트까지 올라간 후 극 장 안이 밝아졌다. 인파에 섞여 느릿느릿 걸어가면서 다나시마는 미소라에게 말을 걸었다.

"우리 딸 파르페라도 먹을래?"

대답할지 망설이는 미소라 대신 유메노가 "오기 전 에 이미 먹기로 했는데, 그치?" 하고 미소라를 향해 말 했다. 미소라가 안심한 것처럼 고개를 끄덕이는 모습을 보고 다나시마는 또다시 속이 뒤틀렸다. 처음부터 파르페를 먹을 생각이었다면 팝콘과 멜론소다는 굳이 안 사도 되지 않았을까. 유메노는 평소 다나시마에게 훈육이 어떻다는 둥 거들먹거리지만 이런 건 괜찮다고 보는 걸까.

여름 방학이라 쇼핑몰이 전체적으로 붐볐는데 푸드코트는 더 심각했다. 유메노와 미소라는 이미 가기로 정한 가게가 있는지 성큼성큼 걸어갔고 다나시마는 말없이 그 뒤를 따랐다. 갖가지 냄새가 코에 파고들어 만성 위염을 자극했다.

"어머? 혹시……."

그때 옆을 지나가던 여자가 느닷없이 다나시마를 향해 말을 걸었다. 얼굴이 낯익지만 누군지 바로 떠오르지는 않는다. 키는 150센티미터 남짓. 머리숱이 적은 단발머리와 무늬 있는 블라우스 코트, 약간 짙은 화장. 유심히 봐도 60대 여자라면 대부분 해당될 특징이라 누군지 알아낼 결정적인 단서는 되지 않았다.

"신기하네요. 이런 곳에서 만날 줄은."

그제야 이웃집에 사는 주부임을 깨달았다. 이 쇼핑몰은 일본 최대급이고 교통편이 좋아서 도쿄에서도 손님들이 몰려온다.

"본가가 이쪽이라."

"아, 그렇구나. 혼자 오셨어요?"

"아뇨. 가족과 함께."

조금 앞서가던 미소라와 유메노가 돌아보고 있다. 다나시마가 두 사람을 신경 쓰는 것을 깨닫고 여자는 뭔가 깨달았는지 표정이 침울해졌다.

"아내분께 안 좋은 일이 있었죠?"

"네. 걱정해 주셔서 감사합니다."

"꼭 좋아질 거예요. 혹시 제가 도울 일이 있으면 뭐든 말만 해요."

"감사합니다."

떠나는 여자와 교대하듯 유메노가 미소라의 손을 잡은 채로 다가왔다.

"저 아줌마는 누구야? 방금 새언니 얘기 했지? 안 좋은 일이 있었느니 하면서."

"도쿄 이웃집 아주머니야."

"언니가 사고를 당한 지 5년이나 지났는데 이제 와서 왜 저래? 얼굴도 뭔가 신나 보이고."

"글쎄. 그렇게는 못 느꼈는데."

"신나 보였어. 인위적인 표정만 봐도 다 알아. 호들갑스러운 말투에 목소리도 쓸데없이 컸고. 오빠 처지가 딱하긴 해도 옆에서 보고 있으면 어쨌든 기분이 좋은 거야. 자기보다 불행한 사람을 보면 행복해하는 사람 있지? 딱 그런 사람 같네."

"그만해."

다나시마는 미소라를 내려다봤다. 고개를 살짝 숙이고 있어서 표정이 보이지 않는다. 유메노는 무안한 것처럼 입술을 깨물고 말 대신 거친 콧숨을 내쉬었다. 유메노는 전부터 미유키와 미소라 이야기가 나오면 민감하게 반응하는 경향이 있지만 이번에는 너무 지나치다. 거기에 요즘은 늘 어딘가 언짢아 보인다. 어머니는 최근 유메노에게 남자 친구가 생긴 것 같다며 기뻐했지만 그런 것치고 전혀 즐거워 보이지 않는다.

직원이 가져온 파르페는 콘플레이크 토핑이 대부분이고 메뉴에 있는 사진과 전혀 달랐다. 유메노는 미소라에게 끊임없이 말을 걸며 초조한 기분을 내내 감추고 있다. 다나시마는 마시고 싶지도 않은 커피를 홀짝이면서 두 사람의 대화를 한 귀로 흘려들었다.

미소라, 핼러윈 때는 안나 옷을 입을 거지? 미소라에게 해야 할 말을 속으로 먼저 연습해 본다. 안나 옷을 입지 않을래? 안나 옷이 낫지 않을까? 안나 옷을 입어 주겠니? 아니, 지나치게 비굴하게 굴 필요는 없다.

아무래도 유메노가 루카 옷을 만드는 듯하지만 미소라는 그런 이야기는 일절 하지 않았다. 다나시마가 무의식중에 혀를 쯧 차자 미소라가 고개를 번쩍 들었고 유메노가 눈을 크게 떴다.

"맛있어?"

다나시마는 황급히 미소 지으며 물었다. 미소라가 고개를 힘없이 끄덕이고 파르페를 내려다봤지만 유메노는 다나시마에게서 시선을 떼지 않고 눈빛도 점차 험악해졌다. 아무래도 화해는 또다시 미뤄질 듯하다. 쇼핑몰을 나가면 다나시마는 그길로 도쿄에 돌아갈 작정이었다.

달궈진 철판 같은 주차장에서 다나시마는 유메노의 경차 뒷좌석 문을 열고 들어가 보스턴백을 집어 들었다. 조수석에 앉은 미소라는 아빠를 향해 한 번도 고개를 돌리지 않는다. 머리를 루카와 똑같은 트윈테일로 묶은 건 일부러 그런 걸까. 밖으로 드러난 목덜미에는 땀이 몇 줄기 흐르고 있다.

"아빠는 이제 가 볼게. 당분간 못 볼 텐데 그동안 할머니랑 고모 말 잘 들어야 해. 방학 숙제도 빼먹지 말고."

"일기만 쓰면 돼."

미소라는 목덜미를 그대로 보이며 나직이 중얼거렸

다. 유메노가 눈빛으로 '오빠는 아무것도 몰라'라고 말하고 있다.

"그렇구나. 역시 우리 딸은 부지런하다니까. 아빠도 일 열심히 할게. 그리고."

숨을 들이마신다.

"안나 옷도 얼른 완성할게."

미소라의 트윈테일이 살짝 흔들리는 듯 보이지만 대답은 돌아오지 않는다. 다나시마는 실망과 초조감이 드러나지 않게 주의하며 차 문을 닫았다. 어깨에 걸친 보스턴백이 오늘따라 무겁다.

다나시마가 차에서 내려도 유메노는 차에 타지 않고 운전석 옆에 가만히 서 있었다. 다나시마는 '왜 그래?' 하고 눈짓으로 물었다.

"그 여자랑 헤어져."

밑도 끝도 없는 경고를 처음 듣고서는 무슨 뜻인지 바로 이해할 수 없었다. 유메노의 눈빛에 온몸이 꽁꽁 묶여서 옴짝달싹할 수 없다.

유메노는 그녀의 존재를 알고 있었다. 언제부터였을까. 그래서 그동안 그렇게 날이 서 있었을까. 다나시마가 미유키의 장점을 이야기할 때 보인 핏기 없는 얼굴이 떠오른다. 그때 유메노는 잘도 그런 말을 한다며 다나시마를 비난했다. 그 말이 그런 뜻이었나.

"무슨 소리야?"

간신히 입술이 움직였지만 입에서는 진부한 말이 나왔다. 그걸로 모자라 목소리도 떨리고 있다.

유메노는 더러운 오물을 보는 듯한 눈빛으로 다나시마를 쏘아보며 말없이 차 문에 손을 가져갔다. 다나시마는 자동차 배기가스를 얼굴에 뒤집어쓰며 그 자리에 우두커니 서 있었다. 정수리가 불타는 듯하다. 눈이 시릴 만큼 또렷한 그림자 위로 미지근한 땀이 뚝뚝 떨어졌다.

등 뒤에서 경적 소리가 울려서 차 범퍼에 떠밀리듯 주차장을 떠났다. '뭐 어쩌라는 거야. 칠 테면 쳐 봐'라는 생각도 들지만 곧 다시 마음을 가다듬었다. 지금 내가 있을 곳은 여기가 아니다.

전철에 올라타자마자 곧장 문자 수신함을 확인했다. 유메노의 표현을 빌리면 '그 여자'에게서 온 수많은 메시지. 그녀는 세간에서 이른바 '불륜녀'라며 손가락질당하는 존재다.

누군가 그녀를 사랑하느냐고 물으면 그렇다고 단언할 수는 없을 것이다. 그러나, 필요하다.

순간 속이 메스꺼웠다. 위액처럼 치밀어 오르는 부정

적인 감정을 누군가를 향해 내뱉고 싶다. '하늘색 소다'. 반사적으로 그 이름이 머릿속에 떠올랐다.

약 한 시간 후 다나시마는 나카노의 어느 주택가 골목에 서서 오래된 3층 아파트를 올려다보고 있었다. 아직 날이 밝은데도 2층 끝에 있는 집 커튼이 완전히 쳐져 있다. 베란다에는 은빛 빨래 건조대가 보이지만 그 위에 세탁물은 걸려 있지 않다.

정문 입구로 향하는 길에 쓰레기 수거함이 눈에 들어왔다. 전에는 그냥 뚜껑을 닫아 두는 형식이었는데 지금은 뚜껑에 다이얼식 자물쇠가 달렸다. 얼마 전 쓰레기 수거함을 뒤지던 까마귀가 시체로 발견된 탓이다. 다나시마는 직접 보지 못했지만 아파트 앞에 서서 수다를 떨던 주부들의 이야기로 판단컨대 어지간히 끔찍했던 듯하다.

201호 우편함에는 우편물이 밖으로 비집어 나올 만큼 가득 차 있었다.

*

맑고 평화로운 어느 봄날이었다.

아침 식탁에서 미유키와 가벼운 말다툼을 벌였다. 아니, 말다툼이라 할 수 있을까. 다나시마는 언성을 높였지만 미유키는 평소처럼 말없이 남편을 바라보기만 했다.

그때 미유키가 두 손에 든 머그잔에는 털어놓지 못한 이야기가 얼마나 쌓여 있었을까. 조금씩 차를 홀짝이는 모습도 다나시마의 눈에는 거슬렸다.

세 살이 된 미소라는 다나시마가 얼마 전 사 온 장난감을 들고 혼자 놀고 있었다. 딱하게도 엄마 아빠의 낌새가 뭔가 이상하다고 느꼈는지 말을 걸거나 가까이 다가오지는 않았다.

미소라 앞에서 화를 낼 수는 없으니 다나시마는 말을 집어삼키고 서둘러 출근 준비를 했다.

그렇게 집 문을 나서려는 찰나 다나시마의 등 뒤에서 미유키가 나직이 중얼거렸다.

"베란다에 나가 봐."

바로 그날, 미유키는 베란다에서 추락했다.

이불을 널려다가 집게를 난간 밖에 떨어뜨린 듯했다. 몸을 밖으로 뻗어 아래를 내려다본 순간 균형을 잃지 않았을까. 당시 베란다의 상황, 화분 안에 있던 이불 집게, 그리고 콘크리트 바닥에 쓰러진 채 머리에서 피를 흘리던 미유키를 보며 추측한 것들이다.

모두 불행한 사고를 슬퍼했다. 그러나 다나시마만은 '혹시' 하는 생각을 버리지 못했다.

―이제는 내가 옆에서 함께 짐을 짊어질 거고, 가끔은 당신이 버리지 못한 짐을 대신 버려 줄게.

미유키는 언젠가 그렇게 말한 적이 있다. 그러다 혹시 자신이 다나시마에게 짐이 된다고 생각해 약속한 대로 스스로를 내던진 게 아닐까.

어린 미소라를 집 안에 남겨 둔 것과 이불을 말리고 있었다는 것, 유서가 나오지 않은 사실 등은 상관없다. 문득 마음이 텅 비어서 훌쩍 몸을 던졌다. 특이한 성격 때문에 '미유키치'라는 별명으로 불리던 그녀라면 충분히 가능한 일이다.

미유키의 마지막 말을 떠올리며 베란다를 둘러봤지만 빨래 건조대에 머리를 부딪치기만 하고 별다른 것은 찾지 못했다. 하얀 에어컨 실외기와 화분에 심은 꽃이 보였다. 왜 나가 보라고 한 걸까.

병원에서 영원한 잠에 빠진 미유키를 보며 어금니가 부서지도록 세게 이를 꽉 깨물었다. 추억이 꿈처럼 희미한 영상으로 되살아난다. 색이 연한 눈과 장밋빛 볼은 이제 보이지 않는다.

병실에 찾아온 리이치에게 다나시마는 나직이 중얼
거렸다.

"힘들어."

카에데 5

모기가 있다.

격발 장치를 세우고 볼펜을 아래로 휘두르니 거실 바
닥에 구멍이 뻥 뚫렸다. 또다. 벌써 여러 번 휘둘렀는데
도 조롱하듯 여전히 왱 하는 날갯짓 소리가 들린다.

폼이 신경질적으로 소리 높여 울었다.

"그만해. 그 소리 듣기 싫다고 했지."

그렇게 타박했지만 폼이 짜증을 부릴 법도 하다. 이놈
의 모기. 집 안의 구멍이란 구멍은 다 막아 뒀는데 대체
어디서 들어온 걸까.

카에데는 다시 한번 집 안에 있는 모든 창문을 확인하
고 자물쇠를 채운 후 빈틈이 생기지 않게 커튼을 겹쳐
닫았다. 거의 일주일 이상 몸을 움직이지 않은 탓에 관
절이 삐걱거리는 느낌이 들었다.

누군가가 날 따라 오고 있다고 느낀 그다음 날, 출근

준비를 하고 있는데 갑자기 복통이 덮쳤다. 그것도 모자라 구역질까지 겹쳐서 결국 회사를 하루 쉬었다. 그날 밤에는 괜찮아졌지만 다음 날 아침이 되자 또다시 같은 증상이 나타났다. 억지로 발걸음을 떼려고 해도 땀이 분수처럼 쏟아졌고 다리가 휘청거려서 도무지 걸을 수 없었다. 출근뿐만 아니라 아예 집밖에 나갈 수 없다고 깨달은 건 그날 오후다. 원인은 아무래도 마음에 있는 듯했고 그것을 증명하듯 스마트폰을 봐도 같은 증상이 나타났다.

회사에는 계속 병가를 냈지만 사토루에게 그럴 수는 없었다. 집 안에 있을 때는 괜찮아도 장을 보거나 쓰레기를 버리러 나가지 못했고 심지어 빨래를 널기 위해 베란다에 나갈 수도 없었다. 그것도 모자라 창문은 물론 집 안 커튼을 전부 쳐 두고 바꾼 지 얼마 안 된 새 스마트폰도 필요할 때만 전원을 켰다. 이상하게 생각하지 않는 게 오히려 부자연스러웠다.

결국 사흘이 지나자 사토루가 무슨 일인지 물었고 카에데는 어쩔 수 없이 그날 밤 미행당한 사실을 털어놓았다. 그 밖에 다른 이야기는 하지 않았지만 쓰레기 수거함 테러에 더해 까마귀가 죽은 사건도 일어났으니 사토루는 카에데의 공포를 자연스럽게 받아들여 줬다.

까마귀 사건은 고보리를 통해 사토루의 귀에도 들어
간 듯했고 곧이어 다른 소식도 들렸다. 경찰은 쓰레기
에 섞인 살충제 때문에 까마귀가 죽은 것으로 결론 내
렸고 살충제는 고보리의 남편이 과수원을 하는 지인에
게 받아 온 것으로 밝혀졌다. 고보리는 평소 아파트 부
지 안을 쓸고 닦고 제초와 해충 구제까지 도맡아 했는
데, 그렇게 부지런한 자기 모습을 주변에 알리지 않고
는 못 배기는 성격이라 일 이야기를 하면서 남편이 구
한 살충제의 효과가 굉장하다는 이야기를 동네방네 떠
들고 다녔다고 한다. 살충제는 따로 자물쇠 없는 아파
트 뜰 안 창고에 보관돼 있었다. 즉 많은 이들이 살충제
의 존재를 아는 동시에 꺼내 갈 수도 있었다는 뜻이다.

폼이 또다시 갸악갸악 울었다. 집 안에 빛과 바람이
들어오지 않고 청소까지 엉망이라 스트레스를 받을 것
이다. 그 모습이 안타깝기는 해도 역시나 이 울음소리
는 거슬렸다.

"시끄럽다고 했지!"

카에데는 무심코 올라간 손을 보며 스스로 기가 막혔
다. 볼펜 따위를 쥐고 지금 대체 난 뭘 하는 걸까. 이런
걸로 모기를 찔러 죽일 리 없는데. 적어도 소형 나이프
정도는 들고 있어야.

카에데는 부랴부랴 선반 앞에 가서 화장품과 각종 샘플을 보관해 두는 뚜껑 달린 상자를 꺼냈다. 피어오르는 먼지와 함께 은행에서 받아 온 투자 신탁 자료가 바닥에 떨어졌다. 잠시나마 미래를 떠올렸다는 것이 꿈만 같다. 지금 카에데의 눈에는 현재와 과거밖에 보이지 않았다.

자료를 내팽개치고 박스 안을 뒤진다. 찾으려는 물건은 색색의 화장품 샘플 패키지 아래에 있었다.

찾았다. 아웃도어용 소형 나이프. 접이식에다 손바닥에 쏙 들어오는 사이즈고 선명한 스카이블루색에 가장자리가 둥글어서 꼭 USB 메모리나 휴대용 음악 플레이어를 연상케 한다.

이것을 처음 손에 넣은 건 카에데가 열네 살 때였다. 어머니가 체포되어 집을 이사한 후 가장 먼저 산 물건이다. 지금껏 버리지 못하고 가지고 있었지만 이렇게 꺼내는 게 대체 몇 년 만일까. 천천히 꺼낸 칼이 소꿉놀이용 장난감 칼 같아서 언뜻 귀여워 보이지만 생선 손질이나 과일 등을 깎을 때 잘 든다고 설명서에 적혀 있었다. 카에데가 손목과 배를 그을 때도 미끄러지듯 날이 들었다.

그것을 손에 꼭 쥐고 폼 앞으로 다가간 순간 윙 하는

소리가 들렸다. 카에데는 곧장 나이프를 휘둘렀지만 바닥에 떨어져 꿈틀대는 것은 모기가 아닌 스마트폰이었다. 전원을 끄는 걸 깜박하고 있었던 모양이다.

화면에 표시된 번호를 보고 숨을 집어삼켰다. 모르는 번호. 어머니일까. 아니면 설마 '딸기 밤비'? 그렇다면 어떻게. 이 번호는 사토루와 아버지, 회사에만 알려 줬는데.

숨을 멈춘 채로 스마트폰 화면을 두드렸다.

―카에데…….

"작작 좀 해!"

칼 대신 싸늘한 목소리를 상대에게 꽂아 넣었다. 역시 어머니였다. 떠오르는 건 그날의 모습. 그 눈빛.

"더는 할 말 없다고 했지. 내 인생에 당신은 필요 없어. 당신 인생에도 내가 필요 없을 테고!"

일방적으로 쏘아붙이고 전화를 끊었다. 그날 칼에 찔려 신음하던 남자처럼 격렬하게 심장이 뛰었다.

혼란이 채 잦아들기도 전에 또다시 진동이 울렸다. 번호를 보고 그제야 어머니가 번호를 어떻게 알아냈는지 깨달았다. 카에데는 배신당한 기분으로 수화기를 귀에 갖다 댔다.

"아빠. 대체 왜 그랬어?"

연휴 기간에 카에데가 집을 찾았을 때 아버지는 전화가 걸려 오자 부자연스럽게 반응했다. 딸의 눈을 피해서 두 사람은 전부터 몰래 연락을 주고받았을 것이다.

"언제부터야?"

아버지의 대답을 듣기까지 시간이 조금 걸렸다.

—초봄에 전화를 걸어 와서 네 전화번호를 알려달라더구나. 계속 거절해도 네게 꼭 전해야 할 말이 있다며 포기하지 않았어. 평소 얌전하던 네 엄마에게서는 한 번도 듣지 못한 필사적인 목소리로.

카에데는 눈을 꽉 감고 최대한 머릿속을 비우려 했다. 아버지의 희미한 숨소리가 들렸다.

—너를 위해서라는 말이 거짓말처럼 들리지는 않더구나. 그래도 네 친엄마니까.

이 말을 입에 담으려고 아버지는 기운을 쥐어짠 듯했다. 그날 간이 너무 셌던 볶음밥의 맛이 혀에 되살아나는 느낌이다.

카에데는 아버지의 말을 부정하거나 아버지를 책망하지 않았다.

"허리는 좀 어때?"

아버지는 잠시 뜸을 들이다가 한숨을 내쉬었다.

—요즘은 괜찮다.

"그렇다고 방심하면 안 돼. 열사병도 조심하고."

―그래, 알아. 넌 좀 어떠냐?

"바빠서 아플 시간도 없어."

―그래도 할 일이 있다는 건 좋은 거야. 아무튼 몸조심하고 사토루에게도 안부 전해라.

틀에 박힌 대화에 진심은 필요치 않다. 카에데는 전화를 끊고 얼굴을 찌푸리며 신음했다. 아버지는 이제 내 편이 아니다.

스마트폰을 바닥에 내던지자 놀란 폼이 새장 안에서 날개를 퍼드덕거리며 날아다녔다. 철창에 연신 머리를 부딪치는 모습이 꼭 비참하게 두들겨 맞는 복싱 선수 같다.

카에데는 그 모습을 가만히 보고 있을 수 없어서 창문 앞을 떠나 베란다 쪽으로 갔다. 유리문 옆에 서서 오렌지빛으로 물든 커튼을 살짝 열고 신중히 밖을 확인한다.

목덜미가 얼어붙었다. 사람 그림자. 아파트 뒤쪽 주택가 좁은 도로에 누군가 서 있었고, 남자인지 여자인지를 알아보기도 전에 사라졌다. 카에데에게 들켜서 도망친 게 틀림없다. 즉, 그는 이 창문을 줄곧 지켜보고 있었던 것이다.

카에데는 세차게 커튼을 다시 치고 폼 앞에 가서 몸을 웅크렸다. 무릎을 가슴팍까지 끌어당기고 두 손으로 나이프를 꼭 쥔다. 절대 잘못 보지 않았다. 폼도 이렇게 겁먹어 있다.

스토커라는 단어가 머리를 스쳤다. 모든 게 저 녀석 소행이었나. 하지만 대체 누구란 말인가.

동기를 유추해 누군지 알아내려고 해 봐야 소용없을 것이다. 증오해서 상처 준 사람이 있다. 사랑해서 상처 준 사람도 있다. 어떤 감정이든 이유가 될 것이고, 애초에 이유 따위 없을 수도 있다. 인간은 다른 사람의 속마음을 알 수 없다.

누군가가 입맛을 다시는 듯한 소리가 들렸다. 그것도 모자라 폼이 계속 날뛰는 탓에 정신을 도통 한 곳에 집중할 수 없다.

"그만하라 했지! 내 말 안 들려?"

나이프 손잡이로 가볍게 새장을 두드리려고 했는데 예상보다 훨씬 큰 소리가 나서 폼이 더더욱 발버둥을 쳤다. 카에데가 싫어하는 소리를 내면서 울부짖는다. 카에데는 두 손으로 귀를 막고 입으로 "아, 아" 하면서 소리를 차단했다.

그런 상태였으니 현관 쪽에서 뭔가 버스럭거리는 소

리가 들렸을 때는 순식간에 온몸이 굳었다. 뒤이어 "다녀왔어"라는 목소리가 들렸을 때는 눈물이 터질 만큼 가슴을 쓸어내렸다. 출장을 간 사토루가 돌아온 것이다.

카에데는 나이프를 접어 주머니에 넣고 비틀비틀 현관으로 향했다.

"다녀왔……."

"아까 밖에 이상한 사람이 서 있었어."

카에데가 느닷없이 매달려서 호소하자 사토루는 어안이 벙벙해졌다. 게다가 카에데는 스스로도 지금 자신의 꼴이 말이 아닌 것을 알고 있었다. 사토루가 집을 비운 이틀 동안 샤워는커녕 세수도 하지 않았다. 무방비하게 있을 때 누가 집에 들어올 것 같아 무서워서 아무것도 할 수 없었다. 끼니를 거르고 밤에도 거의 뜬 눈으로 보낸 탓에 초췌한 얼굴에서는 핏발 선 눈이 도드라졌다.

"난 못 봤는데. 혹시 날 잘못 본 거 아니야?"

카에데를 위로해 주려고 애써 여유롭게 대답하는 게 훤히 보였다. 그는 꽉 닫힌 커튼에 손대지 않고 불부터 켰다. 집 안에 머물러 있는 불쾌한 공기가 눈에 보이는 듯했다.

"아직 마음이 힘든 상태라 그래. 모르는 사이에 직장

에서 받은 스트레스가 차곡차곡 쌓였겠지. 괜찮아. 그런 수상한 사람은 없어. 쓰레기 수거함과 창고에는 자물쇠를 채웠고 경찰도 요즘 이 일대를 중점적으로 순찰하고 있대."

사토루는 그제야 조금 침착해진 폼에게도 인사를 건네고 식탁 앞 의자에 앉았다. 의자 무게 때문에 살짝 눌린 바닥 장판이 사토루가 지금 눈앞에 있는 걸 실감시켜 주었다.

카에데는 일단 고개를 끄덕이고 차가운 보리차를 컵에 따라 식탁에 놓고 맞은편에 앉았다. 사토루가 가져온 우편물은 없어 보인다. 분실을 의심할 기운도 없다.

"출장은 어땠어?"

"평소랑 똑같지 뭐. 아, 이제야 좀 살 것 같네."

순식간에 보리차를 비운 사토루는 안경을 벗고 눈을 꼭 감았다. 눈가에 주름을 잡은 채 좀처럼 눈을 뜨지 않는다.

긴 한숨과 함께 마침내 드러난 눈동자에는 야윈 카에데의 모습이 비쳤다. 사토루가 뭔가 진지한 이야기를 꺼내려는 것을 깨닫고 카에데는 명치가 서늘해졌다. 이런 나와는 앞으로 함께 살 수 없다고 선언하려는 걸까. 사토루까지 나에게 상처를 주려는 걸까.

"당신은 당신이 어떤 사람이라고 생각해?"

좀처럼 입이 떨어지지 않았다. 자상한 목소리로 어쩜 이런 잔인한 질문을.

"내가 아는 당신은 현명하고 강한 여자야."

카에데는 눈을 크게 떴다. 사토루가 싱긋 미소 짓는다.

"그렇게 두려워할 것 없어. 미덥지는 못해도 내가 옆에 있잖아. 시간이 걸려도 좋으니 예전 당신으로 돌아가자."

예전의 나. 사토루가 아는 카에데. 사토루의 카에데.

급격히 시야가 확 트인 느낌이 들었다. 꼭 꿈에서 깨어난 것 같다. 그것도 엄청난 악몽에서.

순간 흠집투성이 거실 바닥이 눈에 들어와 경악했다. 이게 대체 뭘까. 내가 이렇게 만든 걸까. 다행히 사토루는 아직 눈치채지 못한 것 같지만 이대로는 안 된다. 이런 건 내가 아니다.

이사해야겠다고 결심했다. 다행히 사토루도 찬성해주었다.

"당장 내일부터 집을 찾아볼게."

"하지만 난 내일부터 다시 출장인데."

"알아. 혼자서도 할 수 있어."

사토루가 안심하는 게 전해졌다. '그래, 그래야 당신이지'라는 말이 얼굴에 쓰여 있다.

사토루가 욕실에 들어가 있는 동안 카에데는 주머니에 있는 나이프를 상자 가장 안쪽 구석에 다시 집어넣었다.

카에데는 그다음 날도 회사를 쉬었다. 그러나 어제까지 그랬던 것처럼 집에 틀어박혀 있지는 않았고 그렇다고 부동산을 돌아다니지도 않았다.

여행용 가방을 들고 집을 나서는 사토루를 배웅하고 사키모리에게 전화를 걸었다. 모르는 전화번호로 전화가 와서인지 사키모리는 미심쩍어하는 목소리로 전화를 받았다. 수화기 너머에서 요란한 매미 울음소리가 들린다. 에어컨이 켜진 방 안에 있어서 실감나지 않지만 밖은 여름이라고 생각하자 햇빛이 눈꺼풀 안쪽을 찌르는 것처럼 눈이 부셨다.

"갑작스럽게 죄송해요. 도오 출판사의 카에데예요."

—응? 카에데 편집자님, 몸은 좀 어떠십니까?

사키모리는 카에데가 병가를 쓴 것을 아는 듯했다.

"별거 아니에요. 그보다, 사키모리 씨께 부탁할 게 좀 있어서."

카에데는 대답할 틈을 주지 않고 용건을 꺼내 들었다.

"'소라파파' 씨의 연락처를 알려 주실 수 있나요?"

카에데 씨를 만나고 싶어. 카에데는 그런 메일을 보낸 사람이 '소라파파'가 아닐까 의심하고 있었다. 즉, '소라파파'가 '딸기 밤비'로 이름을 바꿔서 자신에게 접근한 것이다. '이로하'의 친구였던 '딸기 밤비'와 '하늘색 소다'의 친구가 된 '딸기 밤비'는 같은 사람이 아니다. 전에도 가능성을 짐작했듯 계정을 해킹당했다고 보는 게 자연스럽다.

불현듯 본색을 드러낸 '딸기 밤비'와 '소라파파' 사이에는 '팡토마스'라는 접점이 있다. 근거는 오직 그뿐이지만 그러면 충분히 그럴 만하다는 느낌이 들었다. 익명 게시판 사건 때는 이렇게 일방적으로 누군가를 원망할 수 있겠느냐며 가능성을 부인했지만, 그의 생각은 달랐을 수 있다. 동기 따위 결국 아무 의미도 없다. 특히 마음이 이미 뒤틀려 버린 상대에게는.

'소라파파'가 내 개인 메일 주소를 어떻게 알아냈는지는 알 수 없다. 사키모리에게 알려 준 것은 회사 메일 주소이니 그쪽을 통해 알아낼 수도 없다. 만약 '소라파파'의 짓이 아니라면 그냥 사과하고 넘어가면 된다.

어쨌든 본인을 찾아가 직접 담판을 지을 생각이었

다. 그와 일대일로 맞서는 것이다. 사토루가 아는 카에
데, 현명하고 강한 나라면 그 정도는 할 수 있다고 생각
했다.

　―'소라파파' 씨에게 무슨 용건이라도 있나요?

　사키모리는 당황한 것처럼 물었다. 지금껏 '소라파파'
와의 연락은 사키모리에게 맡겼다. 이제 와서 연락처를
알려 달라고 하니 무슨 일인가 의아할 것이다.

　"아, 실은 사례비 지급 문제로."

　―지금까지 해 온 대로 저를 통하시면 될 것 같은데요.

　"돈 문제라 역시 다른 분께 맡길 수는 없어서요."

　카에데는 미리 떠올린 말을 입에 담았지만 사키모리
는 좀처럼 납득하지 않았다.

　―혹시 '소라파파' 씨와 어떤 문제라도 있었던 겁니
까?

　잘 둘러댔다고 생각했는데 역시 예리하다. 수화기 너
머에서 사키모리가 지그시 날 바라보는 느낌이 들었다.
그 눈빛을 보고 있으면 마음이 늘 편치 않았다.

　"에이, 문제라뇨."

　카에데는 웃으며 얼버무렸지만 속이 들여다보였을지
모른다.

　"말씀드렸다시피 정말로 사례비 지급 문제로 연락드

리려는 거예요."

—그 문제는 편집자님이 조금 더 기운을 차리신 다음에 이야기하기로 하죠. 회사에서 뵙거나 아니면 회사 전화로 연락드리겠습니다. 그럼 오늘은 이만.

사키모리는 거칠지는 않아도 의연하게 말했다.

수화기 너머에서 들려오던 매미 소리마저 사라지자 카에데는 스마트폰을 꼭 쥐었다. 연락처 목록에서 미즈미네의 회사용 메일 주소를 찾는다. 제목에 '나야, 카에데'라고 적고 급히 내용을 작성한다. 사키모리가 방금 일을 회사에 전화해 확인할 수도 있다. 그전에 미리 손을 써 둬야 했다.

'오랫동안 자리를 비워서 미안해. 덕분에 많이 좋아졌고 이젠 외출도 할 수 있게 됐어. 그래서 오늘은 업무차 사키모리 씨 집에 직접 방문해 볼까 하는데 주소 좀 알려 줄래? 쉬기 전부터 끌고 오던 문제라 더 이상 미루면 안 될 것 같아. 본인에게 직접 전화해 물어보고 싶은데 연락이 안 돼서.'

카에데는 사키모리를 만나 다시 한번 부탁해 보기로 했다. 상황에 따라 필요하면 '소라파파'처럼 보이는 사람에게 괴롭힘을 당하고 있다는 이야기도 털어놓을 작정이었다.

미즈미네에게 메일을 보내는 것이 무모하다는 건 알지만 그 밖의 다른 수는 떠오르지 않았다. 이제는 미즈미네가 1분이라도 일찍 회사에 도착해 나를 믿고 답장을 보내 주기를 기도하는 수밖에 없다.

한 시간 정도 지나자 답장이 왔다. 미즈미네는 카에데가 의도한 대로 움직여 주었다. 컨디션을 묻는 안부 인사 뒤에 도쿄로 시작하는 집 주소와 전철을 타고 가는 법까지 친절하게 설명했다.

답장을 기다리는 동안 이미 나갈 준비는 해 두었다. 지금 당장에라도 뛰어나갈 수 있지만 현관문을 여는 데는 역시 용기가 필요했다. 누가 밖에서 나를 기다리고 있을 것 같아 좀처럼 발걸음이 떨어지지 않는다. 역시 나이프를 챙겨 가는 게 좋을까. 카에데는 문 앞에 서서 거실 선반을 연신 돌아봤다.

그러다 마음을 굳게 먹고 마침내 현관문을 열었다. 강렬한 햇빛이 눈을 찌르고 단번에 폐부가 달아오른다. 도망치고 싶은 마음을 꾹 참고 문밖에 나선다. 눈앞에는 여름 풍경만 보이고 사람은 없다. 괜찮아. 심호흡을 한 번 하고 다시 발걸음을 뗀다. 오랜만에 신은 샌들이 불편하지만 굽 소리가 심장 소리를 지워 줘서 든든하다. 우편함과 쓰레기 수거함 쪽으로는 일부러 고개를 돌리지 않았다.

생전 처음 들어 본 역에서 내렸다. 급행열차 같은 건 코빼기도 비치지 않을 작은 역이다. 바깥 풍경도 같은 도쿄로는 보이지 않을 만큼 소박하다. 오로지 역 주변에만 가게와 인파가 모여 있고 조금 더 걸으니 조용한 주택가가 펼쳐졌다. 더위 때문인지 거리를 지나는 사람도 거의 없었다.

사키모리의 집은 금세 찾았다. 단출한 빌라인데 문 간격을 보니 1인 가구 전용 원룸인 듯했다. 바깥 계단과 벽상태로 보아 새 건물은 아니지만 낡거나 초라해 보이지 않고 볕도 잘 들었다.

사키모리의 집은 1층에 있었다. 문전박대를 각오하고 인터폰을 누르자 벽이 얇아선지 초인종 소리가 밖에까지 울려 퍼졌다. 대답이 없고 집 안에 인기척도 없다. 그러고 보니 조금 전 전화할 때 사키모리는 매미 울음소리가 들리는 곳에 있었다.

어차피 출장 때문에 사토루도 집에 오지 않을 터이니 조금 더 기다려 보기로 하고 역 앞에 돌아가 카페와 패스트푸드점을 전전했다. 두어 시간 간격으로 사키모리의 집을 다시 찾았지만 그때마다 마신 음료수가 땀으로 변할 뿐이었다.

여름 방학이어선지 모든 가게가 다양한 연령층의 손님으로 가득했다. 즐거워 보이는 사람들 속에 섞여 있으니 야위고 핼쑥한 자신이 부끄러워졌다. 이 안에 나보다 불행한 사람이 있으면 좋을 텐데.

해가 뉘엿뉘엿 기울기 시작해 마지막으로 찾아가 봤지만 결국 헛수고로 끝났다. 손목시계를 보니 벌써 저녁 7시다. 주택가에서 역으로 향하는 길목에는 갖가지 음식 냄새가 충만해 있다. 식욕이 있었다면 군침을 삼켰을까. 이제는 그런 감각이 무엇인지도 잊어버린 느낌이었다.

어느 집에서 피아노 소리가 들려 무심코 발걸음이 멈췄다. 아이가 치는 걸까. 중간에 건반을 잘못 눌러 똑같은 부분을 여러 번 다시 치고 있다.

—한 번 더 해 볼까.

귓가에서 목소리가 들렸다. 카에데는 고개를 휙 돌려 손바닥으로 귀를 문질렀다. 말도 안 돼. 지금 여기 그 남자가, 이마니시 쓰카사가 있을 리 없는데.

이마니시는 어머니가 데려온 피아노 선생님이었다. 카에데, 지금 다니는 피아노 학원 선생님은 너랑 안 맞아. 새로운 선생님이 널 봐주실 거야.

그 무렵 카에데의 눈에는 어머니가 늘 외로워 보였다.

아버지는 일 때문에 지방에 발령 나가 있었고 카에데도 중학생이 되자 집을 비우는 시간이 많았다. 어머니의 지시에 카에데는 특별히 불만이 없었던 피아노 학원을 그만두었다.

이마니시가 처음 집에 왔을 때는 젊고 멋진 남자라 놀랐다. 피아노 교사로서 실력도 나쁘지 않았다. 납득 못할 이유로 카에데를 혼내지 않았고 수업 방식도 탁월했다. 카에데의 긴장을 풀어 주려고 수업 전후와 중간에 재미있는 이야기를 자주 들려줬고 어머니가 끓여 준 홍차를 마시는 모습은 진지하고 우아했다.

서툰 피아노 연주 소리가 다시 끊긴다. 툭 하고. 갑작스럽게.

그날은 수업일이 아니었다. 어머니가 질 좋은 와인을 구했다며 이마니시를 저녁 식사에 초대했다. 술이 약하다는 그의 말마따나 이마니시는 한 잔만 마시고도 얼굴이 붉어졌다. 어머니는 즐겁게 음식을 권하며 그의 잔에 와인을 두 잔, 세 잔 계속 따라 줬다. 잔이 비는 틈이 없었고 얼마 후 이마니시는 잔을 손바닥으로 덮으며 말했다. 이제는 정말 괜찮습니다. 그러나 어머니는 그의 손을 살며시 치웠다. 사양 말고 더 드세요. 딸이 신세를 지고 있으니 이렇게라도 보답해야죠. 선생님이 봐주시고 나서 실력이 훨씬 빠르게 늘고 있답니다. 그렇지? 카에데. 카에데는 빙긋 웃으며 고개를 끄덕였다. 저도 선생님을 아주 좋아해요. 그런 태도를 보이면 어머니가 기뻐하리란 걸 알고 있었다.

어머니는 정말 신이 나 보였다. 비어 버린 와인 두 병을 들더니 "한 병 더 가져올게요" 하고 비틀거리는 걸음걸이로 거실을 나갔다. 그렇게 즐거워 보이는 어머니를 그전까지 본 적이 없어서 카에데는 '이제는 그만해'라는 말을 몇 번이나 집어삼켰다. 눈이 풀린 이마니시는 꼭 척추가 휜 사람처럼 소파에 몸을 기대고 있었다.

와인 병을 가지러 간 부엌에서 아마 깜빡 졸지 않았을까. 좀처럼 돌아올 기색이 없는 어머니를 기다리는 동안 카에데는 자신이 마시던 우롱차를 이마니시의 잔에 따라서 내밀었다. 잔을 받아든 이마니시의 손가락은 피아노 건반을 정확히 짚는 손가락과 전혀 다르게 덜덜 떨리고 있었다. 잔은 결국 이마니시의 몸 위로 떨어졌고 바닥에 깔린 카펫을 적셨다. 다행히 잔이 깨지지는 않았지만 카펫과 이마니시의 옷이 얼룩지고 말았다. 카에데는 재빨리 냅킨을 가져와 이마니시의 허벅지에 냅킨을 갖다 댔다. 꽃무늬 냅킨이 갈색 액체를 머금었다.

서툰 연주가 다시 시작되자 카에데는 퍼뜩 정신을 차

렸다. 땀이 줄줄 흐르고 있다. 무의식중에 손목을 움켜쥐고 있다. 그날 이마니시가 움켜쥐었던 손목. 이성을 잃은 이마니시는 카에데에게 몹쓸 짓을 저지르고 말았다.

귀를 찌르는 불협화음이 울려 퍼진다. 카에데는 소리에 떠밀리듯 뛰기 시작했다. 주변 집에서 새는 불빛을 짓밟고 뭉개며 무아지경으로 달린다.

정신을 차리고 주위를 둘러보니 작은 공원이었다. 뿌연 불빛을 내뿜는 가로등 밑에 텅 빈 그네가 멈춰 있다. 갈비뼈까지 전해지는 심장 소리. 내 안에 숨어 있는 소녀가 밖으로 나오려고 두드리는 걸까. 순간 숨이 가빠서 무릎에 두 손을 얹었다. 매미가 나온 흔적인지 메마른 땅 이곳저곳에 구멍이 뚫려 있다. 섬뜩한 풍경이다.

—당신은 당신이 어떤 사람이라고 생각해?

사토루의 말에 매달린다. 현명하고 강한 카에데. 사토루가 아는 나.

나는 더 이상 그때 그 아이가 아니다. 난 돌아가지 않는다. 두 번 다시. 그때로는.

집에 가려고 다시 몸을 일으켰다.

눈앞에 사람이 있었다.

분홍색 머리카락. 얼굴 대부분을 차지하는 큼지막한

274

눈망울. 흔들리지 않는 만면의 미소. 〈히로인〉에도 매월 등장하는 여아를 대상으로 한 애니메이션 속 여주인공이다. 그 여주인공의 얼굴을 하고 있다. 눈 부분에는 구멍이 뻥 뚫렸고 안에서는 살아 있는 인간의 검은 눈동자가 보인다.

비명을 질렀을까. 머릿속이 아득하고 시야가 기우뚱 흔들린다.

"뭐 하는 거야!"

"내가 이런 거 아니야. 자기 혼자 쓰러진 거라고."

어디선가 남녀가 소리치는 소리가 들렸다. 암흑 속에서 알파벳 글자가 흔들리고 있다.

저건, S…….

눈을 떴을 때는 어디 있는지 분간되지 않았다. 흰 천장과 긴 형광등. 침대는 오프화이트색 커튼으로 둘러싸여 있다. 팔이 묵직해서 들어 보니 링거 튜브가 연결돼 있다. 병원 특유의 냄새가 났다.

눈을 몇 번 깜빡이고서야 병실임을 깨달았다. 정신을 잃고 병원에 실려 온 듯하다.

의식이 조금씩 또렷해지자 병원에 오기 전 광경이 눈꺼풀 안쪽에 되살아났다. 애니메이션 여주인공의 얼굴.

뒤이어 눈앞에 선 사람. 그리고 알파벳 S자를 본뜬 핑크 골드색 귀걸이.

문을 두드리는 소리와 신발 끄는 소리가 이어지더니 커튼 밖에서 누군가가 카에데를 불렀다. 입을 열어 대답하자 사람 좋아 보이는 간호사가 둥근 얼굴을 들이밀었다. 간호사가 설명하기로 지금은 저녁 8시 30분이고 쓰러졌을 때 크게 다치지는 않았지만 수면과 영양 부족이 심각한 상태라 오늘 하룻밤은 입원해야 한다고 했다. 4인실이지만 카에데밖에 없어서 핸드폰을 써도 괜찮다고도 했다.

"감사합니다"하고 대답했지만 연락할 상대는 없다. 사토루에게 전화해도 출장지에서 돌아올 정도는 아니고, 왜 그런 곳에 가 있었느냐고 물으면 할 말이 없다. 아버지에게 알릴 일도 아니다. 해야 할 일이라곤 회사에 전화해서 내일 하루 더 쉬어야겠다고 말하는 것 정도일까.

"그리고 카에데 씨를 찾아온 분이 있는데 만나시겠어요? 구급차를 타고 함께 오신 분인데."

굳이 누군지 묻지 않아도 알 수 있었다.

"네, 불러 주세요."

간호사는 주사액이 떨어지는 속도를 조절하고 병실

을 나갔다.

뒤이어 들어온 미즈미네는 누가 봐도 울고 있었던 걸 알 수 있었다. 두 눈이 퉁퉁 부었고 작은 코가 빨개진 것으로 모자라 파운데이션과 마스카라가 뒤섞여 한 줄로 흘러내리고 있다.

"죄송해요……."

고개를 깊숙이 숙인 미즈미네의 귀에는 그 S자 모양 귀걸이가 없었다.

"귀걸이는?"

물어볼 건 그 밖에 산더미처럼 많은데도 일단 머릿속에 떠오른 의문을 입에 담았다. 희한하게도 화가 나지는 않았다. 충격과 공포를 비롯해 다양한 감각이 마비된 듯하다. 투박한 형광등 불빛이 병실과 잘 어울린다고 느꼈다.

"버렸어요."

미즈미네는 앉지 않고 그대로 서서 대답했다. 비음 섞인 목소리에 울음이 섞였다.

"죄송해요. 선배가 이렇게 된 건 저와 제 남자 친구 탓이에요. 일러스트레이터 나카타니 미게루. 본명 나카타니 시게루요."

미즈미네는 전에 귀걸이의 S가 두 사람 이름의 공통된 이니셜이라고 했다. 시오리의 S와 시게루의 S. 나카타니의 본명을 모르던 카에데는 생각지도 못한 인물의 등장에 당황한 나머지 맥이 탁 풀렸다. 조만간 큰코다칠 거야. 나카타니가 회사를 찾아온 날 휴게실을 나가면서 입에 담은 말이 머리를 스쳤다.

"남자 친구는 〈히로인〉 계약이 끊긴 뒤로 늘 불만이 심했어요. 잠시 다른 잡지에서 일을 받아서 하기도 했지만 그 잡지마저 폐간되자 모든 게 카에데 선배 탓이라면서 화를 냈죠. 저도 남자 친구의 그림을 좋아했으니 그 심정이 아예 이해가 안 되지는 않았고요."

분명 예전에 미즈미네와는 일러스트레이터 교체 문제로 부딪친 적이 있었다. 그때 잘 설득했다고 생각했건만 속으로는 여전히 이해 못 하고 있었던 걸까.

"그래서 제가 남자 친구에게 선배의 나우두 계정을 알려 준 거예요."

대번에 온 신경이 곤두섰다. 미즈미네가 조심스럽게 고개를 든다.

"선배 맞죠? '하늘색 소다'요. 그전에는 '이로하'."

"어떻게 알았어?"

그 누구에게도 알려 주지 않았는데.

"언젠가 편집부에 도착한 과자 이름을 검색하다가 '이로하'의 나우두 계정을 발견했어요. 내용을 보니 아무래도 우리 회사 사람인 것 같아서 처음부터 끝까지 글을 확인했고 선배 계정인 걸 알게 됐어요."

방심했다. 카에데는 자신을 저주하고 싶었다.

"그래서 '이로하'에게 메시지를 보내서 친구가 된 거구나. 정체를 숨기고."

"그때는 가벼운 마음이었어요. 아는 사람인 걸 밝히지 않아야 속도 터놓을 수 있다고 생각해서……."

"네가 '딸기 밤비'였니?"

"네. '이로하' 계정과 친구를 맺었던 '딸기 밤비'는…….

"'하늘색 소다' 계정에 메시지를 보낸 '딸기 밤비'는 나카타니 씨였고?"

계정을 해킹당한 게 아니라 직접 넘긴 것이었다.

미즈미네는 힘없이 고개를 끄덕이고 시선을 떨궜다. 투명한 눈물이 바닥에 똑똑 떨어지는 광경을 카에데는 싸늘히 식은 마음으로 바라봤다.

"그러다가 '하늘색 소다'에게 차단을 당했고 그 뒤로는 선배의 메일 주소를 알려 줬어요. 그런데 선배가 메일을 받은 다음 날부터 갑자기 회사에 나오지 않아

서……. 너무 심했구나 싶어 이제는 그만하자고 한 거
예요."

"그런데 내가 오늘 사키모리 씨 집에 찾아갈 것도 그
에게 알려 줬잖아."

그 사실을 아는 사람은 미즈미네뿐이었다.

"남자 친구가 더 이상 메일을 보내지 않을 테니 마지
막으로 선배가 갈 곳을 알려 달라고 했어요. 해코지할
건 아니고 그냥 조금 위협만 할 거다. 이걸로 정말 끝낼
테니 계속 알려 달라고 애원해서……. 결국 그렇게 해
서라도 마음이 풀리면 괜찮을 것 같아 알려 주고 만 거
예요. 만약의 상황에 대비해 저도 오늘 회사에 미팅이
있다고 거짓말하고 그를 따라 나갔는데, 설마 정신을
잃을 정도로 선배가 충격을 받을 줄은……."

"구급차는 네가 불렀어?"

"네, 당연하죠."

미즈미네는 예상 못 한 질문이란 듯이 고개를 들었다.
귀걸이 없는 귓가가 빨갛게 물들어 있다.

"그런 상황에서 그는 선배를 그냥 내버려 두고 도망치
자고 하더라고요. 어떻게 그럴 수 있어요?"

꾹 다문 입술이 바르르 떨린다. 눈물에 젖어 번뜩거리
는 입술이 징그러운 괴물처럼 보인다.

"정말 비겁한 인간이에요. 저희가 불륜 관계였다고 제가 전에 말씀드렸죠? 실은 그것도 사실이 아니에요. 나카타니는 지금껏 결혼한 적이 없었어요. 그냥 저랑 결혼하기 싫으니 거짓말을 한 거예요. 그런 관계는 일찌감치 정리하라고 주변 사람들이 조언해 줬는데, 다 제가 바보 같아서…… 스스로 그런 저 자신을 이성적인 인간이라고 믿었으니 우스울 따름이죠."

미즈미네는 미소 지으려고 애쓰는 듯했다. 그러더니 한숨을 내쉬고 허리를 꼿꼿이 세운다.

"병원에서 나가자마자 경찰서에 가서 모든 걸 털어놓을 생각이에요. 오늘 일뿐만 아니라 나우두 계정과 메일을 통해 선배를 괴롭혔다는 이야기도요."

"정말 그뿐이야?"

그러자 미즈미네의 얼굴에 순간 당혹감이 깃들었다.

"네? 그게 무슨 말씀이세요?"

연기처럼 보이지는 않는다. 그러고 보면 미즈미네는 나카타니에게 카에데가 사는 곳을 알려 줬다고 하지는 않았다. 그럼 그 일들은 뭘까. 스토커처럼 날 따라다니던 사람은 누굴까.

"혹시 네가 모르는 곳에서 나카타니 씨가 다른 짓을 저지르거나 하지는 않았을까?"

"그런 일은 없었을 거예요. 그 사람은 뭔가 일을 벌이면 제게 꼭 무용담처럼 자랑했으니까요. 저, 설마 다른일이 더 있었던 건가요?"

털어놓을 생각은 없었다. 미즈미네는 내 편이 아니다.

거듭된 질문을 흘려들으며 카에데는 말없이 침대에 누워 있었다. 내 안에 있는 소녀가 무표정한 얼굴로 지그시 날 바라보고 있다. 미즈미네와 나카타니가 '딸기밤비'라면 두 사람이 네 과거 일기장도 봤다는 뜻이야. 네가 쓴 일기 내용이 알려졌다는 뜻이야. 이대로 둬도괜찮겠어?

"이만 전 경찰서에 가 볼게요. 정말 죄송했어요."

정말 괜찮겠어?

커튼이 닫힌다. 미즈미네가 가다가 갑자기 멈춰 섰다.

"믿어 주실지 모르겠지만, 전 선배를 좋아해요."

그 말을 어떻게 받아들여야 좋을지 알 수 없었다. 그렇게 날 괴롭힌 주제에 좋아한다니.

눈을 감자 베개에 머리가 빨려드는 느낌이 들었다. 다행히 소녀는 나오지 않았다.

주사액 덕분에 잠시나마 눈을 붙일 수 있었다.

카에데는 다음 날 아침 전철을 타고 집에 가 곧장 거

실 선반으로 향했다. 상자를 들어 안에 든 물건을 모두 밖으로 꺼냈다. 쓰다 만 립스틱, 스킨로션 샘플 같은 잡동사니 속에서 찾으려던 물건을 집어 든다. 스카이블루색 접이식 나이프. 칼날을 꺼내 손에 들고 집 안을 샅샅이 뒤진다. 아무도 없고, 누가 들어온 흔적도 없다.

집 안의 모든 커튼을 치고 이음새까지 전부 확인했을 때는 온몸이 땀에 흠뻑 젖어 있었다. 바깥도 덥지만 모든 통풍구를 막아 버린 집 안은 거의 사우나 수준이었다.

문득 집에 들어올 때 폼의 인사를 듣지 못한 것을 깨달았다. 창문 앞에 가 보니 폼은 새장 구석에 축 늘어져 있다. 더위와 스트레스 때문에 날뛰었는지 새장 안에 깃털이 잔뜩 떨어져 있다. 카에데는 곧장 에어컨을 켜고 새장 위에 시원한 아이스팩을 올린 후 물과 사료를 갈아 주었다.

"미안. 이제 괜찮아."

그러나 폼은 부리를 뻐끔거리기만 하고 대답하지 않았다. 동공이 작아진 눈에 카에데가 비치는지도 알 수 없다.

이 아이가 내 말에 대답하지 않다니. 나를 보지 않다니.

카에데는 새장 앞에 얼굴을 바짝 들이밀고 잡아먹을 듯이 폼을 봤다. 포도색 눈. 하늘을 품은 배. 나의 폼. 폼, 엄마 말 안 들리니?

폼이 좋아하는 소송채를 사 오기로 했다. 샤워를 마치고 어제부터 입고 있었던 옷도 갈아입고 용기 내어 집을 나섰다. 주변에 수상한 사람은 없었다.

그러나 집에 돌아온 카에데는 거실에 들어서자마자 비닐봉지를 바닥에 떨어뜨렸다. 이래도 소용없다는 것을 이미 알고 있다.

폼은 죽었다. 한눈에 봐도 알 수 있었다.

창백한 몸은 붉게 물들었고 배에 있는 하늘도 이제는 찾아볼 수 없다. 새장 앞 흠집투성이 바닥에는 마찬가지로 붉게 물든 나이프가 떨어져 있다. 원래는 스카이 블루색이었던 나의 나이프.

카에데는 힘없이 제자리에 주저앉아 두 손으로 어깨를 감쌌다. 떨리는 팔을 움켜쥐자 손톱이 살결에 박힌다.

"미안, 폼. 정말 미안해."

위험한 것을 알면서도 폼을 집에 그냥 내버려 두었다. 곁에 있어 주기를 바랐으니까. 괜찮을 거라면서 근거 없는 말로 나 자신을 속였다. 그래서 폼은 결국 죽고 말

왔다.

이걸로 만족해? 지금도 근처에서 웃고 있을지 모를 누군가에게 힘없이 묻는다.

이제는 아무래도 상관없다. 폼과 함께 나도 죽었다.

어떻게 시간을 보냈는지 모르는 사이에 아침이 왔다.

오랜만에 회사에 출근한 카에데를 동료들이 복잡한 얼굴로 맞아 주었다. 뭘 어디까지 알고 있을까. 미즈미네의 모습이 보이지 않는 건 경찰서에 간 일과 관련 있을까. 자리에 앉으니 편집장인 기쿠치가 다가와 앞으로의 일들에 관해 상의하자고 했다. 앞으로의 일. 와닿지 않았다.

복도에서 스마트폰을 손에 든 구와타를 발견했다. 비밀 통화를 하듯 벽을 보며 입가를 손으로 가리고 있다.

"그래. 유치원에서 연락받았어. 대체 왜 그렇게 못되게 구는 걸까? 뭐? 외로워서라고? 설마 내 탓이라는 거야? 육아 이야기만 나오면 늘 잘난 척하던 주제에 이제 와서 내 탓으로 돌리다니. 당신도 결국 말뿐이었네. 난 회사에서 원하지 않게 부서까지 옮겼어. 내 시간과 하고 싶은 일까지 전부 희생했다고. 나한테 뭘 더 원해!"

표정은 잔뜩 일그러졌고, 깔끔하고 산뜻하고 부담 없지도 않다. 노래방에 갔던 날 밤 육아 이야기가 나오자 정색하던 구와타의 모습이 떠올랐다.

나 자신을 이성적인 인간이라 믿었다. 미즈미네가 그렇게 중얼거리던 목소리도 귓가에 되살아난다.

구와타는, 미즈미네는 실제로 어떤 사람들일까.

전화를 끊은 구와타와 눈이 마주쳤다.

"이런 모습은 보이고 싶지 않았는데."

구와타는 인상을 썼지만 뺨이 부자연스럽게 웃고 있다. 평소와 다르게 당황하는 모습을 보이더니 잠시 후 마음을 굳게 먹은 것처럼 입을 크게 벌리며 말했다.

"나 말이지. 나와 미즈미네, 그리고 너까지 세 사람은 같은 편이라고 생각해. 그러니 네가 돌아와서 기쁘고 미즈미네도 얼른 복귀했으면 좋겠어. 잘 왔어."

순간 눈앞에서 누군가가 손가락을 탁 튕긴 느낌이 들었다. 구와타의 입버릇을 비웃고 무신경한 모습을 미워하던 나 자신을 돌아본다.

―당신은 당신이 어떤 사람이라고 생각해?

사토루의 목소리가 하늘에서 들리는 듯했다.

난 어떤 사람이 되고 싶었을까.

현명하면서도 강한 사람. 남에게 못되게 구는 사람이 되고 싶었던 것은 아니다.

그러나 이제 와서 후회해 봐야 소용없다. 의미 없는

일이다.

〈히로인〉 마감일은 날씨가 맑고 쾌청했다. 높은 하늘
에서 사라져 가는 여름 향기가 풍겼다.

카에데는 창밖을 멀뚱히 바라보다가 탁상 위에 있는
달력을 넘겼다. 〈백 엔으로 변신! 히어로&히로인〉은 핼
러윈 한 달 전에 전국 서점에 깔릴 것이다. 그 무렵 나는
어떻게 돼 있을까.

사키모리에게는 무사히 마감했다고 메일을 보냈다.
이제 '소라파파'의 연락처를 묻고 싶지는 않았다. 내 손
으로 뭔가를 할 단계는 지났다.

출장을 마치고 돌아온 사토루는 새장 안에서 죽은 폼
을 보고 경찰에 신고할 것이다. 동물을 죽인 사람에게
는 기본적으로 재물 손괴죄를 묻는다. 하물며 바깥도
아닌 집 안에서 죽었다. 범인을 찾는 과정에서 그동안
카에데가 겪은 일들이 드러나게 될 것이다. 카에데의
비밀도.

그 순간을 상상해도 눈물은 나지 않는다. 두렵지도 않
다. 아무것도 느껴지지 않는다.

금요일 밤이지만 구와타와 어디를 갈 기분은 아니어
서 곧장 집에 돌아갔다.

그대로 둔 폼의 시신에서 슬슬 악취가 풍기기 시작했다. 시간이 흘러 폼이 액체로 변하고 급기야 기체화되면 호흡을 통해서 내 안에 들어올까. 집 안이 꽉 닫혀 있으니 다른 곳으로 도망치지도 못할 것이다.

스마트폰이 진동하는 소리가 들렸다. 내 것은 아니다. 소리를 쫓아 방황하다가 사토루가 침실에 두고 간 폰을 발견했다. 일할 때는 회사에서 지급된 폰을 쓰니 업무에 지장은 없을 것이다. 그리고 보니 출장을 떠난 후 지금껏 사토루에게서는 연락이 없었다.

스마트폰이 계속 진동했다. 화면을 보니 회사에서 온 전화다. 가만히 보고 있으니 잠시 후 끊겼지만 금세 다시 걸려 왔다. 절박하게 사토루를 찾고 있다.

카에데는 망설이다가 결국 전화를 받았다.

—휴, 이제야 받는군요.

안도하는 듯한 젊은 남자의 목소리.

"대신 전화 받았어요."

—앗, 그런가요?

"죄송해요. 아무래도 깜빡하고 폰을 두고 간 것 같은데."

—그렇군요. 그런데 아까부터 업무용 전화도 안 받던데. 아무튼 가족분께 연락이 닿아서 다행입니다. 혹시

지금 병원이신가요?

"네? 병원요?"

가장 먼저 머리를 스친 것은 '사토루가 설마 사고라도 당한 걸까?' 하는 의문이었다.

—지바키타 종합 병원이라고 했던 것 같은데요. 일정을 급히 취소하고 그곳에 가고 있다고 한 시간 전쯤에 본인에게 전화가 걸려 와서요. 그런데 역 안이라 그런지 시끄럽고 목소리가 잘 안 들려서.

그러자 뒤에서 "이봐" 하고 질책하는 듯한 목소리가 들렸다. "네? 왜 그러시죠?" 하고 짜증을 부리며 대답하는 목소리. 유족한테 말투가 그게 뭐야? 예? 전 그런 이야기는 못 들었고 애초에 이건 제가 할 일도 아니잖습니까.

"저……."

카에데가 머뭇거리며 입을 열자 남자는 다시 토라진 듯한 목소리로 말했다.

—우선 명복을 빕니다.

"명복…… 이라뇨?"

—아, 그게, 그러니까…… 부인의 명복을 빕니다.

남자의 말을 어떻게 이해해야 좋을지 알 수 없었다. 마치 사토루의 아내가 죽었다는 것처럼 들린다. 아니,

상대는 지금 분명 그렇게 말하고 있다. 당사자의 아내를 향해.

혹시 뭔가 착각하고 있는 걸까. 장난 전화? 신종 사기나 보이스피싱? 아니면 내 머리가 이상한 걸까.

—여보세요? 아무튼 일 문제로 급히 할 말이 있으니 혹시라도 병원에서 만나면 회사에 연락 좀 해 달라고 전해 주십시오. 병원 쪽에도 미리 말해놨지만 만약을 위해. 그럼 잘 부탁드립니다.

끊지 말라고 말할 타이밍을 놓쳤다. 다시 걸어도 그는 전화를 받지 않았다.

카에데는 결국 자세한 사정을 알지도 못하고 일단 그가 알려 준 병원을 찾아보기로 했다. 그러나 사토루의 스마트폰에는 암호가 걸려 있어서 전화는 걸려도 다른 조작은 불가능했다. 평소 꼼꼼함과 거리가 먼 사토루가 폰을 잠가 두고 있을 줄은 예상하지 못했다.

카에데는 어쩔 수 없이 자신의 스마트폰으로 병원 정보를 찾았다. 지바키타 종합 병원. 나왔다. 지금 가면 아마 밤 9시에는 도착할 것이다. 여기 멍하니 있어 봐야 폼과 함께 썩어 갈 뿐이다.

가장 가까운 역에서 병원까지 버스로 갈 수 있지만 결국 참지 못하고 택시를 잡아탔다. 어둠에 잠긴 차창 너머에서 시랍 같은 여자의 옆얼굴이 비친다. 택시 기사는 카에데에게 말을 걸지 않고 운전에만 집중했다.

지바키타 종합 병원은 건물 앞에 사거리가 있는 대형 병원이었다. 하늘을 등지고 있어선지 공항을 연상케 한다. 택시가 떠나며 전조등 불빛이 눈에 비치자 머릿속이 샛노래졌다.

안내 표시를 따라 방문객용 야간 출입구로 향했다. 병원 안은 인기척이 없고 어두웠다.

접수창구에서 뭐라고 해야 할지 잠시 고민하다가 일단 사토루의 이름을 대자 직원은 뭔가 알고 있는 것처럼 병실을 알려 주었다. 표정이 침통하다. 아무래도 사토루의 아내가 이곳에 있다는 말이 사실인 듯하다. 그럼 역시 내가 이상한 걸까.

직원이 내민 종이에 필요 사항을 적고 엘리베이터를 타고 올라가 복도를 걸었다. 내가 아닌 다른 누군가가 내 몸을 조종하고 있다. 분명 내 안에 숨어 사는 소녀다.

병실에서 새어 나오는 빛 속에 남자가 서 있었다. 보통 키, 보통 체격에 짧은 머리. 양복을 입었고 안경을 썼다.

사토루다. 카에데가 부르기도 전에 남자가 먼저 돌아봤다. 사토루의 얼굴은 표백된 것처럼 새하얗다. 카에데의 머릿속은 아직 노랗게 물들어서인지 약간 노래 보이기도 했다.

무심코 발걸음을 멈췄다. 사토루의 입이 천천히 열린다.

그때 병실에서 간호사가 얼굴을 내밀어 사토루를 불렀다. 간호사의 옷이 하얗다. 그렇게 인식한 순간 피가 급격히 온몸을 타고 돌며 관자놀이가 꿈틀거렸다. 사토루가 병실에 빨려들어 간다. 종종걸음으로 그를 뒤따라가려고 했지만 교대하듯 밖에 나온 간호사에게 제지당했다.

"죄송하지만 가족분들 외에는 들어가실 수 없습니다."

"가족이라뇨. 전."

목소리가 갈라진다.

"대체 누가 죽었다는 거예요?"

그러자 간호사는 얼굴을 잔뜩 찌푸리며 문이 제대로 닫혔는지를 확인하듯 뒤를 힐끗 봤다.

"실례지만 어떤 관계이시죠?"

"전 사토루의, 다나시마 사토루의 아내예요."

흰옷을 입은 문지기는 흠칫 놀라더니 더욱 경계를 굳히는 듯 보였다.

"다나시마 사토루 씨의 아내분은 금일 병원에서 사망하셨습니다."

당장 말이 나오지는 않았다. 또다. 모두가 사토루의 아내가 죽었다고 입을 모아 말하고 있다. 여러 사람이 합세해 날 죽이려 하고 있다. 눈앞이 번쩍일 만큼 극심한 두통이 덮쳤다.

"그러니까, 다나시마 사토루의 아내는."

"다나시마 미유키 씨. 5년 전부터 이 병원에 입원해 계셨습니다."

꼭 자기가 증인이라도 되는 것처럼 간호사는 가슴을 펴고 말했다. 노골적으로 의심하는 눈빛으로 따지고 있다. 그래서, 당신 도대체 누구야?

카에데는 그녀의 눈빛에 제압돼 뒤로 비틀거렸다. 어깨에 멘 가방 손잡이를 꽉 붙든다.

다나시마 미유키. 다나시마 사토루의 아내. 보증할 사람도 여러 명 있는, 누가 봐도 확실한.

그럼, 하지만, 나는.

머리가 쪼개질 것 같다. 심장이 입 밖에 튀어나올 기세로 격렬하게 뛴다.

저기, 그러니까 나는.

문 너머에서 사토루의 모습을 찾으려고 했다. 온몸을

기울여 대답을 기다린다. 그러나 병실 문은 굳게 닫혔고 그 안은 쥐 죽은 듯이 고요했다.

사토루는 오지 않는다.

카에데는 허리를 꼿꼿이 세운 채로 문을 보며 입을 열었다.

"제 이름은 아야노 카에데. 사실혼 관계라 보증할 서류는 없지만 다나시마 사토루의 아내였습니다."

간호사의 반응은 필요치 않다. 카에데는 반지를 뽑아 바닥에 집어 던지고 병실을 등졌다. 사토루는 쫓아오지 않았다.

병원을 나가려고 할 때 누군가 숨을 헐떡이며 외치는 소리가 귀에 꽂혔다.

"다나시마 미유키 씨는 지금 어디에?"

다나시마 미유키. 조금 전 닫힌 병실 앞에서 들은 이름이다.

목소리가 들린 쪽을 보고 흠칫했다. 접수창구에서 몸을 앞으로 뻗고 있는 사람은 사키모리다. 지금 막 뛰어왔는지 옆얼굴이 땀에 젖어 반짝이고 있다. 구겨진 티셔츠와 닳아빠진 비치 샌들. 제대로 준비도 못 하고 집을 뛰쳐나온 듯 보인다.

"다나시마 미유키……."

거의 무의식적으로 카에데가 그 이름을 입에 담자 사키모리는 용수철처럼 고개를 돌렸다. 카에데를 보며 눈을 부릅뜬다. 지금껏 여러 번 사키모리의 눈을 봐 왔다. 그러나 이토록 혼란 섞인 눈빛을 보는 건 처음이었다.

"'소라파파' 씨의 아내여서 저도 알고 지내는 사이였습니다."

사키모리는 기관총처럼 빠르게 내뱉고 다시 접수창구를 돌아봤다. 머릿속에 병실에 빨리 가야 한다는 생각밖에 없는 듯하다.

심장이 크게 한 번 뛰었다. 시야에 비치는 모든 풍경이 일그러진다.

다나시마 사토루에게는 미유키라는 이름의 아내가 있었다. 그뿐만이 아니다. 다나시마 사토루가 바로 '소라파파'였다.

'소라파파'에게는 딸이 있다. 사토루의 딸.

—역시 어른 둘이 사는 삶은 편하다니까.

아아, 그래서.

"그럼 전 이만."

병실 호수를 들은 사키모리가 달음박질치듯 카에데의 옆을 지나 뛰어갔다. 발소리가 들리지 않아도 카에데는 그 자리에 우두커니 서 있었다. 접수창구 직원이 말을 걸어도 다리는 움직이지 않는다. 어디로 가야 좋을지 알 수 없다. 어디로 돌아가야.

정처 없이 발걸음을 떼다가 문득 정신을 차리니 카에데는 자신이 사는 아파트를 올려다보고 있었다. 이곳 말고는 갈 곳이 없다고 생각하니 신세가 처량했다. 새카만 창문이 얼음장처럼 차가워 보인다. 폼은 이미 없다. 사토부도 돌아오지 않을 것이다. 나는 외톨이가 되고 말았다. 아니, 지금까지 계속 외톨이였을까. 내 편은 없다. 누구도 나를 사랑하지 않는다. 내 앞에서는 모두 거짓말만 했다.

"카에데."

거의 들리지 않을 정도로 작은 소리라 처음에는 잘못 들었다고 생각했다. 그렇게 날 부를 사람으로 짚이는 사람도 없었다.

"카에데."

이번에는 조금 더 큰 소리로 불렀다. 목에 쌓인 공기를 간신히 발산하는 듯한 목소리다.

돌아보며 고개를 돌린 사람이 내가 아니라고 느꼈다. 이제는 낯익은 무표정한 소녀가 몸을 지배하고 있다. 그날 이후부터 줄곧 그랬을지 모른다. 나는 한때 이 몸을 빌렸을 뿐. 그리고 이제는 돌려줄 날이 왔다.

2미터 정도 떨어진 거리에 한 남자가 서 있었다. 주택가의 좁은 길이 칠흑처럼 어둡고 인적도 없다. 그날 밤 길에서 미행당한 기억을 떠올린다. 심장이 빠르게 뛰는 듯하지만 빌린 몸이라 그런지 크게 느껴지지는 않았다.

남자가 천천히 발걸음을 뗐다. 카에데는 가방을 꼭 쥐었다. 비쩍 마른 몸에 휘청거리며 걸어와서 처음에는 노인인 줄 알았지만 거리가 좁혀질수록 생각보다 젊은 남자인 것을 깨닫는다. 나이는 40대 중반 정도. 아니, 그보다 조금 많을까. 남자의 얼굴이 점차 또렷해지자 카에데는 침을 꿀꺽 삼켰다. 아는 얼굴이다. 16년의 시간만큼 나이가 들었고 다소 여위기는 했어도 단정한 외모는 변하지 않았다. 뭔가를 골똘히 고민하는 얼굴이다. 기이하게 커 보이는 눈을 한 번도 깜빡이지 않고 카에데의 몸을 관통할 것처럼 응시하고 있다.

카에데는 그대로 서서 온몸으로 호흡하고 있었다. 경련하듯 온 피부에 소름이 돋았고 식은땀이 줄줄 흐른다. 어디선가 매미가 죽어 가는지 지글거리는 소리가 들렸다. 단말마의 비명. 그러나 아직 살아 있다. 남자는 아직 살아 있다.

갈라진 입술이 천천히 열렸다.

"드디어 만났군."

떨리는 목소리와 동시에 부릅뜬 남자의 눈에서 눈물이 주르륵 흘렀다. 끝없이 떨어지는 물방울을 닦지도 않고 비틀거리며 다가와 카에데를 향해 두 손을 뻗는다. 피아니스트답게 긴 손가락이다.

소녀는 두 번 다시 이 손가락에 닿고 싶지 않았다. 그런데도 어째서인지 몸이 꼼짝하지 않는다. 비명도 나오지 않는다. 그때와 똑같다.

거실 입구에 우두커니 서 있는 어머니의 모습이 떠올랐다. 지금까지 떠올리지 않으려고 애썼는데. 새가 지면을 박차고 날아가듯 오직 찰나의 순간에 어머니의 눈에 비치던 질투의 기운. 그렇다. 카에데는 알고 있었다. 피아노 수업 일에는 어머니가 거울 앞에 있는 시간이 평소보다 조금 길었던 것을. 어머니가 차에 곁들일 센스 있는 디저트를 사려고 전철을 갈아타고 갔다는 것을.

"카에데."

마침내 이마니시의 손가락이 카에데의 손에 닿았다. 16년의 시간을 뛰어넘어 날 잡으러 왔다.

붉은 피가 튀고, 매미의 날갯짓 소리가 사라진다.

그리고, 정적.

3부

진실

다나시마 5

베갯맡에 있는 코스모스의 꽃잎이 흩날려 미유키의 머리카락을 수놓는다. 며칠 전 미소라가 가져온 것이다. 그때 미소라는 간호사에게 "아직 덥지만 이제 가을이에요" 하고 의기양양하게 말했다고 한다.

미소라가 '입추'라는 단어를 알게 됐다는 것도 모르고 미유키는 잠들어 있다. 자전거를 타게 된 것과 시계를 읽을 수 있게 된 것, 25미터를 헤엄칠 수 있다는 것도 모르고 있다.

임종의 물*에 젖은 입술이 희미하게 미소 짓는 것처럼 보인다. 오래전부터 다나시마 앞에서는 보이지 않던 웃

● 末期の水, 임종하는 사람 입에 넣어 주는 물

는 얼굴이다.

부부 관계는 이미 5년 전에 어그러졌다. 어느 쪽이 먼저 이혼을 입에 담아도 이상하지 않았고 파국은 시간문제였다.

그럴 때 추락 사고가 일어났다. 식물인간이 된 아내와 이혼하는 건 아내를 버리는 거나 마찬가지니 사람들 보기에 좋지 않았다. 애초에 법정에서 이혼을 인정할 가능성도 작았다.

잠들어 있는 미유키는 집안일도 육아도 하지 못했다. 다나시마가 이를 꽉 깨물고 열심히 일해도 격려해 주지 않았고, 다나시마가 벌어들인 돈은 입원비로 족족 사라졌다. 평소에 거의 쉬지도 못하는데 휴일에는 반드시 병문안에 시간을 할애했다. 미유키의 말을 빌리자면 미유키는 다나시마가 버리지 못한 짐 그 자체였다.

물론 사랑한다면 아무리 힘들어도 희생으로 느끼지 않았을지 모른다. 그러나 사랑하지 않았다. 이제는 사랑하지 않았다. 그러니 미유키의 잠든 얼굴을 볼 때마다, 통장에서 돈이 빠져나갈 때마다, 싫은 사람 앞에서 고개를 주억거릴 때마다 다나시마의 마음은 항상 같은 말을 외쳤다.

―힘들어.

차라리 죽었으면. 그랬으면 사랑하지 않아도 슬퍼할 수는 있었을 텐데.

그래서 다나시마는 지금 가슴을 쓸어내렸다. 왼쪽 약지에 끼워진 반지를 차분한 마음으로 바라볼 수 있었다.

오랜만에 손을 갖다 댄 볼은 움푹 파여 메마른 느낌이 들었다. 이제는 장밋빛도 아니다.

"미안."

자기도 모르게 눈시울이 뜨거워졌다. 처음 대화를 주고받은 날 맑은 비 냄새가 되살아난다. 그날도 이렇게 같은 공간에 둘만 있었다.

그때 문을 두드리는 소리가 들리더니 간호사가 연 문으로 유메노가 뛰어들어 왔다. 한 박자 늦게 어머니가 비틀거리는 미유키의 아버지를 부축해 천천히 들어온다. 장인은 애초에 딸의 결혼을 탐탁지 않게 생각했다. 그때 조금 더 강하게 반대해 줬었다면. 애초에 이런 질 나쁜 남자와는 만나지 말라며 화를 내 줬었다면.

다나시마는 장인에게 의자를 양보했다. 장인은 괴로운 것처럼 눈을 몇 번 깜빡이더니 눈물은 보이지 않고 임종의 물에 손을 담갔다.

"미소라는?"

"친구 집에 잠깐 맡겼어. 걘 아직 몰라."

어머니는 넋이 나간 얼굴로 다나시마를 봤다.

"알겠어. 내가 직접 이야기할게. 그런데 장례식 말인데."

목소리가 잠긴 채 대화를 주고받는 어머니와 오빠를 유메노가 눈물 어린 눈으로 바라봤다. 유메노의 눈빛도 이제는 거슬리지 않고 마음 편하다. 어머니처럼 현실적인 도움을 줄 사람이 필요하면서도 미유키를 위해 그저 슬퍼해 줄 사람이 있다는 사실에도 감사했다.

자신을 보는 오빠의 눈빛에서 뭔가를 느꼈는지 유메노의 눈동자가 흔들리더니 새 눈물이 샘솟았다. 어머니는 오열하는 유메노를 재촉해서 사돈을 다시 부축한 채 일찍 돌아갔다. 다나시마는 병원 입구까지 그들을 배웅했다.

복도에 이제 카에데는 없다. 있을 리 없다. 카에데는 어째서인지 이곳에 찾아왔고 모든 것을 깨달았을 것이다. 입이 열 개라도 할 말이 없는 다나시마는 그녀를 쫓아내지 못했다. 그럴 자격이 없었다.

카에데를 처음 만난 곳은 가벼운 마음으로 참가한 단체 소개팅 자리였다. 미유키가 병실에 누운 지 3년이 지났을 때였고 매일 속으로 수없이 '힘들어'라는 말을 외치다가 잠깐 현실을 도피할 목적이었다.

그 자리에서 남들과는 다르게 혼자만의 의견을 제시하는 카에데를 보며 첫눈에 반했다. 출판사에서 편집자로 일한다는 카에데는 경제적, 정신적으로 독립돼 있었고 주장과 요구를 확실히 입에 담으면서 상대에게 쓸데없이 공감을 구하지도 않았다. 자기 문제를 오로지 자기 힘으로 처리할 줄 아는 사람이었다.

이러면 안 된다는 걸 알면서도 처자식의 존재를 숨긴 채 교제를 시작했다. 미유키는 병원에 입원해 있었고 미소라는 본가에 맡겨 뒀으니 미혼으로 속이는 데는 별 어려움이 없었다.

그로부터 시간이 흘러 슬슬 결혼 생각을 하는 카에데를 보며 다나시마는 어떤 계획을 떠올렸다. 평소 대화에서 넌지시 결혼 제도의 문제점을 이야기하고 자신이 결혼 제도에 회의적인 사람임을 어필하며 둘의 관계를 사실혼 방향으로 끌고 간 것이다. 다행히 카에데는 진보적인 가치관을 지녔고 부모님이 이혼한 점도 있어서인지 결혼 제도에 집착하지 않았다. 다나시마는 미유키에게 선물한 것과 똑같은 반지를 카에데에게도 선물했다. 두 반지가 같으면 헷갈릴 염려가 없었다. 그리고 카에데가 사는 아파트에 다나시마가 들어가는 형태로 두 사람의 동거 생활이 시작됐다. 공무원 사택은 그대로 두고 가끔 청소하거나 우편물만 가지러 갔다.

이제 와서 돌이켜보면 그야말로 아슬아슬한 외줄 타기였다. 언제 들켜도 이상하지 않은 수준을 넘어 오늘날까지 드러나지 않은 게 오히려 이상할 정도다. 두려움은 항상 있었다. 죄책감도 들었다. 그래도 벗어나지 못했다.

세 사람과 교대하듯 병실에 들어온 간호사가 다나시마에게 뭔가를 건넸다.

"조금 전 카에데라는 분이 떨어뜨리고 가셨어요."

경멸에 가득 찬 목소리다. 똑같은 반지가 미유키의 약지에도 끼워진 것을 봤을 것이다.

다나시마는 손바닥 위에 올린 반지를 멍하니 내려다봤다. 카에데는 이걸 떨어뜨린 게 아니라 버리고 간 것임을, 오로지 그것만은 이해할 수 있었다.

다나시마는 상주가 되어 바쁘게 장례식 절차를 밟았다. 시간이 쏜살같이 흘러 카에데를 떠올릴 여유도 없었다. 경야 의식과 고별식을 거쳐 미유키가 담긴 관이 마침내 화장장에 들어갔다. 이제는 정말 마지막이다. 앞으로 두 시간에 걸쳐 미유키는 하얀 뼛가루가 된다.

엄마를 태우지 말라고 울부짖던 미소라는 실이 툭 끊긴 인형처럼 다나시마의 품에서 곤히 잠들었다. 두 팔로 안고 있는 작은 몸이 눈물과 땀에 흠뻑 젖었다. 다나시마는 미소라를 대기실로 데려가 의자에 앉힌 후 얼굴을 닦아 줬다. 미소라는 저항하지 않고 커다란 눈을 더 크게 뜨며 다나시마를 뚫어지게 봤다.

"아빠."

"응?"

"구름 위는 항상 맑지? 그럼 엄마도 좋아할 것 같아."

순간 가슴이 턱 메어 말이 나오지 않았다. 아름다운 하늘을 사랑하던 미유키는 딸에게도 '미소라美空'라는 이름을 붙여 줬다. 언젠가 들려준 이야기를 미소라는 지금도 기억 속에 소중히 간직하고 있는 것이다.

눈이 퉁퉁 부은 유메노가 음료수를 가져왔다. 미소라는 고개 숙여 인사하고 음료수를 마셨다.

"어머니는?"

유메노가 "저기" 하고 가리킨 곳을 보니 친지들을 상대하고 있었다. 원래라면 상주가 해야 할 일이다.

"잠깐 다녀올게."

그곳으로 향하는 길에 대기실 구석에 우두커니 서 있는 키가 훌쩍한 사람이 눈에 들어왔다. 한쪽에 마련된

음식에 손대기는커녕 누구와도 말을 섞지 않고 혼자 넋
이 나간 사람처럼 멍하니 허공만 바라보고 있다.

"와 있었나."

곁에 가서 말을 걸자 리이치는 퍼뜩 정신을 차리고 다
나시마를 봤다. 고별식 때는 정신이 없어서 인사도 나
누지 못했다.

"마지막 보내는 길이니."

"고마워. 미유키도 기뻐하겠지."

"눈 감은 모습이 정말 아름답더군."

"응. 꼭 처음 만났을 때 같았어. 그때만 해도 미유키는
괴롭고 힘든 일 따위 모르고 살았는데."

"나름 고생이 많았을 거야. 집은 그럭저럭 사는 편이
었지만 어머니의 반대를 무릅쓰고 진로를 정한 탓에 대
학생 때는 거의 도움도 못 받았다던데."

처음 듣는 이야기였다. 아르바이트를 열심히 하기는
했지만 값비싼 전문 서적을 사기 위한 것이라고 생각했
다. 취미나 옷에 돈을 쓰지 않는 것도 와카 외에 다른 것
에 관심이 없기 때문이라고 여겼다.

"약한 소리를 하거나 부정적인 감정이 담긴 푸념 같은
건 하지 않는 사람이었어."

하지만 그러면서도 상대가 그것을 알아주기를 바랐

다. 미유키의 그런 면을 다나시마는 점차 감당할 수 없었다. 그러나 미유키를 그렇게 만든 사람이 다름 아닌 나 자신이란 것만은 자각했다.

다나시마는 주먹을 꾹 쥐었다. 손이 바르르 떨린다.

"미유키가 떨어진 게 정말 사고라고 생각해?"

"사고가 아니면 뭐겠어. 스스로 몸을 던졌을 리는 없고."

리이치는 침착한 목소리로 말했다. 다나시마가 지금껏 그 가능성을 의심하고 두려워한 것도 이미 꿰뚫고 있을지 모른다.

"나도 그럴 리 없다고 믿고 싶어. 하지만 내가 미유키를 다 아는 건 아니야. 마지막으로 내게 했던 말의 의미도 아직 모르겠고."

"베란다에 나가 봐, 말인가."

"그래서 직접 나가 봤어. 특별한 건 없더군. 하얀 실외기와 화분에 담긴 꽃, 그리고 빨래 건조대가 있었을 뿐."

"바로 그거야."

"뭐?"

"실외기는 그냥 내버려 두면 비와 먼지를 맞아 더러워지지."

다나시마는 순간 입을 떡 벌렸다. 미유키는 자신의 경

험과 감정을 늘 다나시마와 공유하기를 바랐다. 실외기가 깨끗해졌어. 화분에 꽃이 폈어. 빨래가 아주 잘 말랐어. 귓가에서 미유키의 목소리가 들리는 듯하다.

무심코 미유키가 있는 대기실 문 밖을 향해 고개를 돌렸다. 그러자 그곳에 정장 차림의 남자 두 명이 서 있는 모습이 보였다. 상복이 아닌 평범한 양복이다. 눈을 마주치고 서로 인사를 나눴지만 두 사람 다 얼굴이 낯설다. 대기실에 들어오지 않고 문밖에서 다나시마를 지켜보고 있었다.

"저한테 무슨 용건이라도."

다나시마가 다가가서 묻자 두 사람 중 연배가 있는 남자가 "여기서는 좀" 하고 대답했다. 흰머리가 듬성듬성한 머리를 짧게 깎았고 다부져 보이는 몸에 양복을 걸친 모습이 성실한 삶을 연상케 한다.

"잠깐 나가서 이야기하실까요? 오래 걸리진 않을 테니."

말씨는 정중하지만 거절을 허락하지 않는 힘이 있다. 눈빛도 날카로웠다.

두 사람은 다나시마를 주차장으로 데려가 빈 셔틀버스 옆에 멈춰 섰다. 아침부터 흐린 하늘이 지금은 더 어두워졌고 눅눅함을 머금은 열기가 살갗에 들러붙는다.

연배의 남자가 안주머니에서 명함 지갑 같은 것을 꺼
내 다나시마에게 펼쳐 보였다. 위에는 얼굴 사진, 아래
에는 금빛 기장. 형사 드라마 등에서 본 기억이 있는 물
건이다.

"나카노 경찰서 강력계에서 근무하는 구사노라고 합
니다. 다나시마 사토루 씨 맞으시죠?"

"네, 맞습니다만, 형사님이 무슨 일로……."

구사노가 눈썹 끝을 살짝 올렸다.

"아야노 카에데 씨 일과 관련해."

"카에데요?"

순간 몸이 굳었다. 병원에서 마지막으로 본 얼굴이 생
생히 떠올라 서둘러 물었다.

"카에데에게 무슨 일이라도 있었습니까?"

"아, 모르시는군요."

구사노는 수첩과 펜을 든 젊은 경찰을 마주 봤다.

"다나시마 씨가 카에데 씨와 내연 관계였다는 게 사실
인가요?"

다나시마는 주위를 둘러봤다. 멀리 세워진 버스에 올
라타는 상복을 입은 사람들 외에 다른 사람은 보이지
않는다.

"그렇습니다만."

다나시마는 망설임을 떨쳐 내고 순순히 인정했다. 카에데와는 사실혼이라는 단어를 썼지만 아무래도 상관없는 일이다.

"혹시 카에데 씨에게 연락이 오지 않았습니까? 예를 들어 전화로 도움을 요청했다거나."

"도움? 그게 무슨."

"8월 28일 심야에."

"그러니까 그게 대체 무슨 소리……."

대답을 채근하기도 전에 형사가 언급한 날짜가 뇌리에 스며들었다. 그날은 미유키가 죽고 카에데가 모든 것을 알게 된 날이다. 심야라면 카에데가 병원을 나간 이후일 것이다.

"아야노 카에데 씨가 어떤 남성을 살해했습니다."

마침내 눈앞에 제시된 대답을 다나시마는 바로는 이해할 수 없었다.

"네?"

"자택 아파트 앞에서 상대를 흉기로 찔렀습니다. 그것도 여러 번."

구사노의 담담한 목소리가 귀를 그대로 스쳐 갈 뿐 머릿속에 들어오지 않았다. 입을 벌리고 있다는 걸 알아채기 전까지 상당한 시간이 걸렸다.

"카에데가, 사람을 죽였다고요……?"

"믿기 어려우신가요. 안타깝지만 사실입니다. 이미 당사자가 체포됐고 뉴스에도 나왔습니다. 장례식 준비 때문에 바빠서 못 보셨겠지만."

"카에데가 대체 누굴."

목 안이 까끌까끌해 한마디를 내뱉을 때마다 고통을 동반했다.

"이마니시 쓰카사라는 남자입니다. 혹시 이름을 들어본 적 있으신지요."

다나시마는 고개를 양옆으로 흔들었다.

"카에데 씨가 중학생 때 피아노 가정 교사였다고 합니다. 이름은 못 들었어도 그와 비슷한 이야기를 들으신 적 없나요? 오래된 지인에게 연락이 왔다거나."

또다시 고개를 가로저었다. 카에데가 피아노를 배웠다는 것도 처음 듣는 이야기다.

"카에데 씨가 그동안 스토커에게 시달리고 있었던 건 사실입니까?"

그 말에 다나시마는 화들짝 놀라 고개를 들었다.

"그 남자가 스토커였던 겁니까?"

"사실인가 보군요."

"실은 저희가 사는 아파트에서 쓰레기 수거함 테러 사

건이 몇 번 있었습니다. 까마귀가 독을 먹고 죽은 사건
도요. 둘 다 경찰서에 신고됐다고 들었습니다. 그리고
카에데는 밤에 집에 올 때 누가 자기를 따라왔고 이상
한 사람이 집 주변에 서 있었다고 한 적도 있고요."

"카에데 씨의 이야기를 듣고 다나시마 씨는 어떤 생각
이 드셨습니까?"

구사노는 다나시마의 말 속의 미묘한 뉘앙스를 예리
하게 낚아챈 듯했다. 다나시마는 잠시 말문이 막혔다.

"그냥 기분 탓일 거라고……."

"그렇게 생각하신 이유는?"

"카에데는, 그러니까…… 평소에도 상태가 불안정했
습니다. 최근에 정신적으로 궁지에 몰려 있었고, 그래서
있지도 않은 걸 보거나 들었을 거라고 생각했습니다.
쓰레기 수거함과 까마귀 사건도 그냥 악질적인 장난이
지 카에데를 노린 거라고는 생각하지 않았고요."

"카에데 씨는 최근 일주일 이상 회사를 쉬고 집 안에
만 계셨다더군요."

형사들은 이미 이곳저곳에서 증언을 수집한 듯했다.
다나시마가 불쾌한 표정을 지어도 구사노는 개의치 않
았다.

"8월 23일에 다나시마 씨는 여동생과 따님과 함께 쇼

핑몰에 가셨죠. 그곳에서 나카노의 같은 아파트에 사는 주민 고보리 씨를 만나셨을 겁니다."

그러고 보니 그 나이 든 여자의 이름이 고보리였다.

"그때 다나시마 씨는 가족과 함께 왔다고 했지만 고보리 씨는 옆에 있는 여자분이 아내가 아닌 것을 보고 역시 아내분은 못 왔구나 생각하며 안타까워했다고 합니다. 이웃들도 두 분이 사는 집을 관심 있게 지켜보고 있었는지 최근 카에데 씨가 집 밖에 나오지 않는 것과 집 커튼을 전부 쳐 두고 심지어 빨래도 널지 않는다는 것까지 알고 계셨습니다. 고보리 씨가 말하는 '아내분'은 아야노 카에데 씨였겠지요. 덧붙이자면 여동생과 따님은 여동생과 여동생분의 딸이라고 생각했다고 합니다."

그때 유메노는 고보리가 미유키 이야기를 한다고 생각해 화를 냈지만 고보리는 미유키의 존재를 알지 못한다. 다나시마와 카에데가 사실혼 관계인 것은 카에데의 회사 등지에서는 진보적인 선택으로 받아들여졌지만, 두 사람은 꼭 필요한 경우가 아니면 굳이 둘의 관계를 구체적으로 설명하지 않고 여느 부부처럼 행동했다.

"그런 카에데 씨를 혼자 내버려 두기가 걱정되지 않으셨나요? 당분간은 본가에 가지 않고 집에 있어야겠다고 생각하시지는 않았습니까?"

"일이 워낙 바쁜 탓에 평소 딸과 함께 있을 시간이 거의 없습니다. 아시다시피 아이 엄마도 계속 병실에 누워 있었으니 제가 부모 역할을 전부 해야 했으니까요. 카에데는 독립적인 성인이지만 미소라는 아직 여덟 살 어린아이입니다."

"다나시마 씨를 비난할 의도는 없습니다. 혹시 제 말이 공격적으로 느껴졌다면 사과드립니다."

구사노는 진정하라는 것처럼 다나시마를 향해 손바닥을 펼쳐 보였다.

"저 역시 카에데를 걱정하지 않은 건 아닙니다. 단지 여덟 살 딸의 기대를 배신할 만큼 상태가 심각하다고 생각하지 못했을 뿐이죠. 저도 계속 집 밖을 돌아다녔지만 집에 올 때마다 카에데의 상태가 안 좋아지고 있는 건 느꼈습니다. 하지만 제가 돌아가서 대화를 조금 나누다 보면 또 금세 나아지더군요. 심지어 얼마 전에는 이사하고 싶다는 말을 꺼내서 앞으로 다시 긍정적으로 살아 보려는 것 같아서 안심했습니다. 그다음 날부터 또다시 출장이라 집을 함께 보러 다닐 수 없다고 했는데, 그것도 혼자 할 수 있다고……."

"연속으로 집을 비우셨군요."

"제 직장이 출장과 휴일, 밤샘 근무가 워낙 많아서요."

그러니 본가에 갈 때도 그런 이유를 들면 카에데는 의심하지 않았다.

"출장이 꽤 길었던 것 같은데요."

"24일부터 28일까지였습니다."

"그럼 마지막 날에."

"네. 병원에서 연락이 와서 남은 일정을 취소하고 급히 달려왔습니다. 그리고 어떻게 알았는지 그곳에 카에데도."

목소리가 떨리는 것 같아서 입술을 깨문다.

"그때 카에데 씨와 어떤 대화를 나누셨습니까?"

다나시마는 또다시 고개를 절레절레 흔들었다.

"카에데 씨의 상태는 어때 보였죠?"

"섬뜩할 만큼 얼굴에 표정이 없더군요. 아니, 얼굴뿐만 아니라 뭐랄까, 전체적으로……."

"정상적으로 보이지 않았다?"

"그보다 카에데가 아닌 것 같았습니다. 적어도 제가 아는 아야노 카에데는 아니었어요."

그토록 궁지에 몰려 있었을까. 그러다가 다나시마의 배신이 결정타가 되었다. 몸과 마음이 엉망진창이 된 상태로 집에 돌아간 카에데는 길에서 나타난 스토커를 보고 공황에 빠졌을 것이다. 카에데는 상대를 흉기로 여러 번 찔렀다고 한다. 상대가 되살아날 것을 두려워할 때 그렇게 한다는 것을 어디선가 들은 기억이 있다.

"이걸 좀 봐 주시죠."

구사노가 안주머니에서 사진을 꺼냈다. 사진에 찍힌 거실 바닥에 온통 흠집이 나 있었다. 다나시마는 눈살을 찌푸렸다.

"이게 뭐죠?"

"처음 보시나요? 두 분이 함께 사시던 아파트 거실입니다만."

"네?"

"눈치 못 채신 듯하군요. 다나시마 씨가 출장을 떠나 있을 때 벌인 일일까요."

다나시마는 멍한 얼굴로 구사노를 봤다.

"벌였다니, 카에데가 말입니까?"

"23일에 다나시마 씨가 본가에서 돌아왔을 때는 어땠죠?"

대답 대신 새로운 질문이 돌아왔다.

"어땠냐뇨. 카에데가 이런 짓을 했을 리……."

"거실 바닥은 깨끗한 상태였나요?"

다나시마는 "그건……" 하고 말끝을 흐렸다.

"저도 잘 모르겠습니다. 전 거실 쪽에는 최대한 가지

않으려고 했으니까요."

"왜죠?"

"새 알레르기가 있어서."

구사노의 눈동자가 약간 커졌다.

"집에서 잉꼬를 기르셨죠?"

"카에데가 펫숍에 갔다가 첫눈에 반해서 데려왔습니다."

폼의 배에 있는 색을 카에데는 아름다운 하늘에 빗댔다. 하필 미유키가 딸에게 지어 준 이름과 의미가 똑같아서 다나시마는 처음 듣고 섬뜩했지만 그때는 소다 플로트 색과 더 비슷한 것 같다는 말로 대충 얼버무렸다.

"카에데가 원하는 대로 해 주고 싶어서 알레르기가 있다는 건 일부러 숨겼습니다."

다행히 증세가 심하지 않았고 평소 집에 있는 시간도 길지 않으니 숨길 수 있었다. 거실 커튼을 여는 건 카에데에게 맡기고 TV는 부엌에 뒀으며 쉬는 곳은 거실 또는 침실로 정하니 평소에 거실에 들어갈 일도 없었다. 들어가야 할 상황에는 일부러 졸린 척을 하며 눈을 비볐다. 그렇다고 해서 폼을 싫어한 것은 아니다.

"그런가요. 잉꼬는 카에데 씨가…… 많이 아끼셨던 것 같은데."

"그게 무슨 뜻이죠?"

뺨을 타고 땀이 주르르 흐른다. 어느새 온몸이 땀투성이가 돼 있었다.

구사노는 사진을 한 장 더 꺼내서 다나시마에게 보여줬다. 사진을 본 순간 심장이 덜컥 내려앉았다.

"접이식 나이프…… 인가요."

선명한 스카이블루색이고 손바닥에 들어올 만큼 크기가 아담하다.

"이 역시 처음 보신 겁니까?"

그 말에 "네" 하고 대답하는 동안에도 심장이 점차 빠르게 뛰었다.

"카에데 씨가 평소 가방에 넣어 다니셨다고 합니다. 이 나이프가 이마니시 쓰카사 씨와 잉꼬의 목숨을 앗아갔죠. 거실 바닥도 이 나이프와 볼펜으로 흠집을 냈다고 합니다."

바로는 대답할 수 없었다. 땀 때문에 삐뚤어진 안경을 무의식중에 여러 번 고쳐 쓴다. 그 모습을 말없이 지켜보는 구사노의 눈빛이 싸늘했다. 카에데가 버리고 간 반지를 건넸던 간호사의 눈빛과 겹친다. 다나시마는 형사가 처음부터 자신을 경멸하고 있었던 것을 문득 알아차렸다.

"폼은…… 그러니까 그 잉꼬도 죽은 건가요."

"29일 아침에 제가 집에 들어갈 때 이미 악취가 극심하더군요. 더위 속에서 집 안은 사방이 닫힌 밀실이었으니까요. 죽은 건 아마 25일경으로 추정합니다."

카에데가 이사하고 싶다는 말을 꺼낸 지 고작 이틀 뒤다. 모든 게 잘 풀릴 것처럼 보였는데.

"혹시 다나시마 씨는 스토커의 정체에 대해서는 짚이는 바가 전혀 없는 겁니까?"

자기도 모르는 사이에 고개를 숙이고 있던 다나시마는 무거운 머리를 천천히 다시 들었다.

"네? 그 이마니시라는 남자가 스토커 아닌가요?"

"아뇨. 그럼 앞뒤가 안 맞습니다. 이마니시는 나가사키에 살았고 도쿄에는 사건 전날 올라왔다더군요. 저희는 이마니시가 아닌 여러 인물이 다양한 방향에서 그녀에게 스토킹과 괴롭힘을 가한 것으로 보고 있습니다."

"여러 인물? 다양한 방향?"

"자세한 건 말씀드릴 수 없습니다만."

구사노는 짐짓 시치미를 떼며 손목시계를 확인했다.

"생각보다 시간이 길어졌군요. 오늘은 이만 실례하겠습니다. 다나시마 씨는 언제 도쿄에."

"잠깐만요."

다나시마는 목청 높여 구사노의 말을 가로막았다. 이렇게 어중간하게 끝낼 수는 없다.

"이마니시라는 그 사람은 대체 카에데 앞에 왜 나타난 겁니까?"

그러자 구사노는 한숨을 내쉬고 곤란한 것처럼 머리를 긁적였다.

"카에데 씨를 만나러 왔겠죠. 사건 현장은 아파트 앞이고 심야에 사건이 발생했습니다. 장소와 시간으로 판단컨대 우연히 만났다고 보기는 어렵습니다. 그렇다고 그날 그곳에서 만나기로 미리 약속했다고 보기도 어렵고요."

"그럼 이마니시가 일방적으로 찾아왔다?"

"가족과 직장에는 비밀로 하고 올라온 탓에 그의 아내가 실종 신고를 하려고 했다더군요. 최근 이마니시 씨는 정신적으로 상당히 불안정한 상태였다고 합니다."

"잠깐만요. 무슨 말씀이신지 잘 이해가 안 됩니다. 정신적으로 불안정한 상태에서 오래전 피아노를 가르친 학생을 왜 갑자기 만나러 온다는 말이죠?"

구사노는 잠시 침묵했다.

"뭐 조만간 알게 되실 테니 말씀드려도 상관없겠죠. 이마니시 쓰카사 씨와 카에데 씨는 평범한 사제지간이 아니었습니다. 혹시 카에데 씨의 어머니를 아시나요?"

"카에데가 중학생 때 부모님이 이혼했다고 들었습니다. 저는 그분을 모르고 카에데도 평소에는 연락을 끊고 지냈다고."

"이혼의 원인은?"

"못 들었습니다."

"바로 이마니시 쓰카사 씨 때문입니다. 카에데 씨의 어머니는 딸의 피아노 교사와 불륜을 맺은 상태에서 그를 흉기로 찔렀습니다."

다나시마는 벌어진 입을 다물지 못했다. 조금 전부터 상상도 못 할 이야기를 연이어 들어서인지 머리와 가슴이 현실을 따라잡지 못하고 있다.

"이마니시 씨는 다행히 목숨을 건졌지만 그 일로 카에데 씨의 어머니는 옥살이를 했습니다. 이혼한 시점은 그 이후고요. 어린 카에데 씨가 받은 상처는 컸겠죠."

"그렇군요……. 그런데 그 피해자가, 아니 카에데에게는 가해자겠죠. 아무튼 그 자식이 왜 이제 와서 카에데를 다시 만나러 왔다는 말입니까? 역시 이해가 안 됩니다."

구사노는 대답하지 않았지만 이유를 아는 듯 보였다. 적어도 예상은 하고 있는 게 분명했다.

다나시마는 "알려 주시죠" 하고 몰아세웠지만 구사노
는 다나시마의 목소리가 들리지 않는 것처럼 하늘만 쳐
다봤다.

"슬슬 한 방울씩 떨어지기 시작하네요. 다나시마 씨.
이제 가셔도 됩니다. 바쁘신데 실례했습니다. 앞으로
몇 번 더 찾아뵐 수도 있는데 그때도 잘 부탁드리겠습
니다."

다나시마가 막아서도 그는 이번에는 작정한 것처럼
젊은 경찰과 함께 사라졌다.

"오빠."

뒤에서 목소리가 들려서 주차장에 홀로 망연자실하
게 있던 다나시마는 몸을 움찔했다. 돌아보니 유메노와
리이치가 굳은 표정으로 서 있다.

"장의사가 지금 상주를 찾고 있어. 계속 찾아다녔는
데⋯⋯."

"조금 전 이야기, 들었어?"

"버스 너머에서 들렸어."

"어디서부터 들었지?"

"아야노 카에데 씨가 어떤 남자를⋯⋯ 부분부터."

창백한 유메노의 얼굴이 점점 일그러진다.

"이걸 어쩌지. 다 나 때문이야."

"뭐?"

"카에데 씨가 스토커 때문에 마음고생을 하다가 그런 짓을 저질렀다고 했지? 실은 그 스토커가, 나였어……."

유메노의 목소리는 거의 비명에 가까웠다. 다나시마는 반사적으로 눈을 휘둥그레 떴다. 충격과 혼란이 이제는 지긋지긋할 정도다.

"어느 순간 오빠가 바람을 피우는 걸 느끼고 오빠를 계속 따라다녔어. 카에데 씨의 얼굴을 알게 된 뒤로는 그쪽을 미행했고. 어떤 여자인지 궁금해서 쓰레기를 뒤지거나 우편물을 훔쳐보기도 했어. 용서할 수 없었어. 미유키 언니와 미소라의 원수를."

듣고 나서 바로 이해할 만한 이야기는 아니다. 그러나 들으면서 몇몇 기억이 떠올랐다. 요즘 유메노에게 남자친구가 생긴 것 같다며 어머니가 기뻐했는데 근거는 유메노의 외출이 잦아졌다는 점이었다. 7월 말부터 8월에는 학교가 여름 방학이라 기간제 교사인 유메노는 움직이기 쉬웠다. 우편물을 훔쳤다는 이야기는 처음 들었지만 카에데가 누가 자신을 미행하는 것 같다고 한 것과 세 번의 쓰레기 수거함 테러 사건도 전부 그 기간에 일어난 일이다.

다나시마는 잠시 감고 있던 눈을 번쩍 떴다. 눈물을

흘리는 유메노 옆에서 리이치가 시선을 피하듯 고개를 숙이고 있다.

"나한테도 책임은 있어. 유메노 씨에게 네가 바람을 피우는 것 같다는 이야기를 듣고 네 스마트폰 암호를 알려 줬으니. 전에 잠금을 푸는 걸 봐서 외우고 있었어."

"아니, 내가 알려 달라고 애원했어. 리이치 씨는 오빠가 바람 따위 피울 리 없다면서 내 말을 믿으려 하지 않았고."

그러나 리이치의 믿음을 배신하고 남자 이름으로 등록된 카에데와 주고받은 메시지가 발각되고 말았다. 다나시마는 유메노와 리이치가 연락했을 줄은 꿈에도 몰랐지만 이를테면 공무원 사택, 또는 미유키의 병원에서 만나 연락처를 주고받았어도 이상하지 않다.

"조금 전에 미유키 언니와 미소라의 원수라고 했지만, 어쩌면 그건 그냥 구실일지도 몰라. 오빠는 집안일과 미소라, 그리고 언니 일까지 전부 내게 떠맡기고 멋대로 즐기고 다녔으니 그게 불만이었을지도 모르지. 그렇다고 내가 그 일들을 싫어한 건 아니야. 싫어한 건 아니지만······."

이제는 그만하라고 하고 싶지만 입이 떨어지지 않았다. 목구멍까지 차오른 욕지거리를 집어삼키는 데만도 힘들다. 아니, 이제는 욕을 할 기운조차 없었다.

전에 유메노에게 카에데와 헤어지라는 말을 들은 곳도 주차장이었다. 그때는 달궈진 철판 같던 아스팔트가 지금은 비에 젖어 검게 물들고 있다.

"미소라."

다나시마는 무의식중에 중얼거렸다. 유메노가 여기서 이렇게 울고 있을 때 혼자 있을 미소라에게 가 봐야 한다.

대기실에 들어가자마자 미소라가 다나시마의 품에 달려들었다.

"아빠! 어딨었어!"

보이지 않는 아빠를 찾고 있었던 모양이다.

"응. 미안. 우리 딸 혼자 둬서."

다가가서 꼭 안아 주자 미소라는 금방에라도 울음을 터뜨릴 것 같은 얼굴로 다나시마를 올려다봤다.

"아빠, 괜찮아? 많이 힘들어 보여."

예상 못 한 말이었다. 자기보다 아빠를 더 걱정해 주는 걸까.

"몸이 다 젖었어. 얼른 닦지 않으면 감기 걸릴 거야."

"괜찮아. 하나도 안 추워."

"안 돼. 아빠가 병에 걸리면, 아빠까지 사라지면······."

미소라는 이를 꼭 깨물었다. 눈과 코가 점점 발갛게 물든다.

다나시마는 더욱 세게 미소라를 끌어안았다. 가슴이 찢어질 것 같다. 분명 내 눈과 코도 붉어졌을 것이다.

"미안하다."

그때 뺨을 때려서. 널 외롭게 해서. 엄마를 좋아하지 않아서. 다른 사람과 살아서. 도망쳐서 미안해.

그러나 이런 아빠조차 미소라는 필요로 하고 있다. 허리를 꽉 끌어안은 팔의 힘, 그리고 셔츠에 스미는 눈물의 열기를 통해 뼈저리게 느낀다.

미유키는 다나시마에게 짐을 버리지 못한다고 했다. 그리고 절대 버려서는 안 될 짐은 얼마 없다는 것을 다나시마는 뒤늦게 알게 되었다.

그것들만은 버리지 않겠다고 굳게 다짐했다.

카에데 6

〈히로인〉으로의 복귀.

집 전화.

아이.

정적 속에서 원하던 것들의 수를 센다. 그 숫자만큼 나이프를 휘둘렀다.

비밀이 드러날까 봐 두려워하지 않는 삶.

절대적인 내 편.

불순물 없는 애정.

상처 주지 않을 사람.

상처받지 않는 나.

현명하고 강한 카에데.

역시 손에 넣을 수 없었다. 나는 불가능하다.

〈히로인〉으로의 복귀.

집 전화.

아이.

비밀이 드러날까 봐 두려워하지 않는 삶.

절대적인 내 편.

불순물 없는 애정.

상처 주지 않을 사람.

상처받지 않는 나.

현명하고 강한 카에데.

평범함.

평범함.

평범함.

다나시마 6

생각했던 것보다 카에데의 상태가 괜찮아 보여서 가슴을 쓸어내렸다. 그러나 처음 보는 티셔츠와 트레이닝복 바지, 그리고 무엇보다 둘 사이를 가로막는 아크릴판의 존재가 현실을 여실히 보여 준다. 면회실 내부는 TV에서 본 것과 똑같았다. 아크릴판과 긴 카운터를 사이에 두고 서로 마주 보는 형태로 간이 의자가 놓였고 구석에는 교도관이 있다. 조용하고 투박한 공간이다.

카에데와의 면회가 허락된 다음 날, 다나시마는 일을 하루 쉬고 경찰서를 찾았다. 원래는 어제 당장 오고 싶었지만 면회가 하루에 한 팀만 허용돼서 첫날은 카에데의 아버지에게 양보했다. 낮은 목소리로 전화를 받은 그는 필요 최소한의 말만 하고 다나시마에게 이제는 딸을 잊고 살라고 단호히 말했다.

'면회 신청을 받아 줘서 고마워.'

처음에는 그렇게 말하려고 마음먹었다. 그러나 머리를 살짝 숙이고 있던 카에데가 고개를 든 순간 말문이 막혔다. 카에데는 꼭 생면부지의 타인을 보는 듯한 눈으로 다나시마를 봤다.

"일단 옷이랑 돈을 좀 넣었는데 혹시 더 필요한 거

있어?"

카에데는 침묵으로 반응했다. 면회 시간이 15분밖에 안 된다는 점을 고려하면 인내심 있게 대답을 기다릴 수는 없다.

다나시마는 자세를 가다듬고 고개를 숙였다.

"우선 미안해. 사과로 끝날 일이 아니란 건 알지만 그래도 당신한테는 정말 면목이 없어."

이기적인 변명으로 들릴 것을 알면서도 그동안 이중 생활을 하게 된 경위를 설명했다. 카에데는 여전히 입을 다문 채 눈썹 하나 까닥하지 않았다.

"당신이 스토킹을 당하게 된 것도 다 내 탓이야."

유메노는 경찰서에 찾아가 그동안의 일들을 고백했다. 그토록 두려워한 사건의 진상이 밝혀졌는데도 카에데는 반응하지 않는다. 놀라지 않는다기보다 이제 와서는 아무래도 상관없는 것처럼 보인다.

"딸 이름이 뭐야?"

돌연 카에데가 입을 열어 물었다. 건조한 목소리고 다나시마가 아는 카에데의 말투와는 사뭇 다르다. 다나시마는 마른침을 집어삼켰다.

"미소라. 아름다운 하늘이라는 뜻이야."

"그래서 '소라파파'였고 '미파파'였구나."

다나시마는 흠칫 놀라서 카에데를 봤다.

"어떻게 그걸……."

"'이로하'의 나우두 계정과 과거 일기장을 익명 게시판에 공개한 것도 당신이야?"

"뭐?"

다나시마가 당황하는 모습을 카에데는 싸늘한 눈으로 바라봤다. 대답을 듣기 전에 담담히 말을 잇는다.

"'이로하'가 바로 나야. 이름의 유래는 단풍나무를 뜻하는 '이로하카에데伊呂波楓'."

다나시마는 쥐가 나는 듯한 머릿속에서 지금 자기 얼굴이 얼마나 얼빠져 보일지를 상상했다. 카에데의 목소리가 들리지만 뇌가 이해를 거부하고 있다.

"과거 일기를 읽었으면 16년 전 내게 무슨 일이 일어났는지 알겠네. 내가 중학생 때 어머니가 체포된 사건의 진실도."

그러자 교도관이 카에데를 힐끗 돌아봤다. 무슨 말을 하려는지 몰라도 다나시마는 좋지 않은 예감이 들었다.

"세상 사람들은 우리 엄마가 딸의 피아노 선생님과 불륜을 즐기다가 치정 갈등 때문에 상대를 흉기로 찔러 중상을 입힌 것으로 알지만, 진실은 달라. 선생님을 찌른 사람은 바로 나야."

교도관이 수첩에 뭔가를 적기 시작하지만 카에데는
아랑곳하지 않는다. 말리고 싶은데도 입이 떨어지지 않
았다.

"엄마가 선생님을 사랑한 건 맞아. 하지만 불륜 관계
였다는 건 거짓말이야. 그날 밤 엄마는 선생님에게 와
인을 계속 권했어. 그러다 둘 다 인사불성이 돼서 평소
와 전혀 다른 사람이 돼 버렸고. 새 와인을 가지러 간 엄
마가 부엌에서 잠들었는지 돌아오지 않아서 내가 선생
님을 돌봐 줘야겠다고 생각했어. 선생님이 내게 그런
짓을 벌일 줄은 꿈에도 모르고 말이야."

과거 일기장 내용이 그제야 희미하게 머릿속에 떠올
랐다. 카에데가 열네 살 때 새로운 곳에 이사 간 후에 쓰
기 시작한 일기.

"난 옷도 제대로 입지 못하고 아연실색한 채로 거실
바닥에 쓰러져 있었어. 내 다리 옆에서 선생님은 몸을
웅크린 채 울음을 터뜨렸고. 그때 엄마가 돌아온 거야.
그리고 우두커니 선 엄마의 눈에 아주 짧은 순간 질투
라는 감정이 깃드는 게 보였어. 찰나였지만 확실히 그
걸 느낀 난 갑자기 스위치가 켜진 인형처럼 몸을 일으
켜 부엌으로 향했어. 그곳에서 눈에 들어온 반짝반짝
빛나는 과도를 손에 쥐고, 그리고."

"그만해."

그제야 입에서 나온 목소리는 너무나 미약했다.

"내가 선생님의 배에 찌른 칼을, 엄마가 뽑았어. 피가 콸콸 흘렀고 선생님이 고통스러워하며 날뛰자 피가 사방에 튀어 나랑 엄마 모두 피를 뒤집어쓰게 된 거야. 엄마는 두 손으로 칼을 꼭 쥐고 잡아먹을 듯이 나를 보면서 '전부 엄마가 한 거야'라고 했어. 그 뒤로는 곧 정신을 잃을 것처럼 보이는 선생님의 귓가에 대고 허리를 숙인 채로 '내가 당신을 찌른 거예요. 당신과 불륜을 즐기다가 갈등이 생겨서'라고 신음 소리에 묻히지 않게 크게 외쳤어. 엄마가 자기 말에 동의하지 않으면 구급차도 안 부를 거라고 하자 선생님은 필사적으로 고개를 끄덕였어. 엄마는 날 사랑했어. 자신이 대신 감옥에 들어감으로써 그걸 증명한 거야."

카에데, 하고 입을 뗐지만 무슨 말을 해야 좋을지 알 수 없다. 숨이 가빠 오고 호흡이 점점 얕아진다.

"하지만 난 엄마를 사랑할 수 없었어. 두 번 다시 엄마랑 엮이고 싶지 않았고 기억에서도 지워 버리고 싶었어. 그러니 연락도 계속 받지 않은 거야. 엄마가 전화가 걸어 올 때마다 왠지 날 그날로 다시 데려갈 것 같은 기분이 들어서."

"연락이 왔었어?"

"어제 아빠랑 같이 엄마도 면회를 왔어. 그래서 많은 것들을 알게 됐어. 올 초봄쯤에 선생님이 엄마에게 전화했다는 사실도. 전화번호는 아마 심부름센터 같은 곳을 통해 알아냈겠지. 선생님에게는 딸이 있는데 이제 곧 열네 살이 된대. 그때 나랑 똑같은 나이야. 그런데 걔가 나와 비슷한 범죄에 휘말렸고, 그날 이후 줄곧 죄책감에 시달려 온 선생님은 그걸 인과응보로 받아들이고 과거의 죄를 용서받아야 한다는 믿음에 사로잡혔어. 내게 직접 사죄하고 싶으니 연락처를 알려 달라며 엄마를 협박했대. 전화를 끊고 또 끊어도 포기하지 않았고 심지어 편지까지 받게 되자 엄마도 상황이 뭔가 심상치 않다고 느꼈나 봐."

이마니시는 정신적으로 불안정했다고 형사가 한 말이 떠올랐다.

"엄마는 내게 그 말을 전하려고, 내게 조심하라고 전하려고 전화를 걸어 온 거야. 과거 사건의 진실은 아빠에게도 비밀이었으니 대신 전해 달라 할 수도 없었지. 그리고 내가 이렇게 되자 마침내 모든 것을 털어놓게 된 거고. 아빠는 그 이야기를 듣고 아무 말도 하지 않았다지만 충격이 클 거야. 진실 그 자체는 물론이거니와 지금껏 그런 걸 모르고 있었다는 사실도.”

어머니의 결단은 너무 늦었다. 딸에게 조심하라는 말을 전하지 못한 상태에서 이마니시는 카에데가 사는 곳을 알아내 카에데를 직접 만나러 왔다. 그리고 그 순간 간신히 이어져 있던 카에데의 이성의 끈이 끊어지고 말았다.

“엄마는 미안하다면서 계속 눈물을 흘렸어. 다 자기 때문이라고 했어. 하지만 16년 전 선생님을 찌르고 이번에도 그를 찌른 사람은 엄마가 아니야. 나지. 그리고 폼을 죽인 사람도.”

그때 처음으로 카에데의 눈동자가 흔들렸다.

“폼은 절대적으로 날 사랑해 줄 거라고 믿었어. 하지만 요즘 들어 내가 싫어하는 소리를 내며 울기만 했어. 내가 불러도 대답하지 않았고, 날 봐 주지도 않았어.”

“하지만 그렇다고…….”

“나도 알아. 정신 나갔다고 생각하지? 맞아. 미친 게. 난 내가 상처받거나, 심지어 그저 상처받을 것 같다고 느끼기만 해도 상대에게 지나치게 공격적으로 돌변해. 일기장에 쓴 불륜 상대와 헤어졌을 때도 마찬가지였어. 그를 죽이지 않으려면 그와 떨어질 수밖에 없었던 거야. 항상 그랬어. 상상 속에서는 몇 번을 죽이고 또 죽였는지 몰라. 그것도 몹시 잔인한 방법으로. 그러면 비로소 기분이 조금 가라앉았어. 16년 전부터 지금까지 계속."

과거 일기의 파편들이 잇달아 머릿속에 떠오른다.

—나 혼자 멀리 떨어진 외딴섬에 있는 것 같다.

—내 몸속에는 무시무시한 괴물이 숨어 살고 있다.

—난 아마 비정상이다.

오래전 넋이 나간 상태에서 이마니시를 찔렀을 카에데는 무의식중에 사람을 죽이려고 한 자신을 비정상이라 느끼고, 가슴속에 깃들어 있는 포악성을 지금껏 두려워해 온 걸까.

—새로운 사람이 되고 싶어.

—평범하려면 먹어야겠지.

—변해야 해. 변해야 해.

숨겨야 하고, 변해야 한다고 계속 다짐하며 몸부림쳤을까.

"상상만으로 충동을 억누를 수 있게 돼서 이제는 괜찮다고 생각했어. 하지만 까마귀를 죽였을 때는 역시 난 안 된다는 걸 깨닫고 말았어."

다나시마는 침을 꿀꺽 삼켰다. 아파트 쓰레기 수거함에 살충제를 넣은 사건. 그러고 보니 유메노가 고백한 스토커 행위에 그 일은 포함돼 있지 않았다.

"이런 내가 엄마가 되는 건 역시 무리였던 거야."

"엄마?"

생각지도 못한 말이었다. 나처럼 성인 둘이서만 사는 삶에 만족했던 게 아니었나.

"날 절대적으로 사랑해 줄 존재가 필요했어. 그리고 내 나이에는 아이를 갖는 게 평범한 거잖아."

"카에데."

건네야 할 말을 찾지 못한 채 다나시마는 카에데에게 손을 뻗었다. 반지가 없는 왼손이 딱딱한 아크릴판에 닿는다.

"사토루, 전에 나한테 이렇게 물은 적 있지? 당신은 당신을 어떤 사람이라 생각하냐고. 난 늘 바라 왔어. 날 사랑해 달라고. 날 상처 입히지 말아 달라고. 그러지 않으면."

탐욕스럽게 애정을 갈구하고 상처받을까 봐 두려운 나머지 상대에게 공격적으로 구는 사람. 그 모든 것이 정상 범위를 벗어나서 항상 불안정한 사람. 그것은 다나시마가 모르는 카에데였다.

"당신은 날 현명하면서도 강한 여자라고 해 줬어. 내가 정말 그렇게 보이는구나 싶어 얼마나 기뻤는지 알

아? 모든 사람들이 비웃은 '이로하'의 나우두 글은 내게
꼭 필요한 나만의 가이드라인이었어. 난 그 계정 속 글
처럼 현명하면서도 강한 사람이 되고 싶었던 거야. 그
리고 무엇보다, 평범한 사람이 되고 싶었어."

카에데는 아크릴판에 검지를 대더니 한 글자 한 글자
읊으며 알파벳을 썼다.

'h, u, m, a, r'

'이로하'의 나우두 ID, 그리고 일기장 URL 주소에 공
통으로 쓰인 단어다.

"중학생 때 영어 시험에서 'human'을 쓰려다가 실수
로 'humar'라 쓰고 말았어. 난 결국 인간이 되지 못한
거야."

어느새인가 눈동자에서 표정이 사라져 있다.

다나시마는 서둘러 아크릴판에 손가락을 가져가 카
에데가 'r'이라 쓴 부분에 선을 그어 'n'으로 고쳤다. 힘
이 너무 들어가서인지 손가락뼈가 하얗게 불거진다.

"카에데. 사람은 누구나 있는 그대로의 내가 될 수는
없어. 나 역시 마찬가지고. 나도 내 성격이 너무 싫어서
변하려고 정말 많이 노력했어."

대학교 동창인 리이치를 질투했고 미유키를 곁에 두
는 것으로 우월감에 젖었다. 심지어 그 미유키에게도

질투를 느꼈다. 미유키가 임신한 후 대학원을 그만두겠다고 했을 때는 사랑받는 것 같아서 기뻤다. 그러나 과연 그뿐이었을까. 나보다 우월한 사람의 미래가 닫히고 아내에 대한 세상의 평가가 내 아래로 떨어진다는 점에서 비열한 기쁨을 느끼지는 않았을까. 열등감에 사로잡힌 주제에 자존심이 세고 자기애로 똘똘 뭉친 사람. 그게 바로 나였다.

카에데를 만난 후로 바뀌고자 노력했다. 여유로운 사람이 되고자 했다. 아내의 기쁨을 온전히 기뻐하고 슬픔을 슬퍼하는 남편이 되고 싶었다. 그 맹세를 조금씩 잊으려 할 때 늘 다시 되새겨 준 사람도 카에데였다. 예컨대 카에데가 다나시마에게 필요하다고 말해 준 덕분에 '하늘색 소다'를 향한 괴롭힘을 그만둘 수 있었다. '팡토마스' 리뷰를 썼을 때는 괴롭힐 의도가 전혀 없었다고 단언할 수 있다.

"당신이 실제로는 꼼꼼하고 성실한 사람이란 걸 지금은 알 것 같아. 양복을 늘 자기 손으로 다려 입었고, 내 옷에 튀어나온 실밥을 나 몰래 손질해 주기도 했지? '응? 이건 좀 더 낡은 옷이었는데' 하고 느낀 적이 있어."

"꼼꼼하다기보다는 신경질적인 면이 있지. 그런 성격도 싫어해."

다나시마는 억지 미소를 지으려 했지만 잘 되지 않았다. 뺨이 굳은 채 표정이 일그러지는 게 느껴진다.

"당신은 스스로 변화하고 싶어 해. 그리고 난 나 자신을 감추고 싶어 해. 둘은 전혀 달라."

카에데는 다나시마를 향해 냉정하게 말했다.

다나시마는 무심코 몸을 앞으로 내밀다가 하마터면 아크릴판에 안경이 부딪힐 뻔했다. 어느새 폴로셔츠 등 부분이 땀에 젖어 있다.

"그런 말 마. 안 좋은 부분이 있다면 고치면 되잖아. 지금껏 당신의 고민을 알아주지 못해서 미안해. 진짜 당신을 발견하지 못해서 미안해. 앞으로는 내가 이해하고 옆에서 도울게."

그러자 카에데의 표정이 순간 크게 출렁였다. 눈을 크게 뜨더니 잠시 후 환한 미소를 짓는다.

"나, 당신을 정말 좋아해. 특히 그 둔감한 면모를."

지금 분위기와 어울리지 않는 그녀의 웃는 얼굴을 다나시마는 그저 말없이 바라볼 수밖에 없었다.

"역시 당신은 하나도 몰라. 난 당신이 진짜 나를 알아주기를 바라는 게 아니야. 그리고 난 당신처럼 변화하고 싶지도 않아. 그러려면 진짜 나 자신을 직시해야 하니까. 보고 싶지 않고, 보이고 싶지도 않아. 모든 걸 묻고, 잊고, 존재하지 않는 것으로 하고 싶어. 지금껏 열심히 만들어 온 모조품인 나를 나라고 믿고 싶어."

카에데의 눈은 다나시마의 모든 말을 거부했다. 강요하지 말라며 벽을 쌓고 있다.

"당신이 알아보지 못해서 정말 다행이야. 마그리트의 '연인들'처럼 난 당신 옆에서는 늘 안심할 수 있었거든. 그리고 당신 이야기를 듣고 비로소 그 이유를 알게 됐어. 당신은 내가 아니라 당신 자신을 보고 있었던 거야. 나 역시 마찬가지고. 우리는 지금껏 서로를 거울 삼아 우리 자신만을 봐 왔어."

천천히 몸을 일으킨 카에데는 더는 웃고 있지 않다. 그녀의 얼굴을 뒤덮은 천을 지금이라도 떼어 주고 싶지만 아크릴판에 닿은 손은 조금씩 아래로 미끄러졌다.

"마지막으로 하나만 부탁할게. 폼의 묘를 만들어 줘."

오직 그 말을 하기 위해 카에데가 면회를 받아들였다고 그제야 깨달았다. 이제는 신청해도 두 번 다시 만나 주지 않을 것이다.

카에데는 돌아오지 않는다. 내 곁으로는.

면회를 끝낸 다나시마를 유메노와 리이치가 걱정하는 얼굴로 기다리고 있었다. 두 사람의 몸 너머에서 아지랑이가 피어오르는 바깥 풍경이 보였다.

다나시마는 주먹을 입에 가져갔다. 그렇게라도 하지
않으면 소리를 질러 버릴 것 같았다.

카에데 7

다나시마 7

트릭 오어 트릿!
이제는 자주 들어 익숙한 말이 이곳저곳에서 들린다.

햇볕에 둘러싸인 공원 광장은 화려하게 분장한 사람들로 가득 차 있다.

미소라와 유메노는 금세 시야에서 사라져 버렸다. 호박 크기를 경쟁하는 대회를 보러 간다고 했는데 특설 무대가 사람들 머리에 가려져 보이지 않는다. 마이크를 통해서 들리는 사회자의 목소리만 귓가에서 윙윙거렸다.

인파에 파묻혀 갑갑함을 느끼며 하늘을 올려다봤다. 호박과 박쥐 연이 하늘을 날며 다나시마를 향해 웃고 있다.

모조품. 문득 카에데의 얼굴이 떠올랐다. 그로부터 거의 두 달간 다나시마는 면회실에서 카에데가 한 말을 곱씹었다. 그리고 마음을 굳혔다.

"다나시마."

사람들을 헤치며 리이치가 다가왔다. 최근 몇 년 동안 봄과 가을에는 항상 똑같은 카키색 재킷을 입는 듯하다.

"드디어 찾았네. 이렇게 사람이 많을 줄이야. 미소라는?"

"유메노랑 무대 쪽으로 갔어."

"아, 저기군."

키가 큰 리이치는 사람들 머리 너머 풍경도 잘 보일 것이다. 다나시마도 그쪽을 응시하자 무대 위에 선 미소라가 언뜻 보였다. 호박 무게 맞히기에 도전하는 것으로 보인다.

"잘 만든 의상이네. 블로그에서는 공개되지 않았지만 네가 만든 거 맞지?"

"그래. 내가 만든 걸 입어 줬어."

다나시마는 미유키의 장례식을 치르고 미소라에게 루카 의상을 원하느냐고 물었다. 원래 것보다 조금 단순하게 만들면 핼러윈까지 만들 수 있을 것 같다고도 했다. 그러자 미소라는 "안나가 좋아"라고 했다. 그때는 아빠가 미워서 루카가 좋다고 한 거야. 하지만 난 아빠가 만들어 준 안나 옷이 제일 좋아.

"이제는 블로그를 다시 시작해도 되지 않나? 완성본을 올리면 반응이 좋을 것 같은데."

"당분간 안 할 거야. 이것저것 생각할 게 많아서. 꼭 그것 때문은 아니지만 맛집 리뷰도 그만뒀어."

다나시마가 웃음거리로 만든 일기장이 현실에서는 카에데의 절실한 외침이었던 것처럼, 무책임한 발언이 누군가의 마음을 갈가리 찢을 수도 있음을 깨달았다. 인터넷상에서의 사소한 악의, 또는 정의감이 카에데를 절망으로 내몰고 죄를 향해 등을 떠밀었다. 이마니시 쓰카사라는 사람을 죽게 했다. 그러나 아무도 그 사실을 모른다. 다나시마도 우연히 상대가 카에데라서 깨달 았을 뿐이지 그동안 자각 없이 파괴한 사람이 더 있을 지도 모른다. 지나친 생각으로 치부할 수도 있지만 지금은 인터넷에 글을 쓰는 행위 자체가 무서웠다.

"실은 그만둔 게 하나 더 있어. 회사도 그만두기로 했어."

그러자 리이치는 "뭐?" 하고 목소리를 높였다. 보기 드문 놀란 모습에 다나시마는 쓴웃음을 지었다.

"그렇게 예상 밖인가?"

"당연하지. 왜냐면 넌……."

"'국가 공무원이라는 직위에 그토록 매달렸으면서'라 고 하려는 거지? 그래. 나도 알아. 하지만 이제는 다른 것도 알게 됐어. 내게 절대로 버려서는 안 될 짐이 무엇 인지. 그리고 절대로 버리고 싶지 않은 짐이 무엇인지. 직장은 아니야."

리이치는 다나시마의 눈을 지그시 바라봤다.

"이번 달까지만 가고 끝이야."

사택에서는 이미 나왔고 남은 기간은 본가에서 출퇴 근하기로 했다.

"다음 일은 정했나?"

"아직. 찾고는 있는데, 그것 말고 다른 할 일도 있어서."

다나시마는 깊숙이 숨을 들이마셨다. 하늘의 냄새가 난다.

"카에데의 재판에 정상 증인으로 참석하려고 해."

리이치는 이번에는 입을 열지 않았지만 소스라치게 놀라는 게 느껴졌다. 잠시 침묵이 깔렸고 주변 사람들의 느긋한 대화 소리만 귀에 들어온다.

"그게 무슨 뜻인지 알고서 하는 소리야?"

간신히 물어 온 목소리는 약간 쉬어 있었다.

지금은 다소 잦아들었지만 카에데가 저지른 사건은 언론에 떠들썩하게 보도됐다. 주택가 한가운데서 벌어진 살인 사건. 스토커에게 복수한 것인가. 인텔리 미녀의 끔찍한 범행. 그중 가장 중점적으로 보도된 것은 피해자가 전에도 한 번 가해자의 어머니에게 살해될 뻔했다는 사실이었다. 비록 진실이 드러나지는 않았지만 어머니와 딸이 세월을 뛰어넘어 같은 남자를 흉기로 찌른 사건에 세상이 관심을 갖지 않을 리 만무했다. 카에데에게 사실혼 관계의 남편이 있었다는 것은 그다지 흥미로운 정보가 아니었는지 다나시마의 본가에 기자들이

들이닥치지는 않았다. 그러나 다나시마가 증인이 되어 전부 털어놓으면 상황이 어떻게 바뀔지 알 수 없다.

"오랜 고민 끝에 내린 결정이야. 이름과 얼굴은 비공개로 해서."

물론 당당하게 이름과 얼굴을 공개하는 쪽이 정상 증인으로서도 좋은 인상을 줄 것이다. 카에데를 위해서라면 그러는 게 낫다. 그러나 어머니와 유메노, 무엇보다 미소라를 끌어들일 수는 없다. 카에데와 가족을 모두 지키기 위해 고심 끝에 내린 결단이었다.

리이치가 "혹시 조금 전에 그 짐 이야기……"하고 중얼거렸다. 다나시마는 말없이 고개를 끄덕였다. 어느 쪽도 버릴 수 없으니 어느 한쪽에만 최선인 선택을 내릴 수 없다. 아버지로서 실격이다. 남자로서도 최악이다. 이제 와서 그런 어정쩡한 결단을 내리느냐는 생각에 뜬 눈으로 밤을 지새운 날도 있다.

리이치가 한숨을 내쉬었다.

"저기, 다나시마."

다나시마는 떨구고 있던 시선을 들어 그를 봤다. 리이치는 무대 쪽을 보고 있다.

"혹시 내가 널 질투한다는 걸 느끼고 있었나?"

리이치는 시선만 돌리고 입가에 가벼운 미소를 지

었다.

"그 얼굴을 보니 전혀 못 느꼈나 보네. 역시 둔감해."

"아니, 그게."

"난 경제 산업성에서 도망쳤지만, 넌 토할 것 같은 얼굴을 하면서도 이를 악물고 끝까지 버텼지."

"이제 와서 돌이켜보면 그다지 칭찬받을 일은 아니야."

"끝까지 참고 버틴 건 사실이잖아. 넌 강했어. 적어도 나보단. 네가 대단해 보여서 종종 질투를 느끼곤 했어. 그런 나 자신이 한심하게 느껴진 적도 있고."

다나시마는 무심코 고개를 숙였다. 리이치보다 우위에 서고 싶어 그를 술자리에 불렀던 날들을 떠올린다. 지금의 내 모습을 긍정하고 리이치처럼 되지는 말아야겠다고 스스로를 다그치기 위해.

"난 그렇게 대단한 사람이 아니야."

"물론 네가 전적으로 훌륭하단 건 아니야. 하지만 네게는 신념이 있어. 지금은 너 자신이 싫겠지만 네 장점을 스스로 조금은 인정하는 게 어떨까. 자기 안에 있는 추한 모습과 싸우는 건 모두 마찬가지일 테니."

다나시마는 고개를 끄덕일 수 없었다. 격려받을 자격이 없다고 생각하지만 그래도 눈시울이 뜨거워지는 건 어쩔 수 없다. 결단이 옳지는 않아도 끝까지 해낼 수 있을 것 같았다.

"그런데 그 책은 어떻게 됐어?"

리이치는 불쑥 말투를 바꿔 물었다.

"〈백 엔으로 변신! 히어로&히로인〉. 출간이 9월 말이니 그전에 '소라파파'에게 증정본이 도착했을 텐데."

다나시마는 어깨에서 힘을 뺐다.

"그러겠지. 이삿짐에 섞였거나 가족이 받은 걸 못 봤을 수도."

"확인해 봐. 뒤에 판권 페이지까지 전부."

"판권 페이지?"

다나시마가 그렇게 되물었을 때 사회자의 우렁찬 목소리가 울려 퍼졌다. 누군가 호박 무게를 맞힌 듯하다. 미소라가 아쉽지만 즐거운 것처럼 무대를 내려간다. 이제 곧 이곳으로 달려올 것이다.

"재판 날짜가 정해지면 알려 줘."

잠시 후 리이치가 나직이 말했다. 다나시마는 "알겠어" 하고 주머니에 손을 넣었다. 카에데가 버린 은색 반지를 꼭 쥔다.

턱을 든 다나시마의 귀에 미소라의 해맑은 목소리가 닿았다.

11월 11일 (3)
. . . .

　법원을 나간 리이치는 강렬한 햇빛에 얼굴을 찌푸렸다. 법정에 퍼진 다나시마의 목소리가 아직 귓가에 남아 있다.

"사키모리 씨."

　누가 부르는 소리가 들려서 리이치는 주위를 둘러봤다. 입구 계단 아래에서 단발머리의 젊은 여자가 고개를 숙였다. 모르는 얼굴이지만 왠지 어디서 본 것 같기도 하다.

　고개를 숙여서 화답하고 계단을 내려가자 여자는 리이치에게 명함을 내밀었다.

"안녕하세요. 미즈미네라고 합니다. 도오 출판사의 〈히로인〉 편집부에서 일하며 몇 번 뵌 적이 있어요. 제대로 인사드리는 건 이번이 처음이지만."

　그 말을 듣고서야 여자의 얼굴에서 경계심이 읽히지 않는 이유를 깨달았다. 미즈미네 시오리는 아야노 카에데의 회사 동료였지만 인터넷에서 앞장서서 카에데를 괴롭혔다. 그녀의 증언은 카에데가 범행에 이르게 된 원인 중 하나로 진술서에 담겨 조금 전 변호사가 법정에서 낭독했다. 명함에 적힌 부서명은 다른 걸로 바뀌어 있었다.

"미즈미네 씨도 오셨군요."

"이제 막 도착했어요. 빠질 수 없는 회의가 있어서."

"아쉽지만 지금 들어가시긴 힘들 겁니다. 자리가 꽉 차서 방청권까지 배부됐으니까요. 중간에 빈자리가 나오기를 기다리는 분도 꽤 있는 듯하고."

그렇게 말하면서 리이치도 명함을 꺼냈다.

"다시 한번 제 소개를 해야겠군요. 전 사키모리 리이치라고 합니다."

리이치는 필명을 댔다. 미유키가 지어 준 필명이다. 와카를 연구하는 미유키답게 리이치의 본명인 다자이 리이치에서 '다자이후 사키모리노우타*'를 떠올렸다고 했다.

다나시마는 리이치의 필명을 모른다. 핼러윈 날 리이치가 말한 것처럼 〈백 엔으로 변신! 히어로&히로인〉의 판권 페이지를 보면 그곳에 적힌 작가 이름을 보고 고개를 갸웃거리지 않을까. '소라파파'에게 일을 의뢰한 사람은 사키모리 레이코라는 작가였다. 리이치가 존재하지 않는 가공의 인물이 되어 다나시마와 이메일을 주

• 만요슈에 수록된 국경 수비병과 그 가족들이 부른 노래.

고받은 것이다. 직접 만나거나 전화할 일은 따로 없었다. 전혀 다른 이름으로 하지 않은 것은 이번 계획에 미유키가 지어 준 이름을 쓰고 싶었기 때문이다.

'소라파파'와 이메일을 주고받을 때는 출판사 이름도 속였다. 책등과 판권 페이지에 적힌 도오 출판사라는 이름을 보고 다나시마는 어떤 생각을 떠올릴까. 카에데가 근무하던 회사. 책 내용도 카에데가 담당했던 것들과 겹치는 면이 있다. 사키모리 리이치가 다자이 리이치라는 점, 리이치가 카에데와 관련됐을지 모른다는 점, 리이치가 뒤에서 이 모든 일을 계획했을 가능성까지 과연 떠올릴 수 있을까.

"사키모리 씨는 이제 가시나요?"

"네. 전 다 봤으니."

다나시마는 칸막이 너머에서 자신의 죄를 낱낱이 고백했다.

제가 아야노 카에데 씨를 죽였습니다. 그녀의 몸과 마음, 그리고 인생 자체를 엉망진창으로 만든 것을 다나시마는 그렇게 표현했다.

"카에데 선배는……."

법정에서 카에데가 어땠는지 묻고 싶을 것이다. 그러나 미즈미네는 말을 집어삼키고 마음을 굳힌 것처럼 계단을 밟았다.

"빈자리가 나올 때까지 기다려 볼게요."

리이치는 법원 정문을 나섰다.

지하철에서 JR 전철로 갈아탈 때 아장아장 걷는 아이와 함께 가는 여자 옆에 섰다. 여자는 더듬거리는 아이의 말에 맞춰 아주 천천히 맞장구를 치고 있다.

미소라가 이 아이 정도였을 때 미유키는 늘 외로워 보였다. 미소라 앞에서는 항상 웃는 얼굴이었지만 그런 모습도 왠지 힘겨워 보였다. 다나시마와 미유키 모두 입 밖에 꺼내지는 않았지만 부부 사이가 이미 오래전에 파경을 맞은 것은 누가 봐도 확실했다. 이혼하라는 말을 꺼내려다 만 게 몇 번이었는지 셀 수도 없다. 조금 더 가족을 소중히 하라고 다나시마에게 충고도 했다. 다나시마는 그럴 때마다 아무 문제 없는 것처럼 반응했지만 이따금 미유키의 단점을 지적할 때도 있었다.

'난 안 되는 걸까'라고 느끼기 시작한 게 언제였을까. 내가 미유키를 더 행복하게 해 줄 수 있다고 확신한 게 언제였을까. 첫 만남 때부터 마음을 빼앗겼다. 술에 취해 다나시마의 집에 하룻밤 묵었을 때 아침밥을 준비하는 미유키의 미소 띤 얼굴이 가슴에 깊숙이 새겨졌다. 다음으로 그의 집을 찾았을 때는 집에 돌아가려고 밖에 나가자 빗방울이 떨어졌다. 미유키는 우산을 들고 와 줬지만 그 우산은 누가 봐도 여자 우산, 그것도 모자라 컬러풀한 펭귄 그림이 그려진 우산이었다. 잘못 가져왔다며 당황하는 미유키를 보며 또다시 강렬한 호감을 느꼈다. 이 여자를 정말 좋아하게 되었다는 것을 자각했다.

시작하기도 전에 끝나 버린 사랑. 미유키는 다나시마를 사랑했다. 부부 사이가 삐걱거리고 급기야 베란다에서 떨어진 아내가 스스로 목숨을 끊으려 했다고 의심하는 남편을 사랑했다. 만약 포기하지 않고 마음을 전했다면 뭔가 달라졌을까.

다나시마는 식물인간이 된 미유키와 이혼할 마음이 없어 보였다. 미유키의 아버지가 이혼을 권해도 거부했다. 아내의 의식이 돌아오지 않는 상태에서 이혼이 인정될 가능성은 극히 낮다고 하지만 이혼 후 병간호와 요양에 대한 구체적인 계획을 제시하면 아예 불가능한 것도 아니다. 다나시마의 경우 문제는 법률이 아니었다. 체면이었다.

전철이 흔들리자 붙잡고 있는 손잡이가 쇳소리를 울렸다.

─힘들어.

다나시마가 잠든 미유키를 보며 괴로운 듯 입에 담는 그 말을 리이치는 오랫동안 오해해 왔다. 사이가 좋지 않아도 역시 애정은 있다고 믿었다. 미유키를 위해 힘들어도 포기하지 않는 다나시마를 응원했다.

그래서 유메노가 찾아와 다나시마가 바람을 피우는 것 같다고 했을 때 그럴 리 없다고 일축했다. 그러나 신뢰는 끝내 무너졌다. 다나시마가 만나는 여자는 도오 출판사에 다니는 카에데라는 직원이라고 했다. 유메노에게 그녀에 대한 정보를 듣고 도오 출판사에 기획서를 가져가야겠다고 결심했다. 카에데라는 여자에 대한 더 많은 정보를 얻을 것으로 기대했다. 그러나 도오 출판사로 향하는 길에 당사자를 목격하게 될 줄은 꿈에도 몰랐다.

어느 카페 앞에서 여자가 남자의 흐트러진 앞머리를 손으로 매만져 주고 있었다. 남자는 여자를 '부인'이라 했고, 여자는 남자를 '바깥양반'이라 불렀다. 헤어질 때 남자는 '오늘은 되도록 일찍 갈게'라고 했고 두 사람은 약지에 심지어 커플링도 끼고 있었다. 그 반지는 리이치도 전에 여러 번 본 적 있는 반지였다. 친구를 만날 때, 또는 친구의 아내를 만날 때. 남자는 다나시마였다. 사실혼 상태인 내연 관계로 보였다. 다나시마는 애인을 마치 아내처럼 대했다.

편집부에서 아야노 카에데를 처음 소개받았을 때 그 놀라운 우연에 허를 찔린 리이치는 출판사에 제출할 기획 내용을 즉시 수정했다. 경제 관련 기획에서 아이의 의상 제작법을 다룬 책으로. 카에데에게 기획을 맡겨 다나시마를 끌어들이고, 그렇게 접점을 만들면 조만간 다나시마의 거짓말이 카에데에게 들통날 것으로 기대했다. 그가 벌 받기를 기원했다.

전철이 멈춰 서자 엄마가 아이의 손을 맞잡고 내렸다. 두 사람이 옆을 지나갈 때 아이가 동그란 눈으로 리이치를 올려다봐서 리이치는 미소 지어 주었다. 바깥에는 찬 바람이 불지만 눈부실 만큼 맑을 하늘이 펼쳐져 있어서 그리 춥지는 않아 보였다.

전철 문이 닫혔다. 미유키가 누워 있던 병실을 떠올린다. 여러 번 병문안을 가서 간호사와도 얼굴을 익혔지만 리이치는 혼자서는 병실에 들어갈 수 없었다. 가족이 아니니까. 병실 앞에서 다나시마를 기다리고 있을 때, 그리고 다나시마와 함께 병실을 나갈 때 리이치는 꽉 닫힌 병실 문을 원망스럽게 쳐다봤다. 자신이 원할 때 원하는 만큼 미유키를 만나는 다나시마가 부러워서 견딜 수 없었다.

착각을 처음 깨달은 것은 카에데를 아내처럼 대하는 다나시마를 처음 목격한 그날이었다.

"힘들어."

다나시마의 그 말은 애정에서 나온 말이 아니었다. 미유키 때문에 고생하는 게 이제는 지긋지긋하다, 그러니 얼른 죽어 줬으면 좋겠다는 뜻이었던 것이다.

용서할 수 없었다. 다나시마의 거짓말이 카에데에게 전해지기를, 그리고 다나시마가 파멸하기를 이제나저제나 기다렸다. 그러나 카에데가 '소라파파'와 만나기를 거부하는 탓에 도화선은 좀처럼 줄어들지 않았다. 그러는 동안 리이치는 자신의 바람이 그에게 벌을 주는 것이 아님을 깨달았다. 물론 다나시마를 용서할 수는 없지만 벌을 주기보다 지금의 상황을 바꾸고 싶었다. 다나시마가 속으로 미유키의 죽음을 바라면서도 옆에 붙어 있는 상황을 가만히 보고 있을 수 없었다.

결국 계획을 중단했다. 다나시마의 거짓말을 카에데가 알아차리게 하는 것을 포기하고 다나시마를 직접 찾아가 네 거짓말을 카에데에게 밝힐 거라고 위협해 미유키와 이혼을 촉구할 계획이었다. 그러니 카에데가 마침내 '소라파파'의 연락처를 물었을 때도 알려 주지 않았다.

이혼이 원만하게 성립한다고 해도 리이치가 미유키의 남편이 될 수는 없었다. 자유롭게 병실에 들어갈 수 없다는 것도 물론 알고 있었다. 미유키의 곁에서 다나시마를 떨어뜨리는 것만이 리이치의 유일한 바람이었다.

창문 너머에서 늦가을 풍경이 흐르고 있다. 자연이 보인나. 노랗게 물든 은행나무. 파도치는 억새풀. 비늘구름. 길 한쪽에 쌓인 낙엽. 문득 '난 지금 왜 여기 있는 걸까?' 하는 이상한 기분이 들었다. 일이 이렇게 될 줄은 상상도 못 했다. 이런 결과는 바라지 않았다.

법정에서 본 카에데의 얼굴이 떠올랐다. 이마니시 쓰카사 유족의 떨리는 뒷모습. 다나시마는 자신이 카에데를 죽였다고 했는데, 그렇다면 두 사람을 그런 결과로 유인한 리이치 역시 마찬가지다. 사건이 일어난 날 리이치는 미유키가 있는 병원에서 카에데를 만났다. 그때 카에데의 상태가 심상치 않은 것을 눈치챘다면 뭔가 다르게 대응했을지 모른다. 그러나 리이치는 당황해서 저도 모르게 '소라파파'의 정체를 입에 담았고, 카에데의 마음에 결정적인 일격을 가하고 말았다.

카에데는 행복한 일상에서 분리되고 말았다. 그리고 미유키는 세상을 떴다. 미유키는 돌아오지 않는다. 영원히.

전철이 목적지에 도착하자 리이치는 작은 플랫폼에 내려섰다. 이곳에서 산 쪽으로 가면 다나시마의 본가가 있는 보다이지 사찰이 나온다. 그곳을 찾는 건 미유키의 납골식 이후 처음이다.

가는 길에 꽃다발을 샀다. 다양한 색깔의 꽃을 최대한 가득 담아 달라고 했다.

평일 묘지에는 인적이 없고 선향 연기도 보이지 않았다. 고요한 곳에서 나뭇잎이 바스락거리고 새 날갯짓 소리에 섞여 선로 차단기가 내려가는 소리가 희미하게 들린다.

비석은 양지바른 곳에 있었다. 미유키. 리이치는 속으로 그 이름을 불렀지만 뒤이을 말을 찾지 못하고 무심히 꽃과 선향을 올렸다. 두 손을 맞대고 눈을 감아도 역시 말은 떠오르지 않는다. 사실 할 말 따위 없다는 것을 이곳에 오기 전부터 알고 있었다.

사키모리라는 필명은 미유키가 사키모리노우타에서 지어 주었다. 사키모리노우타는 가족을 그리는 노래다. 리이치는 그 이름을 써서 미유키의 소중한 가족을 상처 입혔다. 미유키는 결코 그런 상황을 바라지 않았을 것이다.

조금 전에 보고 온 재판에서 변호인은 이번 사건에 얽힌 관계자 네 명의 고백을 진술서를 읽으며 낭독했다. 다나시마, 미즈미네, 유메노, 그리고 카에데의 어머니. 모두의 입에서 '후회'라는 단어가 나온 게 인상적이었다. 피해자가 된 이마니시도 오래전 자신이 저지른 죄 때문에 후회에 사로잡혀 있었다고 한다.

카에데는 자신의 몸속에 괴물이 숨어 산다고 과거 일기장에 적었다. 그러나 괴물은 우리 모두의 몸속에 있다. 경계선은 고작 살갗 한 장이다.

리이치는 손으로 비석을 살며시 쓸었다. 볕을 받아서 은은한 온기가 느껴진다.

미유키가 세상을 떴다는 소식을 듣고 슬픔을 느낌과 동시에 앞으로는 원할 때 원하는 만큼 그녀를 만날 수 있겠다고 생각했다. 그러나 납골식 이후 오늘까지 리이치는 이곳을 찾지 않았다. 그리고 오늘이 마지막 방문이 될 것이다.

이제는 만날 수 없다. 내 안에 사는 괴물이 저지른 짓을 떠올리면 그럴 수 없다.

선향 냄새가 코끝을 찌르듯 풍겼다. 그리고 그제야 리이치는 할 말을 떠올렸다.

"안녕."

리이치는 비석에서 등을 돌리고 발걸음을 뗐다.

머리 위에는 미유키가 사랑하던 아름다운 하늘이 끝없이 펼쳐져 있었다.

디지털 세계 속 방황하는 사람들의 모습을
날카롭게 그려낸 서글픈 군상극

출판사에서 편집자로서 능력을 인정받으며 승승장구
하던 카에데는 어느 날 업무 중에 저지른 실수 하나 때
문에 독자들의 항의를 받고 회사 안에서 순식간에 위
기에 봉착하게 됩니다. 그전까지 사실혼 관계의 남편
과 잉꼬 한 마리를 키우며 남부럽지 않게 행복하게 살
아왔던 카에데는 이후 아슬아슬하고 위태로운 상황을
겪으며 크나큰 스트레스를 받는 와중에 어느 블로그를
접하게 됩니다. 그러다 블로그 주인의 위선적인 모습에
서 어린 시절에 겪었던 트라우마를 떠올리며 홧김에 비
판 댓글을 달고 맙니다. 이후 이어지는 반박 댓글과 인
터넷상에서의 집단 괴롭힘, 스토킹까지 겹치며 사태는

상상 못 할 방향으로 걷잡을 수 없이 커집니다. 한편, 딸의 의상을 직접 제작하면서 제작 과정을 블로그에 올리는 다나시마는 능력 있는 아빠이자 딸을 사랑하는 '딸바보' 아빠로서 구독자들에게 점차 인기를 모으는 파워 블로거로 활동하는 와중에 어느 날 문득 '당신은 딸을 정말 사랑하는 게 맞느냐?'라는 댓글을 보게 됩니다. 사실 다나시마는 사고를 당해 식물인간이 된 아내를 돌보는 동시에 바쁜 직장을 오가며 혼자 딸을 키우는 것에 점차 버거움을 느끼는 상황이었습니다. 거기에 직장에서 엘리트 출신인 후배에게 틈만 나면 무시를 당하고, 어쩔 수 없이 딸을 맡긴 본가에서는 집안일과 가족에게 소홀하다는 여동생의 비판을 들으며 남몰래 힘들어하고 있었습니다. 두 사람은 과연 작품 속에서 어떻게 엮이고 그들이 겪게 되는 심리적 갈등은 어떤 식으로 변화할까요. 그리고 두 사람의 악의가 교차하는 곳에서는 과연 어떤 충격적인 결말이 그들을 기다리고 있을까요.

현실적인 설정으로 짧은 줄거리만으로도 흥미를 자아내는 본 작품 『그녀는 돌아오지 않는다』는 2015년 『여왕은 돌아오지 않는다』로 제13회 '이 미스터리가 대단해!' 대상을 수상하며 화려하게 데뷔한 작가 후루타 덴의 주목할 만한 두 번째 작품입니다. 후루타 덴은 작품의 전체 플롯을 담당하는 하기노 에이와 집필을 담당하는 아유카와 소로 구성된 젊은 여성 콤비 작가 유닛입니다. 작품은 2016년 『익명 교차』라는 제목의 단행본으로 첫 출간돼 큰 관심을 불러 모았고 이후 인기에 힘입어 2017년 전체적인 가필, 수정을 거쳐 『그녀는 돌아오지 않는다』라는 제목으로 문고본 출간되었습니다. 인터넷에 익숙한 젊은 작가가 쓸 수 있는 리얼하고도 상세한 인터넷 세상 속 인물들의 치밀한 심리 묘사, 앞으로 어떤 이야기가 펼쳐지고 수습될지 도무지 예측되지 않는 능숙한 이야기 전개, 수많은 사회 현상과 문제점을 과감히 집어넣은 설정, 거기에 미스터리 소설로서 재미를 북돋는 후반부의 연이은 반전과 꼼꼼한 복선 회수까지 『그녀는 돌아오지 않는다』는 미스터리 소설 작가로서 그때부터 이미 될성부른 후루타 덴 작가의 '떡잎' 같은 작품이라고 할 수 있습니다. 그리고 모든 이들의 예상대로 작품 출간 3년 만에 작가는 일본 미스터리 소설계에서 권위 있는 상 중 하나인 제41회 일본 추리작가 협회상 수상작 『거짓의 봄』을 출간했고, 2021년 현재 『거짓의 봄』 후속작이자 '가노 라이타 시리즈'의 첫 장편인 『아침과 저녁의 범죄』까지 내놓으며 명실상부 가장 기대되는 젊은 미스터리 소설 작가군으로서 전성기를 구가하고 있습니다.

제가 될 수 있으면 두 번 읽기를 추천하는 작품이 있는데 이 『그녀는 돌아오지 않는다』도 정확히 그런 작품입니다. 묘사가 워낙 현실적이고 독자에 따라서는 공포를 유발할 트리거가 될 만한 설정이 많아 감정적으로 읽기 수월한 작품은 아니지만, 후반부에 연이어 터져 나오는 충격적인 반전을 접한 이후 책을 처음부터 다시 읽으면 제목부터 시작해 본문 속 글자 하나, 문장 한 줄이 다른 의미로 읽히는 것을 알 수 있습니다. 서평가 다카이 아사요는 작품을 읽고 "이야기를 차곡차곡 구축해 가는 능력과 필력에 압도당했다"라는 서평을 남긴 바 있습니다. 후루타 덴은 2007년부터 이미 여러 소녀 취향 라이트노벨과 만화 등을 발표하며 작가로서 이름을 알리기는 했지만, 미스터리 작가로 본격적으로 활동을 시작하고서 발표한 두 번째 작품인데도 이토록 완성도가 뛰어난 작품을 내놓을 수 있었던 것은 역시 플롯과 집필을 맡는 두 작가의 협력이 가장 좋은 시너지 효과를 낸 결과라고 해석할 수 있습니다. 또 본 작품은 현시대를 살아가는 이들이라면 누구나 익숙한 여러 사회

현상과 문제점을 잘 담아냈을 뿐만 아니라 단지 나열에 그치지 않고 그것을 낭비 없이 고스란히 복선으로 활용했다는 점이 무엇보다 탁월합니다. 스포일러가 될 수 있으니 자세히 언급할 수 없지만, 작품을 다 읽은 다음에 다시 한번 읽어 보면 읽다가 '왜 이러지?'라고 느낀 지점에 모두 명확한 이유가 있음을 깨닫고 무릎을 탁 치는 독자분들이 많을 것으로 예상합니다.

『그녀는 돌아오지 않는다』가 출간된 2016년 이후 인터넷, 스마트폰의 발전과 코로나 사태 등을 겪으며 디지털 세상 속 사람들의 교류는 전보다 훨씬 깊고 촘촘해지고 있습니다. 사회적 거리 두기 등으로 인해 현실 교류가 줄어든 만큼 전통적인 인터넷 커뮤니티와 SNS를 비롯하여 이제는 각종 교류형 애플리케이션과 디지털 세계에서 정치, 경제, 사회, 문화 활동을 아우를 수 있는 메타버스 가상현실까지 등장하면서 인간은 역시 사회적 동물임을 증명하듯 디지털 세상 속 사람과 사람 사이 소통 방식도 점점 넓고 다양해져만 갑니다. 편리하고 여러 장점도 많지만 그로 인한 부작용도 엄연히 대두되고 있고, 실제로 익명 공간에서의 갈등과 폭언, 괴롭힘이 살인 사건으로까지 발전하는 경우가 이제는 현실에서 비일비재하게 일어나고 있습니다. 얼굴을 직접 맞대고는 못 할 말과 행동을 익명이라는 가면 뒤에 숨어서 벌이는 사람들.『그녀는 돌아오지 않는다』는 우리 모두가 가슴속에 품고 있을 '표정 없는 소녀'와 '괴물'을 다루며 그것들이 초래하는 돌이킬 수 없는 선택과, 그것들로 인해 돌아오지 못하고 현실과 단절되는 사람들을 그렸습니다. 2016년 당시의 시대상이 잘 반영되었다고 할 수 있는데 2021년인 지금도 별반 달라지지 않았고 어떤 면에서는 더 악화된 부분도 있다는 것을 떠올리면 안타까울 따름입니다. 문득 제가 존경하는 어느 선생님께서 하신 "미스터리 읽으며 착하게 살자"라는 우스갯소리가 떠오릅니다. 이 흥미진진하면서도 서글픈 미스터리 소설이 주는 메시지를 곱씹으며 우리 모두가 '깔끔하고 산뜻하고 부담 없이', 그리고 무엇보다 악의 없이 소통할 수 있게 되는 날이 더 많아지기를 기대해 봅니다.

2021년 겨울

이연승

그녀는 돌아오지 않는다

1판 1쇄 인쇄 2021년 12월 17일
1판 1쇄 발행 2021년 12월 30일

지은이 후루타 덴 옮긴이 이연승
책임편집 민현주 일러스트 클로이 디자인 디자인비따 제작 송승욱 발행인 송호준

발행처 블루홀식스 출판등록 2016년 4월 5일 제 2016-000100호
주소 경기도 파주시 회동길 483-1 전화 031-955-9777 팩스 031-955-9779
이메일 blueholesix@naver.com

ISBN 979-11-89571-64-1 03830